소백산맥 ❶

달을 먹은 산

소백산맥 ❶ 달을 먹은 산

발행일 2024년 8월 30일

지은이 이서빈
펴낸이 손형국
펴낸곳 (주)북랩
편집인 선일영
편집 김은수, 배진용, 김현아, 김다빈, 김부경
디자인 이현수, 김민하, 임진형, 안유경, 신혜림
제작 박기성, 구성우, 이창영, 배상진
마케팅 김회란, 박진관
출판등록 2004. 12. 1(제2012-000051호)
주소 서울특별시 금천구 가산디지털 1로 168, 우림라이온스밸리 B동 B111호, B113~115호
홈페이지 www.book.co.kr
전화번호 (02)2026-5777
팩스 (02)3159-9637

ISBN 979-11-7224-233-6 03810 (종이책)
979-11-7224-234-3 05810 (전자책)

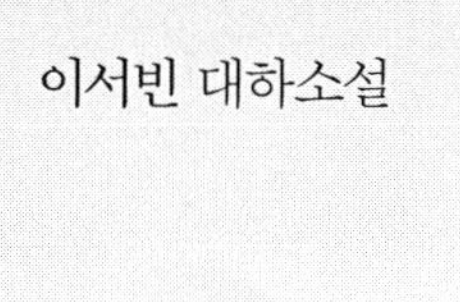

소백산맥

1

달을 먹은 산

북랩

머리말

왜 사람은 살아야만 할까?

이 시소설은 외지고 황량한 시대를 외나무다리 건너듯 건너온 선조들과 우리의 이야기다. 선조들은 조선 5백 년이 일본에 어이없이 무너지고 대혼란을 겪으면서 그 참담하고 암울한 상실의 시대를 살아내기 위해 시시각각 밀려오는 죽음의 공포와 싸웠다. 천신만고 끝에 나라의 주권을 되찾기까지 반쪽짜리 나라에서 당해야 했던 그 많은 수모는 형언하기 어려울 정도다.

숨을 쉬는 것이 신기할 만큼 내일을 보장할 수 없던 참혹한 시대. 숨 속에도 죽음과 불안이 섞여 드나들던 시대의 이야기를 시작(詩作)의 키보다 더 높은 자료들을 모아 적어 내려갔다. 아직 세상에 태어나지 못해 역사에 묻혀있는 말들을 시말서를 쓰듯 내 청춘의 기나긴 시간을 하얗게 지우면서 머릿속을 탈탈 털어 시적인 언어로 썼기에 시소설이라 이름 붙였다.

〈소백산맥〉은 4·3 사건을 비롯해 건국이 되기까지, 그리고 오늘날 경제 강국이 되기까지 살아온, 그럼에도 불구하고 살아내야만 했던 격변기(激變期)로부터 세계 모든 사람이 우리나라에 살고 싶어 하는 순간까지를 그려낸 소설 같은 이야기이다.

34년 전통 '영주신문'에 연재 중 독자의 요청이 많아 총 17권 중 연재가 끝난 5권을 미리 출판한다. 이 지면을 통해 영주신문에 깊은 감사를 드린다. 나머지도 연재가 끝나는 대로 출간 예정이다.

입으로 다 말할 수 없는 일들을 유교 사상이 에워싸고 있는 영남의 명산 소백산 자락 영주 지방을 무대로 삼아 펼쳐내었다. 소설 속 사라져가는 우리나라의 미풍양속과 문화, 구전 이야기에 많은 관심을 가져주신 독자분들께 깊은 감사 말씀을 전한다.

2024년 8월

이서빈

목차

달을 먹은 산

I

타살이다, 모든 자살은.

슬픔은 햇살을 앞산은 달을 날마다 삼킨다.

숙명은 붉은 근육질과 날카로운 이빨을 가진 무감각 무의식에 사로잡혀 뚜껑 없는 둥지에서도 하늘을 보지 못한 채 병든 수탉처럼 웅크리고 며칠을 보냈다.

이렇게 시간만 흘려보낼 수는 없다는 생각에 간신히 정신을 차리자 그녀의 안에서 또 다른 누군가 말한다. '건강했던 엄마가 왜 갑자기, 아니 아니 아니야! 누군가 엄마를 자살시켰다. 심장마비로 포장하고 엄마를 자살로 몰아간 범인이 누구인지 알아내.'

누군가 끊임없이 부추긴다. 의심에 시달리는 그녀는 엄마가 땅속으로 허망하게 들어간 이유를 몰라 날마다 또 다른 자신과 싸움에 시달린다. 천둥이 울어도 예고가 있고 비가 와도 먹구름이 끼는데 푸른 하늘에서 갑자기 날벼락을 맞았다.

그 누구도 엄마 죽음에 진실을 말해주는 사람은 없다. 엄마가 죽었는데도 아무렇지도 않게 밥을 먹고 잠을 자며 마치 죽음이 당연한 것처럼 받아들이는 가족들이 자신을 더욱 미치게 하고 있는지도 모른다. 모두 엄마를 죽음으로 내몰고 시치미 뚝 떼고 있는 살인자 같다. 이 살인자 소굴에 있다는 것이 역겹다는 생각에 숙명은 두 손으로 깍지를 끼고 누웠던 몸을 벌떡 일으켜 주섬주섬 옷을 입고 밖으로 나온다.

영혼이 날아간 빈 몸뚱이를 끌고 숙명은 외삼촌이 사는 두들마로 향한다.

외삼촌이 엄마의 죽음에 대해 무언가 알고 있다거나 마음이 조금이라도 안정될 수 있으리라는 생각에서라기보다 그냥 막연히 외삼촌에게로 발걸음이 옮겨졌다.

* * *

50대 초반 외삼촌은 내가 오는 걸 보고 큰 눈동자가 고장난 시계처럼 멈춘다.

외숙모가 봉당에서 맨발로 달려와 손을 끌어당겨 마루에 앉힌다.

그제야 외삼촌은 나무껍질처럼 까칠해 보이는 손에 든 낫을 봉당에 내려놓으며 전복 같은 입술을 움직인다. *그래 니가 우째 여게 까중 왔노?* 말과 함께 숙명의 손을 덥석 잡는다. 마른 장작같이 까칠한 손이 이렇게 정겹고 따뜻할 수 있나? 생각하는 사이 외삼촌은 *에고, 불쌍하고 딱한 것 불쌍해 우째믄 좋노.* 외삼촌의 말에 숙명은 참았던 눈물 둑이 터져 폭포수처럼 쏟아진다. 눈물 줄기는 어디론가 끝없이 흐르고 이렇게 둘은 눈물을 섞어 홍수를 범람시키며 마치 세상에 둘밖에 없다는 착각으로 한동안 그렇게 있었다. 조카와 외삼촌, 서로의 핏줄에게만 열리는 마음이었다. 외삼촌 하진옥은 지어미를 쏙 빼닮은 여동생의 딸에게 어떻게 위로를 해야 할지 머리에 안개가 하얗게 피어난다. 숙명을 보자 여동생 얼굴이 떠올라 자신도 먹먹한 감정을 추스르기 어렵다.

둘을 지켜보던 숙명의 외숙모도 투박한 손등으로 눈가를 두어 번 훔치더니

아참, 내 정신 좀 봐라. 머 꺼 쪼매 해올 거이 위아재하고 얘기하고 있그래이.

서둘러 등을 돌린다. 그때야 푸르게 넝쿨지던 슬픔줄기를 걷어낸 하진옥은 정신을 숙명에게로 옮긴다. *그래 힘들제? 우째겠노. 박복해서 밍조차 그래 짧게 타고 태어난걸. 다 시월이 약이아이라. 얼릉 잊어뿌래라.*

자신도 갑자기 죽은 동생을 잊지 못해 밤마다 냉수를 벌컥벌컥 들이켜면서도 조카에겐 잊으라는 게 말도 안 된다고 생각하면서도

달리 조카를 위로해줄 말을 찾지 못한 하진옥의 말은 비를 흠뻑 맞은 목소리다. 동생의 흔적을 붙들고 조카에게 잊으라는 말밖에 못 하는 자신이 한없이 미웠다. 외삼촌의 마음을 알 리 없는 숙명은 고장난 수도꼭지처럼 눈물이 줄줄 쏟아져 멈출 줄을 모른다.

이런 눈물이 몸속 어디에 고여 있다가 나오는지 자신도 알 수 없다.

*엄마*라는 말만 나와도 내리막길 짐수레 손잡이를 놓치듯 눈물 둑을 넘어 홍수가 지는 물줄기를 제어할 길이 없다. 사람 몸속에 이렇게 많은 눈물이 저장되어 있음에 놀란다. 엄마가 자신과 형제를 버리고 떠난 다음부터 흘러내리는 눈물 때문에 하루도 젖지 않는 날이 없다. 소나기처럼 쏟아지는 감정 줄기.

앞도랑 물소리가 커진 이유도 자신의 눈물 때문이란 생각이 든다.

마당에 엄마가 심어 놓은 목련꽃이 하얀 상복을 입고 흐느끼는 걸 보면 더욱 가슴이 미어진다. 엄마는 자신이 애지중지 키우는 목련꽃이 필 때면 밤마다 마당에 나와 달빛을 불러 함께 놀았다. 엄마인 옥련과 목련은 이름도 돌림자인 자매 같았다.

엄마의 웃는 모습도 하얀 목련과 똑 닮았었다.

미완의 슬픈 수묵화를 여백의 미로 남겨 두고 홀쩍 숨을 꺾어버린 엄마.

도대체 어디로 갔는지? 왜? 죽어야 했는지?

죽을 거면 왜 태어났는지 풀리지 않는 의문이 화르르화르르 피어난다.

유일한 엄마 피붙이인 외삼촌을 만나면 무슨 위로 부스러기라도 찾는다거나 지구를 이탈한 엄마의 체취를 느끼거나 알리움 같은 슬픔을 좀 가라앉힐 수 있다거나 자신 속에 끓고 있는 답답한 넝쿨을 잘라줄 유일한 핏줄이 엄마의 오빠인 외삼촌이라고 생각하고 찾아온 건 아니었지만, 외삼촌을 보니 그런 생각들이 더욱 싱싱하게 자라난다.

어쩌면 이 싱싱하게 자라는 생각을 외삼촌과 함께라는 것에 위로를 받는지도 모를 일이다. 지금까지 외삼촌의 존재가 자신에게 애틋하게 와닿은 적이 없었기 때문이다. 그러나 엄마가 없는 지금 엄마의 피붙이는 유일하게 외삼촌 하나밖에 없다고 생각하니 아득해진다. 울음이 감정전도율을 높이자 엄마가 살았던 공간과 시간의 존재가 사라졌다는 걸 인정하지 못하는 숙명은 갑자기 엄마의 어린 시절조차 궁금한 그리움으로 다가온다. 우리의 삶에 끼어든 울음은 무언가를 해결하기도 후련하게도 하는 마법 같은 힘이 있다. *위아재! 엄마 어릴 때 얘기나 좀 해주소.* 한바탕 울고 난 조카의 젖은 목소리에 외삼촌은 마루 저쪽에 있는 재떨이를 끌어와 구름과자에 불을 당긴다.

한 입 깊숙하게 빨아들인 연기로 몽글몽글 계란을 만들어 하늘로 날려보낸다.

보름달보다 훤한 이마 칼날처럼 오뚝한 코 깊게 파여 쌍꺼풀진 고혹적인 눈 암만 생각해도 농부 같은 느낌은 들지 않는, 누가 봐도 하얗게 잘생긴 외삼촌이 흰 연기를 뿜어내며 입을 연다. *다 지내간 얘기 하믄 머하노? 씨잘데기 없이 입만 아프고 부애만 나제. 느거메는 그래 죽으믄 안 될 사램이라 말이다. 그 빌어먹을!*

외삼촌의 말에 숙명은 외삼촌 앞으로 턱을 바짝 들이대며 다가앉는다.

어머니의 출생

백두대간 소백산 정기를 받아 태어나 어머니란 토양에서 나오는 젖 한 모금 제대로 먹지 못하고 돌 틈을 비집고 간신히 피어난 꽃.

탯줄이 잘리면서부터 모정이 무엇인지도 알 수 없는 운명이었다. 바람과 서리와 땡볕에 멍들며 안간힘을 짜내보지만, 젖배를 곯아 젖 먹던 힘조차 쓸 수 없었다.

달을 먹어 둥글고 부드럽고 말랑말랑 서러운 슬픔을 낳고 슬픔에 젖 물리는 모성애의 산, 삼국시대에 고구려·백제·신라가 국경을 놓고 치열하게 피 터지는 싸움을 하던 격전지. 고구려 장수 바보 온달이 신라군을 막아내기 위해 태산 같은 온달성을 쌓은 산.

조선 명종 때 남사고는 소백산 정상을 무수히 오르내리면서 *'이 산은 사람을 살리는 산.'*이란 말을 남길 정도로 명당 중 명당.

입을 통해 대를 이어 내려오는 소백산은 삼재 병란과 기근을 피할 수 있는 십 승지 중 한 군데인 명산이다. 조선 시대 예언서인 정감록에 의하면 10승지 중 1승지로 손꼽히는 곳. 퇴계 이황이 백운동·취한대·백우담·죽계 계곡 등 아홉 굽이에 직접 이름을 붙여 풍광을 뽐내고 소백산. 연화봉·신선봉·비로봉, 이름처럼 불도와 선도의 기운이 꿈틀꿈틀 용솟음치는 산 정기를 타고 태어나 이 세상 온갖 슬픈 눈물을 밥으로 먹고 사는 기구한 여자의 길을 살며 불굴을 향한 마음은 불구가 되고 영혼에 상처투성이가 된 채 떠난 여인을 어떤 이는 운명, 어떤 이는 숙명이라 하겠지만 동생은 시지프스 신화 같은 짓을 하다가 신화가 되어 이승을 떠났다. 시절을 잘못 만나 태어나면서부터 험난한 세계를 걸으며 한 치 앞도 보이지 않는 결과 없는 일에 매일 어기영차 어기영차 죽어라 죽어라 힘쓰면서 놋숟가락 닳듯 남을 위해 내 몸이 다 닳는 줄도 모르고 끝 모를 비극의 무대에 서서 고통의 날들을 무한 질주하며 슬퍼서 너무 슬퍼서, 달과의 거리를 몰라, 달거리를 몰라, 깨꽃처럼 붉은 울음을 울어야만 했던 달녀.

가난한 울음소리를 세상에 내려놓고 그 많은 달거리는 어디로 가서 주렁주렁 늙고 있는지. 해를 만나지 못한 달은 그믐달 언저리에 맴돌고 해를 만난 달은 보름달이 되듯 들녘 민들레는 천지사방에 생명을 퍼뜨리며 어제도 오늘도 쉼표 없는 잰걸음으로 죽계 계곡을 지나 피끝마을을 지나 낙동강으로 구불구불 흘러든다.

단종 복위를 위한 환란 때문에 아직도 피끝 사람들의 눈 속엔 슬픈 강물 냄새가 난다. 마을 사람들은 본래 이름인 옥련을 달녀로 부르기도 한다.

호적에는 엄연히 옥련이지만 어쩐지 *달녀*가 입에 짝짝 달라붙는 호명인가 보다.

제국주의가 이 땅을 가나다라마바사 높은음자리표로 지배할 때도 이 마을 사람들은 안으로 안으로 옷깃을 여미며 훗날을 도모했다.

소백산 머리 비로봉의 3.5㎞ 맥박을 이어받은 능선에 뿌리내린 주목. 살아 천년. 죽어 천년. 항암 재료로 쓰임 받는 상록. 주목의 고결한 품격과 향기가 배어 있는 연화봉 해발 1천 3백 94m가 만들어내는 산 정기를 입고 하강하는 희방 폭포수처럼 하룻밤 열 남자라도 거뜬히 해치울 괴력이 넘치는 여인이지만 슬픔은 언제나 신념 깊숙이 고여 있어 빛을 잃어버리고 만다.

진흙탕에서 태어나 한 번도 말갛게 웃어보지 못한 연꽃.

구슬보다 영롱한 달녀가 가던 길을 툭, 부러뜨렸다.

도화지에 그림을 그리다 까맣게 덧칠을 해버린 것이다.

다시는 어떤 그림도 그릴 수 없도록 희망을 발기발기 찢어버린다.

저 숱한 별빛과 달빛을 모두 찢어 발로 짓이겨 버려도 성에 차지 않는 날들.

하루하루가 무럭무럭 늙어가고 있다. 초침 소리는 지구를 어디론가 자꾸만 끌고 간다. 시간을 끌어다가 어느 한구석에 낙엽처럼 차곡차곡 쌓아두었을 저 초침.

한결같은 보폭으로 잠과 꿈을 끌고 가더니 기어이 새벽을 불러앉힌다. 외삼촌 진옥은 혼자 비디오 필름을 돌리듯 동생의 지난 시절을 되돌려 보고 입을 연다.

아나?

나는, 너 집구석을 생각하믄 울화통이 치밀고 화병이 터져 죽을 것 같아 생각도 하기 싫다. 내 동상은 한창 살 나이다. 아이, 안 죽도 산만큼 더 살아야 한단 말이다. 사램 가치 한 분 살아보고 죽어야 할 거 아이라. 인제, 니 오래비 소문난 대핵 졸업할 날도 울매 안 남았고 10년 넘게 오짐 똥 받아 내민서 빙 간호하든 안사돈도 돌아가시고. 근그이 살다가 인제 살기도 넉넉해졌제. 지 맘대로 먹고 싶은 거 먹고 쓰고 싶은 거도 쓸 수 있게 됐는데. 펀할 만하이 델꼬 가다이 참 구신들도 고약하구나. 이게 다 너 집안에서 고따구로 고상을 너무 시키서 밍이 단축된 거 아이라. 그래이 내가 먼 말을 하겠노.

방향을 지운 진옥의 동공이 허허로운 벌판을 바라보듯 허허하다. 진옥은 냉수 한 모금을 물어 꾸죽꾸죽해서 뱉어버린다. 입술이 뱉어내는 물에는 원망이 꽂대 밀어 올리는 소리처럼 푸르다. 마침표 하나 달랑 찍어놓고 이제 닿을 수 없는 거리로 사라져버린 기담 같은 현실을 도저히 받아들이지 못하기는 진옥도 마찬가지다.

진옥의 아내가 밥상을 들여온다. 평소에 숙명이 좋아하는 메밀묵에다 고명을 얹고 참기름 냄새가 풀풀 날아다니는 묵밥을 만들고 매콤한 양념장까지 먹음직하게 차려 왔지만, 숙명은 먹고 싶은 생각이 없다. 그렇게 좋아하던 묵밥을 보고도 숟가락들 생각을 않자 숙명의 외숙모는 *그래도 머야 힘을 내고 살제.*

죽은 사램은 죽어도 산 사램은 살아야제. 가치 죽을 수도 없고 우째노.

맴은 아프겠재만 그래도 힘내야 된다.

자, 얼릉 한 수저라도 머라.

외숙모가 숟가락을 들어 손에 들려줬지만 그럴수록 눈물만 더 보탤 뿐이다.

둘 다 한 술도 못 뜬 채 국물만 깨작거리다 밥상을 물린다. 진옥은 또 구름과자를 꺼내 들고 성냥불을 긋는다. 성냥개비는 피시시 웃으며 구름과자 꽁지에 동그란 불을 붙인다. 양 볼에 볼우물이 파이도록 구름과자를 빨아들였다 내뱉은 후 말 대문을 연다. *다 지내간 얘기하믄 머하노만은, 지끔부텀 내 말 단디이 들어봐라.*

달을 먹은 산

2

너그메는 참말로 불쌍한 사램이데이. 우째 생각하믄 인제 그 고상 다 접고 훌훌 자유롭게 살 수 있어 잘 된 긴지도 모를 일이다.

참말로 시상에 뚝 떨어질 때 고상줄을 목에 걸고 나온 아다.

니 위할매는 갸를 놓고 보름도 안 된 어느 날 거랑에 빨래하로 간다고 가 안죽도 안 돌아오고 있다. 이웃에 같이 빨래하로 간 사램 말을 들으믄 빨래를 하로 다싯이 갔는데 나 많은 사램 둘은 안 끌래가고 젊은 사램 싯은 그 숭악한 일본눔이 강제로 끌고 가뿌랬단다. 니 위할매도 어데론가 끌래 가뿌래고 갸는 핏데이로 나뒹굴었다.

지그메 잃은 걸 아는지 억시가이도 울어댔제. 당장 미겔 젖은 없고 니 위할매는 찾아야제. 니 위할배는 미친 사램맨치 면소재지까짐 찾아댕기느라 정시이 없었제.

같이 끌래간 사램 남핀들과 온 가족이 백방으로 수소문하민서

찾았지만 헛일이었다.

지금도 어데서 멀 하고 있는지 죽었는동 살았는동 모른다.

단지 일본눔들이 억지로 끌고 갔다이까 추측만 할 뿌이제.

듣고 있던 숙명이 불에 데인 듯 외삼촌을 향해 한 마디 던진다.

그럼 혹시 위안부?

에이 그 흉칙한 소리 하지도 마라. 소름돋는다. 고만 내 말이나 계속 듣거라.

진옥은 애써 위안부란 말을 부정하면서 다음 말을 이어간다.

그 다음부텀 우리마 거랑에 빨래하로 갈 때는 젊은 새댁들은 못 가게 하고 할매들만 빨래를 하로 갔다. 우리 마는 완전히 비상사태였제. 참말로 지금 생각해도 우얘 살았노 싶다. 다행이도 햇빛같은 맴씨를 가진 행동 어른이 이 마 갓난 언나들 젖동냥을 해줬제. 나는 어메를 찾을라꼬 날매둥 거랑 가에 가봤제만 어메는 안 나타났제.

이 마 사램들이 불쌍타고 쯧, 쯧, 쯧, 쯧, 혀 차는 소리에 나는 돌메이를 집어던지민서 물수제비만 뜨다가 엄마는커녕 엄마 그림자도 못 보고 소문 한 알개이 못 줍고 해 그느름 하믄 터덜터덜 집에 왔제.

어메가 없어진 다음부터 하로도 잊은 날이 없다. 차라리 돌아가싰으믄 포기나 하제. 죽은동 산동도 모르는 이 답답한 심정은 아무도 모를 기다.

니 위할매는 어린 동상이 눈에 밟히지도 않는지 꿈에도 한 분 안 나타난다.

꿈에라도 한 분 보고 어데 있는 것만 알아도 좋으련만….

여기까지 말한 진옥은 벌써 목소리가 젖고 눈물이 그렁거려 고개를 뒤로 젖히더니 화장실 간다는 핑계로 한참을 있다가 다시 온다. 숙명은 그 자리에 얼어붙어 외삼촌이 다녀오는 시간이 열흘도 넘는 것 같은 생각이 들 무렵 붉게 충혈된 눈으로 돌아와 물 한 대접을 벌컥벌컥 들이키고 다시 이야기를 시작한다.

시간은, 사램의 목심을 노예맨치 부래먹다 아무 값도 지불하지 않고 내뿌랜다.

욕망과 좌절을 끊고, 갈등도 아픔도 전부 끊고, 저승이란 주소도 분맹치 않은 데로 델꼬 간다. 이승 사램이 다시는 볼 수 없는 먼먼 진짜진짜 아득히 먼먼 데로.

나는 어메가 돌아가싰다고 믿기로 했다.

이 마 사램들은 날 보고 어메가 돌아가싰다고 생각하고 동상 돌보민서 살아가라고 말했제. 나는 뒷동산에 쪼매하게 흙을 끌어마서 똥그랗게 어메 미를 맹글었다.

숨을 못 쉬 죽을 것 같앴제. 뒤돌아 올래갔다 내리오고 또 올래갔다 내리오기를 수백 분을 반복했다. 그릏지만 나는 니 위할매한테 티끌만한 도움도 주지 못 했제.

보름달이었던 달은 뱃속에 빛을 이승에 두고 홀쭉한 배로 저승

인지 어덴지로 갔제.

홀쭉한 그믐달이 대낮에도 쪽빛 울음을 울민서 하늘을 맴돌았제.

지어미 잃어뿐 걸 어린것이 알았는동 동상은 자지러질 듯, 한여름 매미보다 더 울어대드라. 저 어린 것 불쌍해서 우째냐민서 행동 어른은 자신의 젖이 안 나오면 언나 낳은 집 젖을 얻어 와서 갸를 먹있제. 동상이 옷에다 오짐을 싸고 똥을 싸도 니 위할배는 걸떠보지도 않아 내가 오짐도 닦아주고 똥도 치워주고 했다.

옷도 없어서 니 위할매가 끌래가시기 전에 입던 광목천을 째서 만든 치매맨치 생긴 옷을 만들어 입혔다. 나는 부지러이 옷을 씨입해고 동냥해온 젖도 미게고 했다.

그릏지만 얻어다 미게는 젖이 많으믄 울매나 많았겠노.

젖배를 참 마이도 곯았데이. 일곱 살이 될 때까짐 동상이 없던 나는 갸가 참 이쁘더라. 그릏지만 이쁜 거는 잠까이고 맨날 나무젖으로는 모자래 배가 고픈동 끝모를 자기의 험난한 앞길을 예견이라도 했는동 하도하도 마이 울어서 울보라고 했제.

젖을 먹고도 울 때는 하도 미와서 꼬집기도 하고 때리기도 했다. 지끔도 그때를 생각하믄 죄스러워 죽겠다.

눈도 깜빡 않고 귀를 세우고 듣는 숙명을 보며 진옥은 구름과자를 또 한 모금 볼이 쏙 들어가도록 빨아 먹는다. 연기는 후후 자유를 찾아 하늘로 날아오른다.

진옥의 손가락은 재떨이에 죄스러움을 비벼대고 있다. 구름과자 냄새가 풀풀 날아다닌다. 연기가 잠자던 옛일을 다시 벌떡 일으키는지 진옥의 이야기가 다시 고치 속 명주실처럼 술술 풀려나온다.

원래 우리 집은 만석꾼 집안이었단다. 그른데 왜눔들이 곡물을 공출이란 이유로 다 거둬가고 집안에 쓸 만한 그릇까짐 다 가주가 버렸제.

맞서서 싸왔제만 역부족이였제. 어느 날 불한당 같은 눔들이 또 와서 억지로 곳간을 털어갔다. 분을 못 이긴 니 위할배는 이 쪽발이 눔들! 해도해도 너무하지 않냐, 나무 나라에 거머리맨치 달라붙어서 우리 조상이 맹글어 놓은 글도 갈채지 마라, 이름도 바까라, 말까짐 다 빨아 처먹고, 곡물 공출 처녀 공출에다 인제는 먹고 살 양식까짐 다 뺏아가다이 하늘이 두렵지 않냐며 마구 대들다가 끌래갔제.

니 위할배가 끌래간 후로 우리는 사는 게 사는 게 아니었다.

끌래간 니 위할배가 석 달 후 집 앞에 반 시체로 버래졌다.

정성을 다해 돌봤지만, 정신이 반쯤 나갔단다. 온몸이 상처투성이고 헛소리만 계속 공중을 날던 그 순간에도 시상은 아무 일도 없단 듯이 빙글빙글 돌아갔제.

니 위할배가 기운을 차렸지만 정신은 만신창이가 되었제. 니 위할배가 정신을 차리고 있을 때쯤 살무사 같은 눔들 몇이 와서 우리 식구를 억지로 쫓아냈다.

그래곤 구르마에 자기네 이삿짐을 우리 집으로 나르고 자기네

집맨치 들어앉았제.

분매이 우리나라 사램들이었어.

가타부타 말도 없이 우리 짐들을 전부 꺼내놓고 자기네 짐으로 자리를 바꾸고 우리 식구를 몰아냈다. 니 위할배는 지서장이나 민서기들을 만내로 갔다.

그릏지만 전수 그짝 핀이 되어 안맨 몰수하민서 개인 일에 끼어들 수 없다고 했다.

그 숭악한 시월 속에 착한 시월도 숨게 있었다.

이웃에 그래 넉넉지도 않은 행동 어른이란 분이 방 한 개를 줬다. 그 방 한 개가 우리의 힘들고 고달픈 잠을 따습게 띠사주었제.

그릏지만 니 위할배는 술로 시월을 달랬단다. 한시를 쓰시고 한학을 하싰던 대쪽맨치 곧은 니 위할배는 분통을 이기지 못해 거의 반미치광이 같였다.

행동 어른의 배려 덕분에 하로하로 끼니를 때우민서 살던 궁핍한 시절 니 위할매가 갸를 놓고, 그 왜눔들한테 끌래갔으이 니 위할배 심저이 우땠겠노?

지끔은 짐작이 가제만 그때는 난 아무꺼도 몰랐제. 그냥 매일 니 위할매만 보고 싶었제. 이래저래 시간은 가고. 니 위할배는 가끔 니무집 일을 헤주고 보리쌀을 얻어 와서 보리죽으로 입에 풀칠을 하민서 우리 세 식구는 질개이맨치로 끈질긴 생명력을 이어갔제. 열 살이 되어서야 제우 핵교에 디갔다.

핵교에 가이 어메도 없는 아 라민서 아 들은 아무도 내 동무가 되어주지 않았제.

버버리 장갑 하나도 없는 나는 입을 다물고 버버리맨치 살았제.

그래도 집에 오믄, 저 멀리서 그 어린 게 막 뛰와서 오빠를 부르민서 내게 안기는 게 최고 낙이었제. 갸를 보믄 내 맴엔 늘 초록 풀물이 들었제.

꽃대궁을 흔들민서 서서 애기똥풀맨치 노랑노랑 웃으미 크는 모습이 구여웠제.

그릏게 갸를 돌보민서 핵교를 댕갰다. 학년이 올라갈수록 동무들의 놀림은 심해졌제.

준비물도 준비를 못 해가고 체육 시간엔 교실 한짝 꾸석케 쪼그래고 앉아 운동장에서 땀 흘리민서 몸으로 말하는 동무들을 창문을 통해 물끄러미 내다보고 있어야 했제. 크레용도 도화지도 없고 어메도 없고 미술 시간만 되믄 두려움이 앞서 식은땀이 등줄기를 질척질척 적샜제. 없는 죄로 감수해야 하는 채찍의 맛은 쓰라리고 매웠제.

손바닥을 맞아야 죗값을 탕감받기에 핵교가 가기 싫었제.

두렵고 챙피해서 체육이나 미술이 있는 날은 진짜진짜 핵교가 가기 싫었제.

그릏지만 행동 어른은 아부지를 생각해서라도 열심히 공부해서 훌륭한 사램 되라고 입버릇맨치 용기를 불어넣는 바램에 그럭저럭 핵교에 댕기고 있었제.

먹구름 뒤에 드리우는 흰 구름은 눈이 부시는 법인동 내 불맨스런 맴을 눈치를 챘는동 신(神)은 감옥 같은 테두리를 벗어나게 해줄 구세주를 보냈제.

3학년 말, 핵교가 끝나고 방에다 책보를 떤재 놓고 마당으로 나오는데 주인집 마리에 웬 시님이 앉아 있었제.

나를 보자 자가 진오기이껴? 하고 물었제.

야! 내가 진옥이씨더. 왜요? 한 분도 본 적 없는 그 야릇한 옷을 입은 시님을 쳐다보았제. 니 참, 똑똑하게 생갰데이, 됐다. 진오가 내하고 좋은 데 가 살자.

니가 보지도 듣지도 못한 아주 좋은 데가 있다.

거가 살믄 내중에 누구보다 훌륭한 사램이 될 거다.

그래이 니 한 분 좋은 데 가서 살아보지 않을래? 핵교 선상님보다 훨씬 더 선상님 같은 말을 했제. 나는 핵교에 가서 놀림 받는 것도 싫고 해서 야, 따라 갈라니더. 델꼬 가 주소. 하고 말했제. 그 시님은 사흘 후에 다시 올께이 준비하고 있으라고 불룩한 바랑 같은 말을 남기고 갔제. 행동 어른께서 내 손을 잡으민서 말했제.

니 이부지는 하루 품 팔아 미칠 술 마새뿌래고 너들은 돌볼 생각도 않고 정신을 못 채리서 니라도 절에 보내믄 정신을 차릴까 하고 내가 시님한테 부탁했다.

오랜 시월 단골로 댕긴 절이제. 시님도 좋으시고. 거게 가보이, 니보담도 어린 아들도 있길래 내 부탁을 했다. 안 내키믄 안 가도 된다. 내 원망하지 말고 잘 생각해보그라. 행동 어른은 다정하게 말했제. 아이래요. 고맙니더. 나도 진짜 핵교 가는 게 싫니더. 한 분 따라가서 살아 볼 게시더. 사흘 동안 나는 그 지겹던 핵교에 안 가도 된다는 철없는 생각에 맨날맨날 휘파람을 불민서 기다랬제.

정확하게 사흘 후에 시님이 오싰드라. 동상을 두고 가는 게 맴이 아팠제 딴생각은 한 개도 안 나고 좋기만 하드라. 나는 말했제. 내 가보고 좋으믄 니도 데리로 올게이까 기다래라고. 동상은 소매 깃으로 눈물을 훔치민서 말했제. 오빠 빨리 와야 돼 약속. 하고는 어린 손꾸락을 내밀었제. 나도 꼭 데리로올 거라 생각하고 손꾸락을 걸민서 약속을 했제. 좋은 데 가서 산다고 생각하이 참으로 기부이 좋았고 설렜다.

철딱서니 없이. 시님은 나를 델꼬 앞장서서 걸었제.

꼬
불
탕
꾸
불
텅

비탈질이 나를 반겠제. 비탈진 둔덕은 내 몸띠이 안에 숨을 할딱거리게 했제.

질가에 꽃들이 온몸띠이를 흔들민서 날 반게주었제.

한참을 걷다가 시님은 질가에 큰 방구 위에 앉아서 쉬었다 가자고 했제.

방구가 울매나 크고 좋은동 나는 거게 앉아서 놀고 싶었제.

시님은 바랑 끈을 풀디이만 생전 보지도 못한 하얀 빵떡 한 개를 꺼내서

힘드고 배고프제? 이거 머라. 하고 내밀었제. 나는 고맙다는 말도 없이 얼릉 받아 몄제. 울매나 맛나든동. 지끔도 가끔 그 빵 생각이 날 때가 있다.

및십 리를 걸었든지 발꼬락에 물집이 벙글벙글 집을 짔다.

어둑어둑 해가 질 무렵에야 절깐 같은 침묵 소리가 녹아내리는 말로만 듣던 절이란 데에 도착했다. 지끔 생각하믄 억시이도 가까운 거린데 그때는 왜 그래 멀고 험하든지. 발꼬락이 빠재나가듯이 걸어서 도착한 절 이름은 '부석사'였다.

달을 먹은 산

3

부석사에 도착한 첫날밤은 죽어 잤다.

누가 덩따리를 뚜두래서 눈을 떴띠이 아직이드라.

그때부텀 나는 살맛이 났제. 시님은 쌀밥도 배불리 주시고, 마당 씰고 소지하는 것 말고는 아무것도 안 시캐고, 한글도 갈채주싰제.

핵교 댕길 때 일본 눈을 피해 가끔 한 시간 쓱 갈채준 덕분에 쪼매는 배와서 그래도 쉬웠제. 시님은 한글을 참 잼나게 갈채주싰다.

가 -가갸 하고 거겨하이 가이 없는 요내 신세

왜의 포악함에 가심 치미 통곡하이

가륵(嘉勒)님아 도와주소 고불(古佛)님아 도와주소.

나 –나냐 하고 너녀하이 날 찾는 이 없는 신세

왜에게 끌려간 님

노을(魯乙)님아 찾아주소 내휴(奈休)님아 도와주소.

다 –다댜 하고 더뎌하이 달은 밝아 맹랑한데

일간 초단 놀자하이 님 생각에 간장 녹네

단군왕검 도와주소 달문(達門)님아 도와주소.

라 –라랴 하고 러려하이 날아가는 저 기래기

물만 보고 날아가이 철도 없이 애닯구나

구을(丘乙)님아 도와주소 물리(勿理)님아 도와주소.

마 마먀 하고 머며하이 말은 가자 구걸치고

임은 자꾸 낙노하네 말 못 하는 이내 심정

마물(麻勿)님아 도와주소 마휴(摩休)님아 도와주소.

바 –바뱌 하고 버벼하이 밥은 한 술 얻었건만

동기 없어 못 먹겠네! 끊어지는 애간장

부루(夫婁)님아 도와주소 보을(普乙)님아 도와주소.

사 –사샤 하고 서셔하이 사랑채에 이도령이

바둑 뜨자 날 찾는가 서러운 이내 팔자

우서한(于西翰)님아 도와주소 사벌(沙伐)님아 도와주소.

아 –아야 하고 어여하이 떠난 님은 감감하고

눈매 고운 봄바램이 님 자리를 차지하네

아술(阿述)님아 도와주소 아한(阿漢)님아 도와주소.

자 –자쟈 하고 저져하이 자자자자 잠 불러도

앉았으이 잠이 오나 누웠으이 잠이 오나

종년(縱年)님아 도와주소 을우지(乙于支)님아 도와주소.

차 –차챠 하고 처쳐하이 차건 방에 독수공방

청둥화로 벗을 삼고 홀로 누이 잠 안 오네.

추로(鄒魯)님아 도와주소. 추밀(雛密)님아 도와주소.

카 –카캬 하고 커켜하이 칼날같이 먹은 맴

컬컬이 풀어진다 나무서방 앗은 왜눔

다물(多勿)님아 도와주소. 매륵(買勒)님아 도와주소.

타 –타탸 하고 터텨하이 타향살이 우째 사노

비빌 언덕 없는 님아 한시바삐 돌아오게

소태(蘇台)님아 도와주소 오사구(烏斯丘)님아 도와주소.

파 –파퍄 하고 퍼펴하이 파도당에 파랑새는

펄펄 날아드는데 파란만장 님 기밸

오문루(奧門婁)여 도와주소. 고열가(古列加)여 도와주소.

하 –하햐 하고 허혀하이 하고 하고 하는 일은

오늘 못 하믄 내일 하지 일신정기 기다래도 님 소식 깜깜하네.

한율(翰栗)님아 도와주소. 흘달(屹達)님아 도와주소.

또 정월부텀 섣달까짐 노래를 불러서 재밌게 우리글을 갈캐주싰제.

1월이라 정월 소까지 속속한 속맴

2월 매조에 맺어 논 맹세

3월이라 삼삼한 기분

4월 사쿠라에 다 날아가네.

5월이라 목단꽃에는 꽃나비도 안 찾아와

6월 하순 허전한 심정

7월 칠성판에 누여볼까

8월 팔팔하던 내 님 공산에 홀로 떠서

9월 국화 굳은 맹세

10월 단풍에 다 떨어지고

11월 낭구우에 밝은 달빛

12월 추위에 다 얼어붙네.

진옥은 눈을 지그시 감고 듣는이가 눈물이 날 만큼 구슬픈 가락으로 1월부터 12월까지 노래를 구성지게 불렀다. 주위의 시간을 차단하고 자신만의 세계에 도취된 감은 눈 사이로 눈물이 송글송글 매달려 지난 시간을 투명하게 비춘다. 노래가 끝나고 눈을 뜨고는 조카가 옆에 있는 것이 겸연쩍은 듯 다음 말을 이어갔다.

아부지는 내가 말을 시작할 때부텀 천자문을 시작해서 온갖 책을 다 읽혔제.

또 책에 없는 것은 얘기도 마이 해주싰다. 나는 핵교에서 하는 공부보다 아부지가 갈채주신 글이 훨씬 재밌어 핵교 공부가 더 싫

었는지도 몰랐제.

맨날맨날 글을 배우고 소지를 하고, 글공부하는데 시님들이 놀래드라.

은제 그 많은 공부를 했냐고. 시님은 집에서 안 읽은 책으로 공부를 갈채주싰제.

참 재밌더라. 때마둥 밥도 배불리 먹제. 그른데 사램 맴이 간사하드라.

아무 걱정 안 해도 되는 생활인데도 쪼끔 지내이까 있지도 않은 어메가 보고 싶고, 동상이 참말로 그립드라. 밤만 되믄 집에 가고 싶어 잠을 하얗게 세우다 시님을 조르기 시작했다. 밤낮 시님을 붙잡고 울고불고 애원했제. 집에 가서 동상이랑 아부지 한 번 보고 오겠다고 했제만 돌아오는 대답은 고까짓 거 정도는 참아야 한다며 눈썹도 꿈쩍 안 하싰제. 그때부텀 나는 외로움이 찾아올 때마둥 날짜도 없는 일기를 적었제. 작기장에 일기를 적으민서 참아 볼 참이었제.

목탁 소리가 산속을 흔들어 깨우는 절간. 갑자기 집에 가고 싶은 맴이 간절해지민서부텀 부처님도 뭣도 다 성에 안 차게만 보였제. 고운 노래로 아침을 여는 새들이 기다래질 때는 언제고 새 소리가 날 놀래는 것 같애 시끄릅고 짜증났다.

여기까지 말을 마친 진옥은 무슨 생각이라도 난 듯 벌떡 일어나 방으로 들어갔다. 얼마 후 나달나달 닳은 공책 한 권을 들고나와 숙명에게 내밀었다. 숙명은 공책을 받아 펼친다. 누렇게 변한 공책 첫머리에 일기라고 적힌 데 호기심이 생긴 숙명은 외삼촌 혼자 떠들거나 말거나 일기를 읽어 내려가기 시작한다.

첫째 장 일기

부석사 건물 배치를 빛날 화(華) 자로 한 것은 의상대사가 화엄종(華嚴宗)을 근본 경전으로 삼고 화엄 정신으로 건물을 지은 것이라 한다. 하나가 모두고 모두가 하나며 서로 조화를 이뤄 하나 되어 살아가야 한다는 화엄 정신으로 지친 사람들에게 위안을 주려고 했단다. 온몸에 황금칠을 하고 맨날맨날 맹물 같은 웃음을 웃는 법당 안 부처, 무릎에 손바닥을 펴고 밤낮 신도들한테 시주를 요구하는 건지? 아니믄 부처님 돈을 다 가져가라는 건지? 아리송 아리송 아라리송 아라리아라리송송 알 수 없어 지구가 기울듯 모간지만 갸우뚱갸우뚱 좌우로 기울여본다. 시님은 신도들에게 밤낮으로 욕심 비우라 맴 비우라고 한다. 비우느라 시주한 쌀로 신도들에게 밥해주고, 불상 만들고. 목탁 소리는 끊임없이 굴러댕기민서 시상 죄를 삼킨다. 산새들은 첫 새복부텀 떨어지는 목탁 소리 불경 소리 풍경 소리를 먹고 쑥쑥 큰다. 목탁 소리와 불경 소리는 미을까정 걸어 내래가기도 한다.

둘째 장 일기

절, 절, 절, 울매나 절절한 사연이 많아 사람들은 절을 찾아와 무르팍이 아파 절절매도록 절하민서 살해당한 처녀의 달거리 같은 짓을 하고 있다.

우리나라 최고의 목조건물 중 하나인 무량수전(無量壽殿) 글씨는 고려 공민왕이 썼다고 하제만 나는 쓰는 걸 못 봤으이 믿지도 안 믿지도 못한다. 극락정토에 머물면서 중생들을 구제한다는 아미타불을 모시는 전각 목조건물에 그려진 벽화가 기중 오래된 것이고, 무량수전 안에 봉안된 진흙으로 만든 소조 여래좌상은 국내에서 가장 크고 오래되었다는데 그 많은 절을 받으민서도 해꼽한 목례조차 안 하는 부처 앞에서 사람들은 늘 같은 짓을 반복하민서 갓난 언나가 배냇짓을 하듯 한다. 아무리 어두워도 불도 못 키는 석등(石燈)은 우두커니 마당에서 눈만 말똥말똥하고.

싯째 장 일기

법당엔 목탁 소리 벌거지 소리 발 꼬랑내 땀 냄새가 수북하게 쌓있다.

쌓인 목탁 소리 벌거지 소리 발 꼬랑내 땀 냄새를 무심으로 씰어내는 사램이 있다. 목탁 소리 벌거지 소리 발 꼬랑내 땀 냄새를 씰어내는 것도 부처님께 보시하는 거라민서 노동의 합리성을 둘러대고 있다. 법당엔 법은 없고 법을 판단하는 망치 대신 목탁이 죄를 사하고 있다. 똥그란 목탁 소리는 잘도 굴러 신도들의 가심 속을 소지하고. 해가 가고 달이 가고 우주도 돌아가고. 산새들은 목탁 소리를 쪼아 먹고 산바램은 경전 읽는 소리를 씰어낸다. 소음들은 귓속으로 파고들어와 잠을 씰어내고 석등 대신 서글픔으로 불 밝혀 밤을 하얗게 탈색시킨다.

넷째 장 일기

배흘림기둥엔 보드라운 달빛이 흘래내리고 있다. 달빛은 밤만 되믄 그 기둥 배우에 앉아 논다. 달과 기둥은 밤마다 사랑을 한 것이다. 기둥의 불룩해진 배는 틀어서 금이 쩍쩍 가도 한 분도 꺼진 적이 없다. 우째든 저 달빛은 아흔아홉 개의 꼬랑데이를 가진 여운지도 모른다. 밤마동 내래와 배흘림기둥 부드럽게 애무하는 달빛에 은젠가는 저 배흘림기둥은 침식되어 사라질 것이다. 이 평범한 이치를 저 배흘림기둥은 알까? 모르니까 매일 밤 달빛만 기다래겠지. 달비린내 확, 치키는 밤.

나와 달과의 거리는 점점 가까와지고 몸은 열기로 달아오르고 있다.

다섯째 장 일기

부석(浮石)은 한 짝 구석에 앉아 지난 전설을 곤히고 있다. 울매나 많은 날을 곤했는지 꿈쩍도 하지 않는 부석(浮石). 많은 사램들이 문무왕의 만파식적(萬波息笛)과 의상대사의 도술을 찾제만 입 꾹 다문 채 꿈쩍도 않는 문무왕과 의상대사. 나는 가끔 생각으로 돌메이를 쪼갠다. 쪼개진 돌 틈으로 의상대사가 지팽이를 짚고 문무왕을 모시고 나온다. 너무 오랜 시월 굳었던 오금 절뚝이민서 걷는다. 문무왕이 거느랬던 바램과 빛들과 뽀얀 삽살개 한 마리 오요요 뎀박질해 나온다. 물음표 한 개 똥그랗게 말고 꼬랑데이를 썰래썰래 흔들미 나온다. 개 같은 시상이란 말?

여싯째 장 일기

안양루(安養樓)에 안양은 불교에서 극락을 뜻한다는데 아무리 눈 씻고 찾아봐도 안양루에 극락은 없다. 무량수전 지하 13m 되는 석룡(石龍)이 있어 기우제를 지냈다는 용정(龍井)엔 용은 승천하고 물만 찰랑거리고 있다. 맞배지붕 아래 선묘정에서 선묘 깨금발이 깡총 껑충 뛰어나온다. 의상대사를 짝사랑해 콩깍지를 쓰고 물에 뛰어들어 용이 된 선묘. 타국 만 리까지 따라와 부석사를 짓게 도와주었지만 의상대사는 무심(無心)한 사람. 그 큰 돌메이를 공중에 날래던 기세는 어데다 쟁여두고 저래 고운 자태만 남았을꼬. 질투가 의상대사의 뻬말때기를 후래친다. 의상대사가 그리워 부석거리던 맴을 부석사 지으며 달랬을 선묘의 실물이 보고 싶다.

울매나 예쁠란동.

일곱째 장 일기

물고기가 처마 끝 허공 중에 매달래 울고 있다. 바다에서 잘살고 있는 물고기를 잡아다 바램 부는 공중에 매달았다. 어미 품이 그리워 소리도 없이 몸 흔들민서 울어대는 불쌍. 목어를 해맑은 웃음으로 달래는 달빛의 눈물에 가심팍이 아래고 쓰래다. 바램은 사정없이 목어를 흔들어대고, 밤은 깊어가고 동상이 간절하게 보고 싶은 밤.

여덟째 장 일기

소중한 것들을 주었다가 도로 앗아 가뿌래는 무수한 저 손놀림을 천수경으로 이름 붙있다. 천 개의 손. 5백 밍이 모이믄 못할 일이 없다고 하제만 못하는 것 빼고 다 한다는 뜻이다. 생기나는 것 살아가는 것 죽음으로 가는 것 그 어뜬 거 한 개 맴대로 할 수 없다. 먼 얼어 죽을 천수경이 소원을 이롸준다고. 그 말에 나는 꾸정물을 끼얹고 싶다. 우리 어메 소식 한 장도 못 갖다주는 쓰레기 같은 말.

아홉째 장 일기

이느 날 불게 새끼가 내 앞날을 처먹어 치우면 우째지? 아찔하다. 내 인생은 잠깐 임대를 했을 뿐 기간이 끝나믄 돌래줘야 한다. 곰곰 생각해봐도 얼매간의 임대란 말을 알래주지 않고, 기분

내키는 대로 기간을 줄이거나 늘리는 神의 횡포에 나는 장단을 칠 수가 없다. 불개 새끼가 내 앞날을 물어 뜯으면서 컹컹 공중을 짖는 밤.

열째 장 일기

설움은 끓일수록 진국이 된다. 나는 희망국을 끓애먹고 싶다. 희망 재료를 여게서는 찾을 수가 없다. 열째 장 일기를 읽어 가는데 진옥이 다시 입을 열었다.

제비가 봄빛을 물고 오고 제비꽃이 보랏빛으로 환하게 등불을 키이 집이 더 그립기 시작하드라. 나는 아부지와 동상을 보로 집으로 가야겠다는 조바심이 자꾸만 일기 시작하드라. 그래도 꾹꾹 봄을 참고 여름을 참고 가을을 참았제만 찬바램이 칼날보다 날카롭게 불고 눈이 마이도 쌓인 어느 날 나는 더 이상 참지 못하고 후~~ 후~~ 시님 몰래 절을 빠자나왔다. 그땐 나도 내가 누군지 알 수가 없었다.

내 안에 살고 있는 내가 누군지 몰래 섬뜩한 생각이 들었제. 내 안에 또 다른 내한테 패배하고 시님 몰래 절을 떠나 산길을 뛰어서 한 30분 정도 내래와 숨을 고르는 순간 어느새 시님이 내 뒷덜미를 잡아챘어. 놀래기도 하고 겁도 났제. 나는 어쩌지 못하고 그 자리에 털썩 주저앉아 발버둥치민서 울었다. 아부지하고 동상이 보고 싶다고 소리내서 울었제. 시님은 달래 한 뿌리도 안 주민서 달래다달래다 도저히 안 되겠는동 내 손을 잡고 우리 집에 델따주싰다.

우리 집은 아이지만 그래도 집이 좋았제. 기중 반갑게 맞이하는 건 동상이었다.

아부지는 얼굴을 찡그래시고 그것도 못 이겨내믄 사내자슥을 어따 써먹냐며 당장 나가라고 호통을 치싰제. 나는 다시 안 가고 여게서 살 거라고 울었다.

아부지는 지겟작대기를 가져와 등짝을 마구 때리싰제. 눈을 떴을 때는 방이었다.

거리마당 한 짝 귀퉁이에 있는 외딴 광 같은 방이지만 아랫목엔 안죽도 온기가 있어 미지근했제. 눈을 뜨이 아무도 없었다.

쪼끔 있으이 동상이 고사리손에 티끌이 덕지덕지 묻은 꽂감 한 개를 중하게 들고 와서 오빠 머라고 내밀었다. 그릏지만 오로지 물 뱎에 생각나지 않았제.

물을 쪼매 달래자 고 어린 것이 응. 오빠 내가 물 떠가지고 올게. 하고는 밖으로 나갔다. 이 엄동설한에 어데 가서 물을 가지고 올 겐지 걱정을 안고 누 있었다.

한참을 기다리자 갸는 반쯤 깨진 바가지에 얼음과 눈을 그득 담이 들고 들왔제. 나는 눈이라도 목구녕에 넣고 나이까 쪼끔 살 것 같앴다.

오빠 마이 아퍼? 그 똘망똘망한 눈망울에 눈물이 그렁그렁 멀구

알맨치 달래 있었제. 나는 울먹이는 갸 손을 잡았다.

나도 눈물이 났제만 동상 앞에서 울음을 꾸역꾸역 참았다.

고 어리고 이쁜 게 내 손을 놓으민서 오빠 내가 밥 가져올게. 하고는 뒤도 안 돌아보고 백으로 나갔제.

갸는 늦어서야 돌아왔다.

어데서 구했는지 꿀밤 주먹밥을 한 덩거리 가주고왔드라.

어데서 났냐는 말에 아무 대꾸도 없었제.

말 안 하믄 안 먹는다민서 다그치자 저 아랫마 노곡 아지매가 주싰다고 말했다.

먼 소린지 알 것 같앴다.

꿀밤 주먹밥은 쌉쌀 달달하고 맛있었제.

꿀밤 주먹밥을 내게 주고 침을 꼴까닥 꼴까닥 허기진 아기가 젖 넘게 듯 넘기민서 옆에 앉아서 오빠 맛있어? 오빠 맛있어? 물었제.

나는 반쯤 논가서 갸를 주었제.

싫다는 말도 없이 볼태기 터지도록 한입에 쑤셔 넣고는 눈이 녹은 물을 마싰제.

아부지는 이슥한 밤에야 어데서 드싰는지 고주망태가 되어서 들어오셔서 문지방에 쓰래져 꼼짝도 하지 않았제.

우리 남매는 아부지를 방에다 누이고 우리는 웃목에서 부둥캐 안고 오들오들 떨민서 밤을 새웠제. 날은 웃목에 그릇에 떠 논 물이 얼 정도로 매섭게 추웠제.

이튿날 아침 아부지는 토끼맨치 빨간눈으로 우리를 보싰제.

왜들 그래고 있어? 나가서 뒈지든가 동냥이래도 하든가 하지 않고.

소리를 고래고래 지르시민서 다 떨어져 창자가 튀어나온 비개를 집어 던짔제.

내가 밖으로 피해 나오자 동상도 울민서 따라나왔제.

동상 손을 잡고 밖으로 나오이 날은 잔뜩 흐래고 아득함이 저만치서 서성이고 있었제. 만구에 갈 데가 없어 난감하이 어메가 참 마이도 보고 싶기도 하고 밉기도 했다. 그 엄동설한에 가심에서 어메와 불던 풀피리소리가 삐리리삐리리 났제.

어메는 봄만 되믄 버드낭구 껍데기와 풀로 피리를 맹글어 내게 불어보라고 했제. 어메가 그리우니 서럽고 슬픈 생각이 들어 하늘도 무심하단 원망을 했제.

내 감정에 빠져있는데 갸가 느닷없이 노곡에 있는 아지매네를 가자고 했제.

피도 살도 안 섞앤 노곡 아지매. 그 아지매 진짜 이름은 구세주제.

어메가 실종되기 전에는 가끔 나를 델꼬가시기도 했제.

어메하고는 아주 친해 자매맨치 지내던 사이였제. 노곡에 사신다고 노곡 아지매라고 불렀던 노곡 아지매는 내가 절간에서 지낸 동안에도 동상을 보살피 주싰다는 말을 동상에게 듣고서야 아차 싶었제.

저 어린것을 아무 생각도 없이 내뻐래고 시님을 따라갔든 내가 참말 오빠가 맞는지 너무 잘못했구나 싶어 가심이 상처에 소금 뿌린 듯 쓰리고 아팠제.

아부지는 저래 정신이 없는데 나는 왜 동상 생각을 전혀 못 했었는지 자신이 한심했다. 그래도 불행 속엔 다행이 붙어 댕기는지?

노곡 아지매가 갸를 델꼬가시서 밥을 미개서 집에 델따주곤 하신 것이제.

노곡 아지매는 왜눔들이라믄 이를 뿌득뿌득 갈았제.

노곡 아지매는 기린보담도 더 긴 모가지를 늘이민서 인제나 돌아올까 저제나 돌아올까 안죽도 두 아들 애국·지사를 눈알이 빠재라 기다리는 중이제.

아들이 둘인데 큰아들 이름은 이애국, 둘째 아들 이름은 이지사고 둘 전부 보통핵교 선상이었제.

왜눔들 몰래 핵교에서 우리말을 갈채다가 왜눔들 검열에 걸려 못 갈채게 됐대.

그러자 움막 같은 허름한 방 하나를 빌리서 핵교 공부 끝나믄 어린 아 들을 모다 우리말을 갈채던 애국과 지사는 어느 날 쥐도 새도 모르게 사라졌대.

분맹, 저 쪽발이 놈들의 짓임에 틀림없재만 물증이 없어 애를 태웠대.

또 있다 한들 달걀로 바우치기라 우쨀 수가 없었대.

일주일이 넘도록 노곡 아지매의 애간장이 다 녹아 없어질 무렵에 애국과 지사는 다리를 절민서 돌아와 노곡 아지매 애간장을 다 녹아내리게 했대.

돌아온 형제는 공터에다 천막을 치고 일본 눈을 피해 또 한글을 갈채기 시작했대.

애국과 지사는 열성을 다해 우리글을 우리 문화를 우리 혼을 뺏게지 않고 우쨌든 나라를 구해야 한다는 절박한 뜻 하나로 밤늦도록 학상들한테 주먹밥을 줘 가민서 갈챘대. 발 없는 소문은 부지러이 날아댕개서 학상은 점점 많아졌대.

노곡 아지매는 아들들이 하는 일이 대견스러와서 맨날 주먹밥을 만들어 주곤 했대.

일본의 눈을 피해 올빼미 눈으로 밤에만 갈채고 교재는 전부 개인이 가주갔다 가주오도록 했대. 그른데 그게 문제가 될 줄 꿈에도 몰랐대.

한글을 열심히 공부하는 지식인이라는 학상이 있었는데 지식인은 같은 핵교 동무 배신자에게 한글을 배우로 가자고 했대.

배신자는 아부지가 반대한다민서 안 배우겠다고 하는 걸 한 분만 가보자고 끌다시피 델꼬 왔대. 첨엔 싫어했제만 시간이 지나니까 배신자도 열심히 하는 듯싶었대.

그른데 2주일째 되던 화요일, 그날도 길목에 지식인과 배신자가 가치 한글 공부를 하로 가고 있었대. 그때 각중에 남자 시 밍이 앞을 가로막고 어데 가냐고 물었대. 지식인이 나서서 부모님 심부름 간다고 둘러대는데 각중에 배신자가 배신을 했대. 가짓말하지 말라고 우리 한글 공부하로 가는 중이라고 씩씩거리민서 소리까지 질렀대. 배신자 말에 시겁한 지식인은 아니라고 진짜로 참말로 정말로 부모님 심부름 가는 거라며 일을 수습하려 했제만 헛일이 되고 말았대.

배신자가 지식인 말을 가새로 뭉텅 짜르민서 가짓뿌렁 하지마라고 우리 책보에 한글책이 있다고 낯짝에 힘줄을 시퍼릏게 세우민서 책을 꺼내 보였대.

그 청년들은 배신자를 앞세워 한글을 갈채는 천막으로 가 한글을 갈채고 있는 두 형제 애국과 지사를 끌고 갔대.

그 뒤로는 생사조차 모르고 노곡 아지매는 두 아들 애국과 지사를 기다리민서 그곳에서 나이를 늙히고 있었제. 나는 걸으민서도 걱정이 앞섰다.

그릏지만 일단 아부지께서 술이 깨야만 집에 디갈 수 있기 때문에 하룻밤이래도 갈 곳이라곤 노곡 아지매백에 없으이 우쨀 수 없었다.

한참을 걸어 노곡 아지매 집에 도착했제. 우리 남매가 오는 걸 본 노곡 아지매는 맨발로 뛰나와 나와 동상을 반갑게 맞이해주싰제.

흰머리와 주름투성이에 쌔까만 얼굴을 한 노곡 아지매는 우리 남매를 방으로 델꼬 들어갔제. 아랫목엔 구들장이 노릿노릿 익고 베르빡은 아무꺼도 바르지 않은 맨흙이었제만 방안은 따뜻했제.

아랫목 벽에는 부엌으로 나 있는 광창, 윗목에는 하얀 호롱 하나 이불 넣는 쪼매한 서랍장 달린 장농, 실강에는 대낭구로 엮은 대낭구 상자 하나가 올라앉아 바닥을 내래다보는 게 전부인 방.

그릏지만 그 방은 어뜬 부잣집 방보다 포근하고 좋드라.

이불속으로 손발을 땡게 넣으민서 노곡 아지매는

이걸 우째노! 이걸 우째노! 불쌍해서 이걸 우째노!

우릴 부둥캐 안고 우싰제. 나는 어메 품에 안긴 것맨치 포근하고 좋았제.

울고 싶어도 맴대로 울지 못한 시간을 피 놓고 오랜만에 맴껏 울었제.

니 위할매가 끌래가신 후 그릏게 맘 놓고 운 적은 첨이었제.

그 울음은 설움과 아픔 보고 싶은 어메에 대한 그리움이 한꺼분에 봇물맨치 쏟아져 나온 것이겠제.

동상은 내가 아지매 품에서 목 놓아 우는 걸 보고는 이유도 없이 따라 울었제.

한참을 실컨 울고 나이 속이 후련해졌제.

여린 삐삐꿎맨치 울음을 말린 갸는 아지매 우리 엄마하자민서 매달랬제.

노곡 아지매는 불쌍해서 그랬는동 어쨌는동 뜸도 들애지 않고 알았다고 목을 끄떡이싰제. 노곡 아지매의 낯에 패인 주름마다 그늘이 거미줄맨치 얽혔제.

미칠 동안 보리밥에 감재를 넣은 밥을 배불리 먹고 뜨뜻하게 자이 집에 가고 싶은 생각이 싹 사라졌제. 노곡 아지매가 꼭 친 어메맨치 편안했제.

어메가 행방 불맹 된 후 처음으로 다른 사램에게 맴을 열어보였제.

절에 있을 때 시님이 잘해주시도 이유 없이 슬퍼 자꾸 눈물이 나고 시님이 불경을 외도 목탁 소리를 들어도 아침에 절마당을 쓸어도 자꾸만 슬펐제.

혼자 몰래 해우소에 가서 실컨 울고 나오믄 시님이 우째 아시고 왜 울었느냐고 집 생각나냐고 묻기만 해도 또 슬퍼서 내 몸에는 슬픔만 살고 있는 것 같았다.

태어난 것이 원망스랩기도 하고 새들이 우는 걸 보믄 새들이 꼭 내 심정 같아서 슬펐제. 그래도 맴 놓고 울어보지 못한 울음 그날 다 운 것 같았다. 미칠 지낸 어느 날 저녁 갑자기 아부지가 추위에 불도 안 땐 냉방에서 우째 되었는지 망치로 한 대 맞은 것 같은 생각이 들었다. 혹시, 이 추운 날씨에 얼어서 돌아가신 건 아닌가?

방정맞은 생각이 벌떼맨치 달려들어 자리를 박차고 나와 칼바램을 가르민서 집으로 뛰는 동안 머릿속엔 돌아가신 아부지 모습이 눈떼맨치 휘날렸다.

달을 먹은 산

4

아버지의 타락

진옥은 다시 그 시절로 돌아간 듯한 표정으로 말을 이었다. 숙명도 귓속 달팽이 안테나를 세우고 외삼촌의 말을 귓속으로 송전시킨다.

정신없이 눈에 미끄래지고 넘어지는 몸보다 마음이 앞서 뛰어 아부지한테 갔제.

밤이 휘도록 폭설이 쏟아지고 살을 에는 칼바램은 시상을 다 삼킬 것맨치 서슬 퍼렇게 덜커덩설커덩 흔드는 대문을 열고 들어서던 나는 그 지리에 장승맨치 얼어붙었다. 니미 빌어 처먹을 눔들아! 우리가 너한테 밥을 달래나? 옷을 달래나? 나무 나라와 가정을 쑥대밭으로 맹그는 이유가 머란 말이로. 이 엄동설한에 어린

것들이 다 어데로 갔단 말이로? 대체 어데로! 짐승맨치 울부짖음을 토해내는 아부지. 문고리를 잡으믄 낙지발맨치 쩍쩍 달라붙는 추위에 방문을 열어젖혀 놓고 오열하는 걸 보고 나는 뒤돌아서 아지매네로 정신없이 뛰왔다. 지끔 생각하믄 아부지께 우리 남매 여게 잘 있다고 하믄 될 것을 그때는 아부지가 무섭기만 했다. 그날 밤 나는 아부지 울부짖음을 덮고 아부지가 우째 저래 실성한 사램 맹크로 타락했는동 노곡 아지매한테 물었제. 노곡 아지매는 이누무 시월이 혹독한 거제 누구 탓을 하겠노. 그래 인심 좋고 풍채 좋고 버릴 것 없든 사램이 저래 됐으이, 앞으로 어린것들하고 우째 살른지! 아지매도 말을 내뱉으민서 가심을 잡고 불쌍한 맴과 싸우느라 밤을 뒤척있제. 아지매도 나도 잠을 놓치고 이튿날 상황을 알아보기 위해 우리 집으로 갔던 아지매는 행동댁한테 들은 말을 내게 해주싰제. 나가 뒈지라고 욕하던 아부지는 집집마둥 다 돌아댕기고 부석사까지 갔다가 거기도 오지 않았다고 하자 허적허적 헛개비 걸음으로 집에 와서는 이래 사느니 차라리 죽는 게 낫다고 문지방에 걸터앉아 비 맞은 중맨치 중얼거리싰단다. 가을에 품팔이해 모아둔 돈으로 술을 마시고는 잠이 들고 다시 정신이 들믄 먹고. 실성한 사램이 되었다민서 우리를 집으로 가라고 했제. 우린 가기 싫다며 버티자 아지매는 우쨀 수 없이 우리 남매가 여기 있다고 알리주기 위해 갔다가 술에 곯아떨어진 아부지를 보고 돌아와서는 우리한테 말했제. 이것도 내 운맹이라믄 받아들애야제.

생사도 모를 동무 장미지를 위해서라도. 몹쓸 짓을 밥 먹듯이 일삼는 일본눔들을 원망도 마이 해봤제만 다 허사다. 이건 개인의 심으로 우쨀 수 없는 노릇이다. 누구도 그들의 명을 거역하지 못한다는 걸 안다. 내나라 국민 하나 지캘 수 없는 힘없는 나라에 태어난 운명과 팔자를 원망해야제 우째겠노. 어린 너들이 뭔 죄가 있노. 힘닿는 데까지 보살피줄께이 그냥 있그라. 그 당당하던 너희 아부지가 너희 어메가 사라지자 실성한 사램이 된 것은 어메가 끌리간 걸 막지 못한 자책감 때문일게다. 노곡 아지매는 그릏게 우리를 위로해주싰다. 아지매와 어메는 오랜 동무다. 나이는 아지매가 훨씬 많았제만 둘은 친 자매맨치 다정하게 한 동네서 잘 지냈다더라. 아지매가 남핀 죽고 어려울 때 어메가 먹을 거며 입을 거며 아끼지 않고 도움을 주었데. 어메의 따뜻하고 고마운 맴을 아지매는, 동기간도 저 살기 바빠 허덕이민서 먼 산 불 보듯 하는 어려운 시절이라 아무도 돌보지 않던 자신을 살게 해 줬다고 어메가 어데론가 사라지자 오매불망 가심 쥐어뜯으민서 아파했대. 어데서 돈이 생깄는지 노곡 아지매는 끼니 걱정은 하지 않았다. 지끔도 그때 그 아지매가 멀로 먹고 살았는동 모른다. 다만 보리밥에 감재를 넣은 감재보리밥은 양껏 멀 수 있고 뜨뜻한 온돌방에서 자는데 불 넣는 낭구 걱정은 안 헤도 됐다. 그 외에는 아무꺼도 모른다. 노곡 아지매는 친 어메맨치 뜨뜻이 메게고 재와주싰다. 1년을 넘게 아지매네서 아무 걱정 없이 지냈다. 그릏지만 봄날에도 돌풍은 느닷없이 일어나는 법. 봄빛 아지랑이 아랑아랑 춤추는 어느 날 붙들이 아부지가 아지매를 만나로 왔다. 붙들이 집에 일꾼이 필요한데 나를 데리가믄 안 되겠냐는 애기였다. 아지매는 자신도 나가 많고 평생 미게살릴 수는 없으이 머리 좋은 선비 집안 아들이니까 델꼬가 공부도 더 갈채고 일도 시캐고 밥도 배불리 미게달라고 친 아들맨치 부탁을 했제. 가기 싫었제만 은제까짐 동상도 나도 아지매 신세를 질 수 없다는 생각에 나는 붙들이네 집으로 가기로 맴 먹었제. 맴을 굳힌 나는 동상 손을 잡고 말했제. 오빠가 돈 마이 벌어 쌀밥도 해주고 핵교도 보내줄 테이까 아지매하고 잘 지내고 있으라고. 동상은 한마디 말도 없이 모간지만 두어 분 끄덕있제. 눈보다 더 하얀 눈물이 봄날 고드름 녹듯이 자꾸자꾸 볼태기를 타고 줄줄 흘렀제. 다행히 같은 마라 가끔 동상도 볼 수 있고 아지매도 보로올 수 있다고 했제. 이튿날 동상이 일어나기 전에 나는 붙들이네 집으로 갔다. 붙들이는 나를 보자 깜짝 놀랬다. 붙들이는 내하고 핵교도 가치 댕긴 적이 있는 또래였제. 나는 챙피하고 부끄러웠제만 동상을 위해 참기로 결심했제. 붙들이는 아들 일곱을 낳아 홍역과 빙으로 다 죽고 마지막 쉰둥이 그만이라도 꼭 잃지 않고 잡아야 한다꼬 이름을 붙들이라고 지었다 했다. 이름 덕인지 붙들이는 죽지 않고 잘 자랐제만 말썽 피우고 버르장머리 없기로 동네에 소문이 다래넝쿨맨치 무성하게 뒤덮었다. 어른애도 몰래보고, 머든지 자기가 원하믄 다 해야 직성이 풀렀제. 그야말로 부잣집 4대 독자

답게 거들먹거렸다. 내가 핵교 댕길 때 기중 놀림을 마이 주도한 동무가 붙들이제. 그래도 나는 동상을 위해 이를 물고 참았다. 겨울이 되자 붙들이는 아직에 일어나믄 일부로 짚가리에서 짚을 뽑아다 온 마당에 흩어놓고 날더러 쓸어 내라고 시킸다. 또 부엌에 재를 담아와 마당에 뿌리믄 그 재를 나는 쓸어야 했제. 자기 맴에 들지 않으믄 내 낯에다 춤을 뱉었제. 붙들이는 짚가리에 짚을 뽑아 마당에 흩어놓고 부엌에 재를 담아와 마당에 뿌리기 위해 나보다 일찍 일나고, 나는 짚가리에 짚을 뽑아 마당에 흩고 부엌에 재를 담아와 마당에 뿌린 걸 쓸기 위해 일찍 일났제. 빛과 그림자 같은 사이였제. 그뿐이 아니었다. 나만 보믄 버짐 피라 복상꽃맨치! 버짐 피라 복상꽃맨치! 얼굴에 침을 뱉으민서 맨날맨날 놀랬제. 비가 오는 날이믄 처마 끝에 낙숫물을 받아서는 내게 뿌렀제. 사마귀야 돋아라! 사마귀야 돋아라! 머리에 물을 뒤집어쓰고 나믄 그 수모와 모욕 땜에 때로는 싸우고도 싶었제만 동상을 생각하민서 차오르는 부애를 꾹꾹 밟아 누르민서 참고 참은 덕분에 몇 년 후에 동상은 핵교에 입학할 수 있었제. 참말로 기뻤제. 그것뿐 아이다. 동상은 노곡 아지매 덕분에 놀림을 안 받고 핵교에 댕길 수 있었다. 아지매는 누구든 달녀를 어메 없는 아 라고 놀리거나 건들기만 하믄 그냥 안 둔다민서 동네 아 들한테 엄포를 놓았단다. 달거리도 모르는 옥련을 동네 사램들은 달녀로 불렀제. 얼굴이 달맨치 허옇고 둥그렇다고. 우쨌든 달의 이력맨치 이 험한 시상 구석구석

그늘을 비추고 소원을 들어주고 기도를 받아먹고 배가 불러지믄 비우고 또 채우기를 반복하민서 자신을 단련해서 환하고 보드라운 빛을 지상으로지상으로 송출해주길 기다리는, 그른 맴인지도 모르제. 영원히 인간 씨를 모종하려는 염원인지도 모르제. 동상은 노곡 아지매 덕분에 어메 없는 아 라는 놀림도 없이 핵교를 댕길 수 있었제. 우째다 한 분 집에 가믄 동상이 행복해하는 모습에 암만 힘든 일도 다 참아낼 수 있었제. 내 동상은 똑똑해서 3학년까짐 학년에서 1등을 했제. 선상님들도 전부다 구여워해주싰제. 동상 인생에서 이 3년이 기중 행복한 시기가 아닌가 싶다. 새 학기가 시작되고 동상이 4학년이 되었다. 그 전날 나는 작기장 연필 크레용 도화지를 사가주고 동상을 만내로 갔제. 동상은 폴짝폴짝 뛰민서 작기장과 연필 크레용과 도화지를 품에 안고 좋아서 우쩰 줄을 몰래 했제. 나는 그때 행복이 먼동 알 것 같았다. 좋아서 뛰는 동상을 보이 시상 근심이 다 녹아내리고 돌아오는 발길은 솜보다 더 해끕했제. 붙들이네 집에 다시 와서도 힘을 얻어 일을 했제. 눈이 떠나지도 않은 산에 낭구를 하로 상머슴을 따라 산엘 가서 발이 시릅고 미끄러지기를 수없이 하민서 낭구를 비서 단을 단디 묶어 산 밑으로 굴래 보내며 점심은 소금을 넣고 꾹꾹 뭉챈 주먹밥을 먹으민서 꽁꽁 언 손으로 낮도 아이고 밤도 아인 시간. 어둑어둑 어둠이 깔랠 때까짐 낭구를 비야했제. 어둠이 덮쳐 더 이상 낭구를 빌 수 없어지믄 산 밑으로 굴린 낭구 단을 내 키 배는 되게 지게에 지고 지겟작대기를 지패이 삼아 휘청휘청 금방 쓰러질 것 같이 집으로 오민서도 동상을 생각하믄 어데서 힘이 불끈불끈 솟았다. 매일 겨울인데도 땀을 흘리민서 집에 들어서던 어느 날 붙들이가 작대기로 낭구 단을 떠밀어 짐을 짊어진 채로 꼬꾸라졌다. 그 뒤론 알 수가 없었다. 눈을 뜨이 머리맡에 상머슴 형이 걱정스레 쭈그래고 앉아있었제. 괜찮나? 어젯밤에 니 죽는 줄 알았다. 열이 펄펄 끓는데 약이 없어 눈을 수건에 싸서 온 몸띠이를 닦아냈디이 쪼매씩 열이 떨어졌어. 근심이 까맣게 핀 상머슴 형이 눈물나게 고맙기도 했제만 한편 그냥 죽게 내비두지 왜 그랬어? 라는 말이 입안에 맴돌았지만 꿀꺽 삼켰다. 형은 내 입안에 말이 괴씸했는지 아무 말 없이 문을 열고 나가더니 용서하기로 했는지 보리로 끓인 죽을 가주왔다. 그릏지만 보리죽은 너무 써서 멀 수가 없드라. 배도 고프지 않고. 우두망찰 암 생각도 없었제. 동상이 보고 싶고 노곡 아지매 품이 그리웠제만 볼 수 없었제. 쪼끔만 참자. 쪼매만 참자, 이를 악물고 참았제. 몸이 낫고 보름달이 훤하게 뜨는 어느 날 밤 갑재기 동상이 억시기 보고 싶어 이튿날 아침 지게를 진 채 산으로 안 가고 동상한테로 갔다. 노곡 아지매는 나를 부둥캐안고 한참을 울었제. 그래 고상이 많제? 이 대낮에 우째 왔노. 먼 일 있는 건 이이제? 아이씨더. 그냥, 아지매하고 동상이 보고 싶어 잠깐 왔니더. 그때야 내 말로 낯에 근심을 씻은 노곡 아지매는 서둘러 멀 걸 채래왔제. 나는 갑자기 어메가 보고 싶어지드라.

그때 동상이 들어왔어. 어메가 동상을 보시믄 울매나 좋아하실까. 나는 넋이 나간 듯 동상을 보고 있다가 가치 방에서 놀다가 깜빡 잠이 들었다. 누군가 깨워서 눈을 뜨이 노곡 아지매가 괜찮냐고? 붙들이네 집에 말하고 왔냐는 말에 후닥닥 용수철맨치 공중으로 몸을 튕게 붙들이네 집으로 향했제만 대문이 굳게 닫혀 밖을 차단하고 있었다. 할 수 없이 대문 앞에 앉아 있는데 마침 어데 갔다 오는지 붙들이가 오고 있었제. 웬일인지 부드러운 낯으로 들어가자민서 내 손을 끌고 대문을 발로 꽝꽝 차자 머슴이 대문을 열고 안으로 들어서기가 무섭게 붙들인 험상궂은 낯으로 변하민서 니, 우리 집 머슴인 거 잊아뿌랬나? 오늘 적에 혼 쫌 나 봐래이. 오늘 적은 저 개하고 가치 자래이. 머슴은 본래 개하고 자는 거다 알았나? 말인지 막걸리인지를 내뱉은 붙들이는 송아지만한 불개가 두 마리나 있는 개 우리에 나를 떠밀어 넣었제. 그래고는 개 우리 문을 잠궈버렸다. 급작스럽게 당한 일이라 우째 할 방법도 없어 겁만 먹었는데 다행스럽게도 불개들은 으르렁 거래다가 다시 구석으로 디가서 눕드라. 옷이래야 홑바지 누덕누덕 지은 옷과 홑적삼이라 추운 날씨를 견딜 수가 없었제. 나는 개 철망 새로 손을 넣어 짚을 한 움큼 뽑았제. 및 분을 뽑아내서 덮으이 꽤 푹신하고 추워도 한 풀 꺾이드라. 그릏제만 밤이 깊을수록 추위는 참을 수 없었제. 나는 내복이 우째 생깄는지도 모르고 살았으이 바지를 벗어 낯을 감싸고 추와서 아랫도리를 짚으로 덮고 잠을 청했제. 눈을 뜨이 방안이었고 아랫도리는 죽을 것맨치 통증이 돋았다. 손으로 만재 볼라고 하이 솜방망이 같은 게 둘둘 말래 만잴 수도 없었제. 죽을 것 같은 통증이 이른거라는 걸 태어나서 첨 알았제. 통증은 울매나 지독한동 일주일쯤 지내서야 쪼매 가라앉았제. 누구도 먼 일인지 말해주지 않고 서로 눈길로만 말을 주고받고 있었제. 나는 상처 난 곳을 한 분 보고 싶다고 했제. 붙들이와 상머슴 형은 어차피 알아야 하이까 알래야 한다민서 서로 말하라고 핑퐁핑퐁 말로 탁구를 치고 있었제. 심상찮음을 느꼈지만 그래도 인생을 뒤바꿀 정도로 심각한지는 몰랐다. 그 중한 주장자를 밤에 개새끼들이 물어뜯어 처머뿌랜 것이다. 붙들이는 거짓뿌렁에 또 새빨간 가짓뿌렁으로 염색한 말이 튀어나왔다. 내가 스스로 개 우리에 디가 자다가 저래 됐다고 재로 새끼를 꼬았제. 재로 새끼를 꼬든 물소리로 새끼를 꼬든 꽃향으로 새끼를 꼬든 붙들이는 주인 아들이고 머슴인 나는 사슴을 말이라고 해도 변명할 생각조차도 못 하고 말이라고 믿어야만 했제. 지록위마(指鹿爲馬)란 고사성어를 만들어낸 눔들이 죽이고 싶도록 원망스러왔다. 동상만 아니어도 혯바닥을 깨물고 자살이래도 했을 게다. 그날로 나 하진옥은 죽었다. 나는 그때 이 시상은 사램이 사는 곳이 아이라 맹수들이 우글거래는 지옥이란 생각이 들어 이부지도 싫고 머슴 집도 싫고 붙들이도 싫고 시상이 다 싫었다. 그릏지만 동상과 노곡 아지매가 있어 지금 내가 이릏게 목숨 부지하고 있는 것이다. 그릏지만 인제 사는 게 뭐라고 더 살 의미를 모르겠다. 내 금쪽같은 동생이 그리 갔으이. 진옥은 구름과자 살을 다 발라 먹고 뼈만 수두룩하게 쌓인 재떨이에 꽁초를 짓이겨 끈다. 화풀이라도 하듯. 꽁초에 화풀이하지 말고 다음 이야기나 해 달라는 듯 숙명은 다그치며 묻는다. 그래서요? 그 집에선 보상을 해줬니꺼? 보상? 그 집에선 더는 말썽 부래는 나를 둘 수 없다고 품값 한 푼 없이 내쫓았제. 아무 말도 못 하고 쫓게나와서 노곡 아지매 품으로 다시 들어갔제. 그 이후로 나는 원인을 알 수 없이 시름시름 앓아서 아무꺼도 할 수 없는 신세로 누 지내야 됐제. 아지매와 동생이 뜬 눈으로 간호를 하다가 아지매마저 몸져 눕게 되었제. 동생은 댕기던 핵교를 그만두고 나와 아지매 빙 간호를 시작했제. 그 정성과는 상관없이 누 있던 아지매가 위험스러움을 알래 왔제. 어느 날 우리를 보시민서 에그 불쌍한 거. 인제 우째노! 우째든 좋단 말이로! 하시더니 눈을 감고 말았어. 한 분 감으믄 다시 뜰 수 없는 그 눈은 시상을 떠났제. 구세주 아지매는 그릏게 이 시상을 버렸제. 그래 애타게 기다리던 두 아들 애국·지사도 못 보고 어데론가 훌쩍 가버리싰제. 아니 두 아들을 찾으러 떠났는지도 모르제. 아지매가 떠나자 생전 보지도 못했던 사램들이 나타나서 집을 비우라고 했제. 사정해 보았제만 막무가내였다. 안죽도 노곡 아지매를 가마이에 넣어 지게에 지고 가민서 자기네 집이라고 두 눈 부릅뜨고 집을 비우라고 했던 사램이 눈앞에 선하다. 시절이 그랬다. 자고 일어나믄 기회주의자들이 한 밍 두 밍 약속이나 한 거맨치 생게났제. 이익 앞에선 형제도 친척도 밀고하고 기회를 놓칠세라 왜눔한테 달라붙어 매국노 짓을 하는 눔들이 많던 시절이였제. 그래도 오늘까짐 나라가 건재하는 건 숨어서 우리 글을 갈채고 우리 얼을 갈채고 목심을 걸고 천지 사방으로 뛰댕기민서 왜한테 저항하고 맞받아 싸우민서 희생한 조상들 덕분이제. 우리 남매는 할 수 없이 다시 아부지가 계시던 곳으로 갔제. 그릏지만 아부지는 벌써 반은 이 시상 사램이 아닐 정도로 수척한 몰골로 누 계싰제. 그 와중에 우리가 가자 행동 어른 메느리는 방을 비우라고 했제만 갈 곳이 없었다. 갸가 주인 할매한테 빨래하고 밥하고 소지하고 언나까짐 봐줄 테이 지발 나가라고 하지만 말아달라고 소맷자락을 잡고 애원했다. 행동 어른은 아무 말 없이 메느리 눈치만 보았제. 메느리는 낯이 새까맣고 독살스럽다는 인상을 풍게는 말을 했제. 대가리에 피도 안 마른 게 하긴 뭘 한다꼬. 독묻은 말을 내뱉았제. 동상은 행동 어른한테 처마 끝 고드름맨치 달라붙었다. 빨래하고 밥하고 소지하고 언나까짐 봐줄 테이 지발 나가라고 하지만 말아 달라고 손을 모아 파리맨치 싹싹 빌고 눈물로 애원했제. 주인 할매가 딱한 눈빛으로 메느리한테 애원의 눈길을 보내자 어데 하는 거 봐서 그래 하겠다고 행동 어른 메느리는 마지못해 절반의 승낙을 했다.

또 다른 시련

조르고 조른 덕분에 동상은 깜깜한, 시간도 알 수 없는 한밤중에 일나 물을 여 나르고 마당을 씰고 마리를 닦고, 손이 꽁꽁 얼도록 일을 했제. 새빅 별빛을 이고 나가 달빛을 이고 들어왔제. 내 동상 달녀의 손은 어린아이 손이 아니었다.

겨울이 끝날 무렵이면 얼었던 땅이 녹듯 동상에 걸렸던 동상 손에 진물이 질질 흘렀제. 봄 냄새가 파릇파릇 돋는 봄이믄 손이 가뭄에 논바닥처럼 쩍쩍 갈라져서 그 사이로 피가 흐르다 엉겨 붙어 붉나무 진이 달라붙은 참나무 껍질 같앴제.

그릏지만 진짜 힘든 건 먼저 들어온 식모였단다. 내 동상이 상전 모시듯 눈치를 보민서 일을 해도 늘 쌀쌀맞게 구는 식모 언니를 동상은 추운 겨울 빨랫줄에 널린 빨래 같다고 했다. 좀처럼 빨리 마르지 않고 뻣뻣하게 얼어서 늘 덜그덕거리며 괴롭혔다. 동상은 발갛게 언 두 손을 뱃속으로 집어넣고 아린 아픔을 참느라 울먹일 때마다 가심이 쓰리고 아리고 죄스러웠제. 식모 언니란 여자는 간신배맨치 쪼매한 잘못도 주인집 메느리에게 일러바치민서 알랑방구를 끼서 일하는 것보다 더 괴로워 했제. 주인집 메느리와 맞장구치민서 골탕을 먹인다고 울먹일 때마둥 내가 할 수 있는 일은 한심 쉬는 것뿐이었다. 점심은 보리밥에 감재를 넣은 밥 한 그릇을 먹는다고 했다. 갸는 감자 두 개만 먹고 밥그릇을 몰래 짚가리

속에 감춰 뒀다가 가져와 감재죽을 끓애 나와 아부지를 먹인 걸 안 건 한참 후였다. 저녁 설거지가 끝나고 달이 중천에 뜨믄 동상은 쇠죽을 끓이는 정지로 손을 녹이러 가곤 했단다. 쇠죽 끓이는 사랑 머슴은 두덕두덕 두더지 상에 두 눈은 뱁새눈 같고, 코는 쥐 뜯어 먹다가 만 감재맨치 생긴 것과 달리 동상을 짠하게 여겨 손을 녹여주곤 했는데 어느 날 사랑 머슴이 밖에 나간 뒤 손을 쬐던 동상은 쇠죽 솥에 감재가 눈으로 들어와 주위를 두리번거려 아무도 없는 걸 확인하고 감재를 치맷자락에 싸서 짚가리에 숨겨놓은 밥그릇에 담아 집으로 오민서 구름이 달빛을 좀 가려줬으면 하고 빌었대.

그릏지만 달빛은 더욱 환하게 웃으민서 꼭 동상 뒤를 따라붙어 두려웠대. 집에 와서 허겁지겁 물을 붓고 끓애서 아부지와 나를 먹인 건데. 아무꺼도 몰랬던 아부지와 내가 지끔 생각해도 한심하제. 방안에 아침에 끓애 놓은 죽 냄비에 죽은 나도 아부지도 먹지 않은 날이 더 많앴다. 그릏지만 동상은 맨날 감재죽을 끓이 놓고 나갔제. 그러던 어느 날 갸는 짚가리에서 밥을 가져오다 식모 언니한테 들켰대. 언니 용서해달라고 아부지랑 오빠가 아파 누서 안 갔다 미게믄 죽는다고 애원했지만 그건 니 사정이고 그릏다고 밥을 도둑질해 숨게났다 가주고 가냐고. 주인 새댁께 씨잉 친바램이 불도록 날랜 걸음으로 가더니 얼마 후 주인 새댁이랑 식모 언니가 와서 집안에 도둑을 키왔다민서 난리가 났대. 지 먹을만침도 일을 못 하민서 식구들을 다 미게 살릴라 한다고. 내일 당장 방 비우고 자기 집에서 다 나가라고. 눈꼬리를 고얭이맨치 치켜 올래민서 악을 쓰고는 휭 가버렀대. 동상은 아무리 애타게 불러도 대답 없는 어메를 부르미 울고 또 울었대. 한 분만 용서해 달라고 말도 못 하고 울었대. 아무리 울어도 소용없다는 걸 알고 눈물을 닦으민서 비틀비틀 집으로 오는데 시커먼 그림자가 앞을 막았대. 겁을 먹은 동상은 뒷걸음질했제만 더욱 가까이 다가오는 시커먼 그림자는 주인 할배였대. 주인 할배는 니가 도둑질을 했냐고 물었대. 동상은 모든 일을 다 말했대. 지송하다고 그래고 진짜로 도둑질이 아이라고. 점심밥을 반은 먹고 반은 숨게 두었다가 아부지랑 오빠 죽 끓애 드랬다고 말씀 드랬대. 그래고 쇠죽 솥에 감재는 몰래 가주간 건 사실이라고. 그 감재를 건재 가주가서 아부지하고 오빠 죽 끓애 줬다고 참말로 미안하다고. 지발 용서해 달라고 무릎 꿇고 주인 할배한테 빌었대. 한마디도 안 하고 다 듣고 난 주인 할배는 아무 표정도 없이 그래? 그래믄 훔친 게 아이란 말이냐고 물었대. 그릏다고 대답했대. 절대 아이라고. 지 몫에서 반을 남게 둔 거고 쇠죽 솥에 감재 건재 간 건 참말로 죽을죄를 지었으니 한 분만 용서해 달라고 빌었대. 할배는 알았다민서 그냥 가싰대. 말까지 더듬으민서 변명 아닌 진실을 말했제만, 그 말을 믿어줄지 불안하기만 하다고 내게 말했다. 대책도 없으민서 괜찮다고만 말하는 나는 오래비라는 말을 작두날에 잘라버리고 싶은 심정이었다. 집에 와서 내게 그 말을 하고는 그 어린 것이 쫓게날까 걱정을 하얗게 새웠제. 나는 등을 돌리고 누워 동상이 들을까 몰래 흐느낌으로 밤을 적시민서 또 하루를 지우고, 이튿날 꼭두새빅 불쌍한 내 동상은 일하로 안 가믄 쫓게난다민서 또 일하로 갔제. 나는 가지 말라고 말렸제만 뿌리치고 두 소매로 눈물을 닦으민서 나간 동상을 생각하민서 나도 모르게 소나기 같은 눈물이 마구 흘러내리더라. 그리 무능력한 내 가심을 치고 있는데 갑재기 동상이 숨이 넘어갈듯 문을 열어젖히민서 들어왔다. 가심이 또 쿵! 하고 뒷산에 돌 구르듯이 굴러 내렸지만 태연한 척 연기하민서 무신 일인동 천천히 말해보라고 하는데 얼굴이 무척 밝아보여 한심을 쉬고 들었다. 어두컴컴한 길에 두려움을 가득 담은 옹가지를 이고 가고 있는데 또 검은 그림자가 앞을 가로막는 바램에 깜짝 놀라 하마터믄 옹가지를 떨어트래 낄 뻔했대. 놀랜 가심을 움켜잡으민서 자세히 보니 주인 할배가 뒷짐을 지고 서 있드래. 놀래서 그 자리에 굳어 뱁뱁 생각이 다 들드래. 또 방 비와 달라는 건 아일까? 아님 쇠죽 솥에 감재를 및 번 더 마이 가져온 걸 아신 걸까? 순간 온갖 생각이 다 떠오르민서 불안했대. 아무 말도 못 하고 장승맨치 서 있는데 뜻밖에도 주인 할배 목소리가 구불구불 부드러웠대. 놀랬냐민서 어린것이 고상 많다. 우리 새아가 쪼매 싱하게 하드래도 참그라. 새아가 본새 부잣집에서 고상을 모르고 커서 고상하는 사램 심정을 잘 모르니 참으라고. 말을 마친 할배는 옆에 두었던 자루 하나를 내밀었대. 누구한테도 말하지 말고 집에 갔다 두고 오빠하고 아부지 죽 끓애 드래라민서. 어린 것이 딱하기도 하지 우째 복을 저리도 못 타고 태어났노. 아무꺼도 모르고 응석부릴 나이에 이누무 시상이 죄 없는 아 들을 저 꼴로 만들었다. 다 어른이 잘못해서 죄는 아 들이 받는다. 시상이 큰일이다. 말세라고 하시민서. 누가 볼까 무서우니 얼릉 받아서 집에 갖다 놓고 와서 물 여 오라고 하싰대.

주인 할배는 자루를 건네주고 뒤도 안 돌아보시고 휘 휘 두 팔을 하얗게 저으시민서 가싰대. 동상은 돌아서서 휘젓는 할배 팔이 천사 날개보다 더 눈부시게 보있대.

꿈인지 생시인지 볼을 꼬집어보이 아프드래. 기쁨이 밥물 끓어 넘치듯 끓어 넘쳐 보이는 동생은 자루를 열어보고는 야! 쌀이다 쌀! 쌀을 두 손에 가득 담아 들었다 놓았다 어쩔 줄을 몰라했제.

오빠 아부지 이것 봐 쌀이씨더. 쌀이란 말이씨더.

팔짝팔짝 뛰는 동상 기분은 누가 알아주든 안 알아주든 혼자 기뻐보있어.

그릏지만 아부지는 어데서 훔쳤노! 당장 훔친 자리에 갖다 놓지 못하냐고 고함을 질렀제. 아부지! 주인 할배가 주싰어요. 훔친 게 아이라 말이씨더. 억울함을 호소하는 동상 말에도 아부지는 그 말을 안 믿었제. 주인 영감탱이가 줄 위인이 아이라민서. 당장 갖다 놓으라고 소리 지르민서 몸을 일으키려 했제만 몸이 제대로 움직여지지 않자 끄응 하고 돌아누워 버렸제. 참말로 훔친 거 아이라고 나도 거들었제만 아부지는 못 믿으싰제. 동상은 정지라야 냄비 하나 달랑 걸래 있는 정지. 겨울엔 칼바램과 눈보라가 제집맨치 드나드는 정지, 불을 피우는 아궁이조차도 눈이 쌓이는 정지로 가서 냄비를 가져와 쌀을 담았제. 쌀이 아니라 눈 같애서 금방 녹아버릴 것 같다민서 안절부절못했제. 꼭 어데 도깨비 방망일 잘 뚜드래서 나온 쌀 같다민서.

쌀죽을 하얀 눈맨치 한 냄비 끓애 방으로 가지고 들어왔제만 아부지는 수저도 대지 않았제. 동상은 나와 가치 하얀 쌀죽을 쪼매씩 논갈라 먹고 윗목에 뚜껑을 덮어 놓더니 그때서야 늦었다는 생각이 드는지 후닥닥 샘으로 달려갔제. 그릏지만 저녁에 와서 있었던 일을 하민서 우는 모습이 뼈를 저리게 했다.

샘으로 가서 물을 길어 종종걸음으로 물 옹가지를 이고 정지로 들어가자 식모 언니가 도끼눈을 뜨고 쳐다보드래. 어데 싸돌아댕기다 인제 오냐민서. 또, 밥 숨게 놓은 것 아이냐고 종주목을 댔대. 진짜진짜로 아니라고 말해도 소용없었대. 그래믄 왜 인제야 오냐고 다그쳤대. 잘못 했다고 다음부텀은 안 그랠 테이 한 분만 용서해달라고 식모 언니한테 빌었대. 죄인맨치 식모 언니 앞에서 고개를 숙이고 잘못을 빌고 있을 때 바깥에서 흐흠, 흐흐흠 헛기침 소리가 정지로 걸어 들어왔대. 이어서 굵직한 주인 할배 목소리가 부엌으로 따라 들어오민서 머가 이래 시끄릅노? 머 땜에 아직부텀 여자 목소리가 담을 넘냐민서 식모 언니를 나무랬대. 식모 언니는 아무꺼도 아이라고 얼버무리민서 말을 입속으로 쑤세 넣었대. 주인 할배는 눈을 치키뜨민서 어린 것 작작 나무래고 잘 쫌 대해주라고 고함을 지르시고 헛기침을 내뱉으민서 마당으로 걸어갔고 할배 뒤통수에 대고 야. 개미만한 목소리로 대답을 한 식모 언니는 가재미눈을 맹글어 동상을 째래보았대. 그릏지만 동상은 이름이 구세주인 노곡 아지매 대신 오늘은 주인 할배가 구세주 역할을 해주어서 기뻤대. 그릏게 위기를 잘 넘기자 춤이라도 출 듯이 기분이 좋아 신들린 듯 온종일 더 깨끗이 더 많은 일을 했다고 자랑을 내놓았제. 전처럼 밥을 반만 먹고 반을 집에 가져올 일도 없어 맴이 한결 핀하다민서 시상을 다 얻은 듯 좋아했제. 얼마 후 눈썹달이 졸음에 겨운 시간. 저녁 설거지부터 청소까지 끝내고 집으로 가려는데 주인 할배가 불렀대. 주인 할매 행동 어른이 부석사 절에 불공드리러 간 틈을 타서 주인 할배가 동상을 부른 것이제. 주인 할배는 오래비 델꼬 읍내 의원엘 댕게오라고. 젊은 것이 저래 누 지내믄 우째냐민서 한사코 손사래를 쳤제만 치료비를 주셨대. 고맙게도 할배는 의원 갈 구루마까지 빌래주싰다며 숨도 안 쉬고 말했제. 고마움에 수도 없이 절을 했다민서 나를 의원에 데리고 갔제. 진료를 하고 약을 타오고 그 덕분에 나는 눈에 띄게 좋아졌제. 그 고마움에 자꾸만 눈물이 샜제만 고맙다는 말도 못 했다. 그 후로 주인 할배가 아무도 몰래 쌀자루를 건네주신 덕에 우리 시 식구는 굶주릴 걱정은 덜고 지냈다. 동상은 몸살이 나도록 주인 할배

집일에 열심을 했고. 주인집 메느리가 먼 말을 하든 식모 언니가 미움을 주든 아무것도 장애물이 되지 않고 마냥 고마워하민서 그 집 일을 쌔가 빠지게 하던 내 동상이 너무 불쌍해 나는 울민서 시월을 보냈다. 주인 할배의 배려에 좋아지는 건강도 잠시 또 햇빛 뒤에 시커먼 먹구름이 몰래오고 있었다.

달을 먹은 산

5

가시밭길

중국 한나라 때 '이릉은 중과부적으로 어쩔 수 없이 거짓항복한 것이며 그는 훌륭한 장수다.'라고 이릉을 위해 바른말을 해 유명한 중과부적(衆寡不敵)이라는 고사성어를 남기고 궁형을 당한 사마천의 초상화처럼 진옥은 수염이 사라지고 피부는 무말랭이처럼 쪼그라들고 팔다리는 머루 덩굴 같고 가슴뼈는 살 다 도려낸 돼지갈비처럼 툭 불거지고 두 눈은 웅덩이처럼 푹 꺼지고 눈빛은 흙탕물에 반사된 달빛 같고 햇빛을 못 본 머리카락은 실뿌리 같았다. 그렇게 운명을 송두리째 바꿔버린 순간에도 죽지 않은 것이 신기할 정도였다. 폭풍과 한파를 온몸으로 막아내는 어린 달녀가 너무 불쌍해 하늘이 도왔는지 진옥은 건강에 푸른싹이 돋자 어린 동생이 고생

하는데 한 우산 아래 살면서 동생만 소나기를 맞게 하는 게 맘 아프면서 한편, 어린 것이 어떻게 돈으로 살 수 없는 소중한 가족애를 가지고 태어났는지 기특함과 짠한 생각이 교대로 가슴을 적셔 자신도 날품이라도 팔아야겠다 몸을 추스르던 어느 날이었다. 혈기 왕성한 청년 한 패거리가 집에 들이닥쳐 주인집 나락 가마니를 실어냈다. 이게 무슨 행패냐 호통치는 주인 할아버지마저 끌고 가 버렸다. 그렇게 콧대 높게 굴던 며느리도 발만 동동 구르지 뾰족한 수 없이 며칠이 지나가고 뻐꾸기가 남의 둥지에 침입해 둥지의 새를 쫓아내고 둥지를 차지하듯 주인을 밀어내고 새 주인이 들어왔다. 논밭이 좀 많은 집이면 사흘이 멀다고 뺏기고 짓밟히고 반항하면 파리목숨처럼 죽는 일이 일어나는 흉흉한 시대였다. 그야말로 상실의 시대였다. '빼앗긴 들에도 봄은 오는가?'라는 이상화 시의 대답에 봄이 올 생각은 전혀 안 보인다 였다. 꽁꽁 얼고 찬바람만 횡포를 부리는 겨울이었다. 어쩌면 일본을 등에 업고 일본인보다 더 횡포를 부리는 사람이 있어서 그런지도 몰랐다. 한국 물정을 잘 모르는 일본인보다 가장 가까이서 누구 집에 무엇이 있는지를 환하게 아는 내부의 적 때문에 더 흉흉하게 엉클어지고 꼬이고 비틀어지는 때였다. 지옥이 있다면 아마 이것이 훌륭한 지옥일 거라고 진옥은 생각했다. 새 주인에게 하루아침에 거리로 쫓겨났다. 인정이라고는 벼룩의 간만큼도 없는 세월이었다. 갈 곳이 없어 막막한 달녀는 아버지와 오빠와 담 밑에 길고양이처럼 쪼그리고 앉았다가 일어서서 혼자 무작정 걸었다. 얼마를 걸었는지 배가 너무 고파 한 발자국도 걷기 어려워 길가에 주저앉았다 일어나 걷는데 길 건너편 국말이밥 식당이 보여 무작정 들어간다. 국말이밥을 먹으러 온 줄 알고 호들갑스럽게 인사를 하던 주인은 먹으러 온 게 아니라고 하자 인상이 확 달라지며 미간에 계곡을 만들고 눈꼬리를 사납게 치켜올려 악마로 변했다. 그러나 달녀는 달리 방법이 없어 뱃속에서 용기를 꺼낸다. *열심히 일할 테니 잠자고 밥만 멀 수 있게*까지 말을 들은 국말이밥 주인 여자는 달녀의 말허리를 자르고 고춧가루처럼 매운 말을 퍼부었다. *개시도 안 한 집에 재수가 없을라이 별꼴을 다 보네. 도토리만한 지지바가 뭐 하는 짓이냐.* 며 노발대발 발꼬랑내 나는 말을 뿌렸다. 달녀는 속으로 도토리 안에 아름드리 굴참나무가 사는 걸 모르는 식당 주인이란 생각을 한다. 자신을 재워주고 먹여만 주면 몸이 부서지게 일할 수 있는데 몰라줌이 야속했다. 버선목처럼 자신의 속을 뒤집어 보일 수도 없는 달녀는 엉거주춤 문 옆에 서서 불현듯 가난은 불편할 뿐이지 부끄러움이 아니라는 아버지 말씀이 거짓말이라는 생각이 든다. 악기의 줄이 너무 팽팽하면 소리가 끊어져 버리고 너무 느슨해도 소리는 죽어버린다. 줄이 너무 팽팽하지도 느슨하지도 않은 중도일 때 아름다운 소리를 낼 수 있고 소리가 흥겨워야 신나게 춤을 출 수 있는 것이다. 부자는 아니어도 너무 지독한 가난으로 기운 삶은 불편한 것이 아니라 비굴해지는 것이고 처참하게 짓밟히는 쪽으로 치우친 것이다. 한쪽으로 기울어 흙처럼 밟히는 것, 그러니까 남에게 불쌍하다는 동정마저도 짓밟히는 것 외엔 어떤 소리도 낼 수 없는 가난은 몇 킬로그램의 불편함을 견뎌야 할지 몇 센티미터나 비굴해져야 하는지. 몇백 리나 처참하게 짓밟혀야 하는지. 무시와 괄시를 몇 섬이나 받아야 하는지. 알 수 없는 나락으로 떨어지는 것이다. 멍하니 그런 생각을 하고 있는 달녀를 주인 여자는 딱하다는 듯 혀를 끌끌 찬다. 아무리 인생에 행복도 고통도 잠시 다녀간다지만 저 어린 것한테 저런 시련이 닥치다니 여기까지 생각한 주인 여자는 맘을 손바닥 뒤집듯 바꾼다. *정 갈 데 없으면 자고 낼 날 새거든 가거라. 내 적선하는 셈 치고 하루 재워주마.* 식당 주인이 하룻밤 묵게 해준다는 말에 깜깜하던 밤길이 갑자기 환해지는 것도 순간, 안도의 숨 끝에 아버지와 오빠 걱정이 개미 떼처럼 몰려든다. 자신이 어찌할 수 없는 무능함에 가슴을 쓸어내리며 애써 잊어버리자고 자신을 다독이며 하룻밤 묵기로 한다. 주인 여자는 쌀쌀맞던 것과 달리 된장찌개에 밥 한 공기와 이거라도 먹으라는 말을 함께 차려준다. 허기에 면역이 생겨 배고픔도 잊은 상태였으나 밥을 보니 다시 시장기가 돈다. 고맙다는 말을 밥에 섞어 게 눈 감추듯 먹어치운다. 주인의 동정 가득한 눈빛에 찔려 피가 철철 흘렀으나 더 아픈 건 배고픔이라 아무렇지도 않았다. 달녀에게 무슨 일이 있든 시간은 제 갈 길을 묵묵히 간다. 어느덧 어둠이 햇볕을 모두 밀어내고 식당 문 닫을 시간이 되었다. 주인 여자는 식당에 딸린 조그만 방을 가리키며 *오늘 밤 저기서 자고 낼 가거라.* 서릿발 성성한 말을 던지고 가버린다. 안도의 한숨을 쉬며 하룻밤의 잠을 눕힐 방문을 열자 마늘이 땅바닥에 어지러이 널려있다. 마늘과 식자재들이 다 차지한 나머지 공간, 사람 하나 간신히 누울 공간을 얻어 몸을 눕힌다. 식자재들이 자신의 처지보다 낫다고 생각하니 서글픔이 온 방 가득 깔린다. 서글픔을 깔고 누우니 천장이 막막하게 자신을 내려다본다. 실강대 아래는 곶감이 주렁주렁 열려 몸을 말리고 실강대 옆으로 큰 유리 창문이 있다. 빛이 그 창문을 넘어와 곶감을 말리는 모양이다. 달을 따서 저렇게 주렁주렁 싸리 막대기에 꽂아놓으면 얼마나 환할까? 달 하나 가슴에 품고 살아가는 사람들이 나를 달녀라고 부른다. 왜? 달녀인 내 길은 환하지 않고 자꾸 캄캄한 곳으로 떨어질까? 먹구름은 왜 달녀인 나를 가리려 악착같이 따라다닐까? 보름달처럼 환한 날이 올까? 생각 사이로 곶감이 입을 유혹해 침이 꿀꺽꿀꺽 홍시를 탐하지만 꾹 참고 잠을 청한다. 오빠와 아버지 생각에 심장이 쿵쾅쿵쾅 천둥을 쳐댄다. 방안에 싸늘한 냉기와 문풍지를 흔들어대는 바람 소리가 36.5도의 체온 속으로 마구 파고들자 잠은 어디로 가버리고 오지 않는다. 방은 냉방이고 덮을 것이 없어 잠은 따뜻한 온돌방을 찾아 떠난 것이다. 없는 잠을 부르느니 차라리 일어나 앉아 마늘을 까야겠다고 마늘을 집어든다. 마늘도 쪽쪽이 모두 모여 이렇게 붙어 함께 울타리를 만들어 사는데 우리 가족은 왜? 이리 뿔뿔이 또 이별

해야 하는지. 혼자 미친 사람처럼 중얼거리며 마늘을 깐다. 손이 아리도록 껍질을 다 벗긴다. 반들반들 오동통통 실한 몸들이 탱글탱글 우윳빛을 발기하고 있다. 마늘을 다 까고 땅콩을 집어드니 땅콩들도 한 꼬투리에 둘, 셋씩 온기를 나누며 들어있다. 기특한 생각이 든다. 토실한 땅콩 알들을 바구니에 담아 밀치며 선조들이 마늘, 땅콩이란 이름을 참 잘 지었다는 생각을 팔꿈치에 접어서 베고 눕지만 잠은 새벽녘에서야 들어왔는지 주인이 오는 것도 모르고 잠속에서 헤매다 시끄러운 소리가 귓속을 파고들어 일어나니 해가 중천에 떴다. 문틈으로 내다보니 빗자루는 바닥을 쓸며 장사 준비에 분주하다. 달녀는 후다닥 몸을 일으켜 식당으로 나가 쓸고 있는 빗자루를 빼앗아 대신 쓸기 시작한다. 주인은 빼앗긴 빗자루를 보며 멍하니 서서 아무 말 없이 빼앗긴 빗자루가 바닥을 쓸듯 이런저런 생각을 쓸어 수북하게 쌓는다. 주인의 생각마저 쓸고 식탁까지 물걸레로 닦고 나서 더 할 일을 찾는 그녀에게 주인은 *고것 꽤 짠데. 그래 몇 살이로? 열한 살이씨더. 집은 어디고? 집없니더. 야가 시방 누구하고 농담 따먹기 하나?* 주인 여자의 정색에 달녀는 *아이래요. 농담 따먹기가 아이고 진짜 없니더.* 진지한 달녀의 말에 식당 주인은 이상하다는 듯 눈을 들어 달녀의 얼굴을 쳐다본다. *부모님은? 엄마는 거랑에 빨래하로 갔다 일본눔들한테 납치당하고 아부지는 아프시고 오빠도 아프고 그래서…* 목소리는 점점 쥐구멍으로 기어들어간다. *그래 아버지하고 오빠는 어디 계*

시나? 두들마요. 그래? 두들마면 이 뒷동네 아니냐? 그럼 너 이름은 뭐니? 아니 아버지 함자는? 사투리와 표준말을 섞어가면서 숨도 안 쉬고 물어댄다. *아부지는 하선비요. 뭐? 하선비? 너희 아버지가 하선비란 말이지? 야. 선비이기도 하재만 아부지 성함이 선비씨더 하선비. 그래, 하선비 집안이 왜 이렇게 되었지? 내 잘은 모르지만, 하선비 소문은 들어 알고 있다. 니가 그 하선비 딸이란 말이지? 야, 그 집 딸 옥련이씨더. 에그 딱하기도 하지. 그 왜눔들이 원수 덩어리지 누구를 탓해.* 말 사이로 뱃속에서 염치도 없이 꾸르륵 소리가 바깥으로 튀어나온다. *참 그러고 보니 늦은 점심 먹고 어제 저녁도 못 먹었구나. 쯧쯧,* 주인 여자는 허겁지겁 주방 쪽으로 가더니 반찬을 주섬주섬 꺼낸다. 얼른 *이리 와서 밥 먹으렴. 어제 팔고 남은 밥이지만 시장이 반찬이니 어서 밥부터 먹어라.* 하고는 흰쌀밥을 고봉으로 퍼준다. 나물도 처음 보는 나물 무침이다. 허겁지겁 단숨에 밥이고 반찬이고 다 뱃속으로 집어넣고 쯧쯧 주인의 혀 차는 소리로 입가심을 한다. 안쓰러움이 하얗게 밴 목소리로 *그래 어젯밤에 배가 고파 잠도 못 잤구나. 방도 추웠지?* 측은하고 가여운 눈초리가 쳐다본다. *아이래요. 고맙게 잘 잤니더.* 주인 여자는 달녀가 나오면서 미처 닫지 못한 방문을 닫으려다 깜짝 놀란다. *아니! 저 많은 마늘과 땅콩을 다 깠네. 어린 것이 손끝이 저래 야물고 부지런하노? 우선 갈 데 없음 여기서 잔심부름이나 해줄래?* 주인 여자의 입술 사이에서 나오는 뜻밖의 말에 달녀는

너무 기뻐 *야! 머든지 씨게만주시믄 다 할께요. 머부텀 하믄 되니껴? 씨게기만 하믄 머든지 다 하니더?* 숨도 안 쉬고 뱉어내는 어린 말에 주인 여자는 멍하니 미닫이 유리문 밖을 내다본다. 그 또래 자신의 딸은 아무것도 할 줄 모르고 투정만 부리는데 너무 일찍 철이 든 정답 없는 인생길에 가슴이 짠하다. *지금 할 건 없다. 조금 있다 할 일 갈캐주마. 야! 참말로 참말로 고맙니더.* 달녀는 코가 땅에 닿도록 머리를 숙인다. 걱정과 막막함을 내쫓고 들어온 평안함이 고요한 물결처럼 찰랑댄다. 임시로라도 밥 먹고 잠잘 수 있는 곳이 생겼다는 마음에 훙 바람이 인다. 아무리 힘들어도 열심히 하리라 다짐한다. 어린것의 일찍 철든 모습에 식당 주인은 안쓰러움과 연민이 번져 자식처럼 보살펴주리라 마음 줄을 팽팽하게 죈다.

상엿집에 입주하다

한편, 달녀의 아버지와 오빠는 달녀가 오기만을 기다리다 목만 길게 늘어니고 달녀 그림자도 보이지 않자 우선 추위 피할 곳을 찾아다니지만, 어디에도 갈 곳이 없다. 짧은 겨울 해는 인정사정없이 무자비하게 자기 갈 길을 가버린다. 어둠이 모이를 던진 공터에 새떼 몰려들듯 바람과 추위 서글픔이 괴로움과 함께 몰려든다. 그 무엇이든 바람과 추위와 서글픔과 괴로움을 다 쪼아 먹고 뼈만 앙상하게 남기면 좋겠다는 생각이 든다. 사방 어디를 보아도 발을 디디거나 풀 한 포기 잡을 곳 없는 아득한 절벽이다. 바람은 더 사납게 이빨을 허옇게 보이며 달려든다. 살아야 한다. 살아야 한다. 아버지와 동생 때문에 질경이처럼 참고참고 또 참으며 살아야 한다. 살아야 한다는 의지의 주문을 외자 번개처럼 스치는 곳이 있다. 강변가에 상엿집, 모두 무섭다고 그 근처에 얼씬도 하지 않아 상여가 혼자 사는 상엿집. 진옥은 우선 추위를 피해야 했기에 짚으로 이엉을 엮어 지붕과 벽을 만들어 새끼줄로 엉성하게 엮어놓은 상엿집 안으로 들어간다. 돌바닥에 상여 한 대가 둥그러니 앉아있어 소름이 돋는다. 바람은 집요하게 밑바닥으로 찬 기운을 끌고 기어들어 온다. 금방 귀신이라도 나올 것 같이 머리가 쭈뼛쭈뼛 하늘로 뻗혀 올라간다. 그렇지만 지금으로선 당장 달리 방도가 없다. *그래 구신들 다 나와라. 내하고 한 판 붙어보자.* 일부러 허세를 부리며 자신 속에 귀신들을 불러댄다. 겁이 겁을 이겨야 하는 상황. 겁을 없애려 겁을 불러들이지만, 도깨비도 귀신도 한 놈도 나오지 않는다. *그래. 자신이 없으니까 비겁하게 다 좇게 갔겠지. 당분간 여게서 우리가 신세 쪼매 질 거다 알았제.* 진옥은 그렇게 자신 속에 들어온 귀신과 한바탕하고는, 멀쩡하게 살아있는 아버지를 상여에 눕히고 밖으로 나오는데 눈물이 주르르 흐른다. 눈물의 가출이 몸속에 슬픔 아픔 괴로움을 모두 데리고 나왔으면 좋으련만, 진옥은 소매로 눈물을 훑어버리고 논바닥에 깔린 짚단에 눈을 털고 영차영차 끌어다 바닥에 깔고 바람구멍을 틀어막는다. 나머지 짚으로 아버지 무릎을 덮는다. 아들보다 짚이 효자 노릇을 한다. 그래 위기는 극복하는 것이 아니라 견디는 것이다. 어제부터 굶은 아버지는 헛소리도 못 할 만큼 지쳤지만 진옥은 견디기 위해 거리로 뛰쳐나간다. 드문드문 집이 있지만, 암흑 속이다. 암흑 속에서 먹거리를 찾기란 하늘의 별 따기보다 어렵다. 하늘의 별은 동심으로 딸 수 있지만, 입에 풀칠은 손과 발로 거두어야 한다. 진옥은 어느 집 앞을 지나가다가 무 구덩이를 발견한다. 입구를 틀어막은 짚단을 빼낸다. 바닥에 넙죽 엎드려 팔을 구덩이 속으로 넣는다. 운 좋게도 무와 배추가 손을 덥석 잡는다. 배추 한 포기를 꺼내고 무 한 개를 꺼내기 위해 손은 넣는 순간 무엇인가 손가락을 꽉 문다. 기겁을 하고 다시 손을 빼는데 살이 쪄서 번들번들한 쥐 한 마리가 손을 따라나와 밖으로 도망간다. 손 없는 쥐도 저리 잘 먹고 살이 포동포동한데 두 손을 가진 나는 무엇이란 말인가? 잠시 쥐가 간 곳을 보며 생각하다 다시 손을 넣어 무 한 개를 더 꺼낸다. 찝찝했지만 어쩔 수 없다. 진옥은 누가 뒤에서 따라오는 것 같아 연신 뒤를 돌아보며 칼바람을 헤치며 땀이 나도록 뛰어 아버지가 누워있는 상엿집에 도착한다. 입으로 무 껍질을 깐 다음 무를 씹는데 꼭 쥐가 씹히는 것 같은 역겨움을 꾹꾹 참고 씹어서 아버지 입에 넣어

준다. 다행히 소가 되새김질하듯 질겅질겅 무를 드시는 아버질 보며 안도의 숨과 죄스러움이 합집합으로 겹친다. 행상 집에서 짚을 깔고 덮고 무를 먹고 배추벌레처럼 배추를 갉아 먹고 하룻밤을 눕힌다. 밤새도록 행여 나가는 꿈을 꾼다.

오호 오호 에히넘차 호오히
호오호 호오호 이히넘차 호오호이 호오우넘차 호오이
고래 등 같은 집을 두고 호오우넘차 호오이
간다 간다 나는 간다 호오우넘차 호오이
하직 인사를 하온 후에 호오우넘차 호오이
잘 있거라 부모 동기 호오우넘차 호오이
알들살뜰 모은 재물 호오넘차 호오이
오늘날에 막죽이라 호오넘차 호오이
산도 깊고 험한 데를 호오넘차 호오이
준령 태산을 올라갈 때 호오넘차 호오이
까시덤불을 헤쳐가며 열두 봉을 드나듦에
산은 깊어 험한 굴은 조심하여 운상하소.
'상여 놓는 소리'
오호 오호 에히넘차 호오히
다 왔구나 다 왔구나! 북망산천에 다 왔구나
삼십이 명 동군들에 좌정하여 내래주소

조심하여 내래주소 오호 넘차 오호이

어여! 어여! 어여영차 어여!

밤새도록 누군가의 죽음을 싣고가는 행상 운구 소리와 요령 소리를 듣다 눈을 뜨니 온몸이 땀으로 흥건하게 젖어있다. 아버지의 코 밑에 얼른 손을 대어본다. 약하지만 아버지는 숨을 쉬고 있다. 안도의 숨을 쉰다. 여전히 추위란 놈이 아가리를 벌리고 달려든다. 아버지 허기를 채울 음식을 구하기 위해 햇살 한 홉도 들지 않는 행여 집을 나오다 움찔한다. 남자 두 명이 상엿집으로 걸어오고 있다. 진옥은 그 자리에 서서 그들을 기다린다. *신고가 들어와서 왔니더. 여게 들어가시믄 안 되니더.*

제복을 입은 남자들은 둘 다 둥글넓적 제법 인심이 좋게 생겼다. 진옥은 그들을 보며 말한다. 그래믄 집도 절도 없고 *갈 곳도 없고 몸이 아픈 아부지를 우째란 말이이껴? 차라리 우리 부자를 델꼬 가소.* 두 사람은 어이가 없다는 듯 서로를 쳐다보며 눈빛을 교환한다. *이 추위에 나 참. 아무튼, 여서는 나가시야 되니더.* 한심하다는 듯 말을 던져버리고 헛기침을 뱉으며 가버린다. 그들이 가고 진옥은 바람을 막기 위해 짚을 더 가져다가 밑바닥으로 기어들어오는 바람을 막았지만, 밤에는 바람이 용하게도 기어들어 온다. 모닥불을 좀 피우고 싶은 맘이 간절하지만, 누군가 보고 또 지서에 신고할까 그것도 어렵다. 아버지는 점점 더 기력이 쇠했지만 뜨거운 물 한 방울 얻을 곳이 없다. 언덕배기에 은은하게 호롱불 빛이 새어 나오는 어떤 집에 무작정 가니 다행히 대문이 없는 집이다. 안으로 들어서자 노인이 기침을 하면서 나온다. *누구이껴? 지내가는 사램인데 뜨뜻한 물 한 대집 얻어먹고 싶어서 들랬니더? 이 추운 날씨에. 쪼매이만 기다리소.* 허리가 기역 자로 굽은 노인은 다시 어머니 뱃속으로 들어갈 듯한 자세로 웅크리고 부엌으로 들어가더니 물을 데워온다. 뜨거운 물을 후후 불어가면서 한 대접 먹고 나니 속이 따뜻해서 살 것 같다. *저어 지송한데요. 뜨뜻한 물 한 대집만 얻어갈 수 없니껴? 가다가 추울 때 먹게요.* 얼굴도 손도 가죽만 남은 노인은 부엌에 가서 뜨거운 물을 병에 담아 준다. 고맙다는 말을 두고 행상 집으로 향한다. 아버지는 눈도 뜰 기력이 없는지 눈을 감고 죽은 듯이 누워있다. 물을 입으로 넣어 드리자 목이 얼마나 말랐는지 더 달라고 하신다. 물을 반쯤 다 드시고는 좀 정신이 나는지 여기가 어디냐고 물으신다. 아무 말도 할 수 없어 *아부지 잠깐만요!* 하고는 얼른 밖으로 나온다. 따뜻한 물이라도 한 모금 드시게 해 다행이라며 애써 처량함을 자위하면서 또 어딘가로 가서 아버지가 드실 무언가를 구해와야 한다는 막막한 생각으로 멍하니 있는데 두 남자가 들어오더니 걸음도 제대로 걷지 못하는 아버지를 부축해서 지서로 데리고 간다. 지서 안에 들어서니 천당이다. 저녁이 되니 국말이밥 한 그릇씩을 준다. 찬바람도 없는 곳에서 허기진 배도 채울 수 있고, 잠도 잘 수 있어서 너무 좋다는 생각을 했지만, 그 행운도 잠시뿐 다음 날 그들은 감금했던 문을 열며 *나가소. 그 상엿집에는 다시 가시믄 안 되니더. 알았니껴?* 당부를 내렸지만, 귀를 닫고 아버지를 부축해 지서를 나온다. 가도 가도 자갈밭길에 차디찬 바람뿐이다. 세상에 온기는 모두 어디로 숨었는지. 망망한 바다에 부레 없는 물고기 신세가 되었다. 쉼 없이 헤엄을 치지 않으면 가라앉겠지. 방향 전환도 할 수 없는 장애를 가진 상어나 방향 전환이 자유로운 자신이나 다를 건 하나도 없다는, 진옥이 혼잣말로 읊조린 말들이 날개를 달고 허공을 날아다니고 있다. 세상천지 이 넓고 넓은 땅덩어리 이 작은 몸뚱이 하나 눕힐 곳이 없다. 늑골에 고여 있던 슬픔이 안개처럼 기어 나와 온 우주를 다 덮는다. 아늑함보다 더 아늑한 말이 있을까. 눈물 한 방울마저도 용서치 않는 이 절벽. 절벽의 등 뒤에서 동백꽃이 붉은 울음을 쏟아낸다. 여승의 생리처럼 울컥울컥 쏟아내는 붉은 꽃물 같은 삶. 바람은 자꾸만 불어 차디찬 마음은 허공에 얼어붙고 막막한 절벽에서 자란 슬픔꽃이 송이송이 피어난다. 저 동백처럼 붉은 슬픔은 누구의 자궁에서 피어났을까. 깜깜한 밤 누군가의 간절한 기도가 단추를 눌러 환해질 수 없을까? 오래된 궁리가 맨발로 걷다가 티눈이 박혔나? 도대체 어떤 궁리도 떠오르지 않는다. 기혹함만 절뚝이며 다가온다. 한 치 앞도 보이지 않는 안개 터널. 진옥은 해가 뜨기를 기다리며 한 발 또 한 발 어둠을 내딛고 있다. 언젠가는 인생꽃이 찬란하게 피어나리라. 막연한 희망씨를 가슴에 품으면서. 갈 곳은 없다. 다시 상엿집으로 갈 수밖에. 다른 묘수는 그를 찾아주지 않는다. 진옥은 아버지를 업고 그 상엿집으로 다시 걸어간다. 아버지의 몸은 지푸라기처럼 가벼워 눈물이 줄줄 흐른다. 아버지께 들킬까 두려워 아버지를 짚 위에 눕혀 놓고 밖으로 나온다. 춥다는 말도 배고프단 말도 모두 빼앗긴 아버지를 진옥은 도둑질이라도 해서 먹여야 하는 절박함에 허기 달랠 것을 구하러 발걸음을 데리고 다닌다. 발걸음도 얼어붙는 날씨다. 뜨거운 국물이 필요해 한참을 헤매다 어느 식당으로 막 들어서려는 순간. 저쪽에서 붙들이가 걸어와 피하려 했으나 피할 곳이 없다. 진옥은 자신도 모르게 눈에서 갑자기 독기가 서리고 혈압이 오른다. 차가움밖에 없던 몸속에 갑자기 열이 펄펄 끓어 열기를 간신히 안으로 삭히며 말없이 서 있는데 붙들이가 옆에 온다. *니 진옥이 아이라. 추운데 왜 여게 서 있노?* 그 고약한 주둥이에 어떻게 저리 살가운 말이 살고 있는지 의심스러울 정도로 부드럽게 말을 붙여온다. 그 악랄한 주둥이서 나오는 말이 부드러우면 그 안에 어떤 흉측한 계략이 숨어있는지를 몸으로 체험한 진옥은 붙들이 말에 치가 떨린다. *신경 끄시지.* 진옥은 뒤도 돌아보지 않고 상엿집으로 다시 들어온다. 그러나 막돼 처먹은 저놈. 그놈의 막막이 집요하게 따라붙어 분노와 증오와 원망을 키우게 하고 희망까지 막막하게 한다. 오르막 장막 망막 정막…, 막이란 막 자를 모두 가위로 싹둑싹둑 잘라 유황불에 태워버리고 싶다. 그러나 이런 막에 대한 분노와 증오와 원망을 키우는 데 허비할 시간조차 그에게는 허락되지 않는다. 아버지가 종일 아무것도 못 드셨기 때문에 또 먹을 것을 구해와야 한다는 초조가 발걸음을 재촉한다. 그런데 그 앞에 또 그놈의 막돼 처먹은 붙들이가 막대처럼 서 있다. *왜 여게 있노?* 붙들이의 말이 아무리 부드러워도 진옥의 귀엔 부드럽게 들릴 리가 없다. *이 불개 같은 새끼야. 니, 여게가 어덴데. 왜? 여게까지 와서 사램 열을 돋구노? 니눔이 아이래도 충분히 힘드니까 기어가라. 상관하지 말고 빨리 꺼지란 말이따.*

진옥은 속에 부글부글 끓고 있던 화를 있는대로 끄집어내서 말 화포를 쏘아댄다. 말 화포 화살이 동나자 진옥은 작은 돌멩이를 집어 그에게 마구 던진다. 그 돌멩이는 정통으로 그의 정수리를 맞혀 몸속에 있던 피를 밖으로 줄줄 흐르게 한다. 진옥은 정수리에 흐르는 피를 집까지 데려다준다. 다시는 돌아보고 싶지 않은 집. 그쪽으론 오줌도 누고 싶지 않은 그 집을 어쩌다 또 왔다. 그러나 붙들이 머리에서 흐르는 피가 멎는 것이 우선이라 대문 안으로 들어선다. 상머슴 형과 붙들이 아버지가 마침 무슨 이야기를 주고받다가 붙들이를 보자 기겁을 하고 달려온다. *이게 우짼 일이로? 먼 일이라 말이로? 날래 뛰가서 의원을 델꼬 온나.* 붙들이 아버지의 혹삭스런 말에 옆에서 눈알을 굴리며 서 있던 상머슴 형은 *야!* 짧은 대답을 뱉어 놓고 재빨리 의원을 데리러 뛰어간다. 붙들이 아버지는 독사 눈처럼 눈에 독을 내뿜고는 *니가 그랬나?* 독이 밴 혀를 날름거린다. *야! 머야? 니놈이 감히 우리 붙들이를.* 붙들이 아버지가 부들부들 떨며 피를 지혈시키는 사이 진옥은 상엿집으로 돌아온다. 춥고 배고프고 걱정이 겹쳐 밤이 와도 잠이 오지 않는다. 아버지는 미동도 하지 않고 누워있다. 새벽녘 아버지 밥을 구하기 위해 막 행여 집을 나서는데 꿈에도 볼까 두려운 붙들이가 또 아무렇지도 않게 눈앞에 서 있다. *저리 꺼져! 니 우리 집에 잠깐 가자. 싫다믄? 그래도 가이 된다.* 진옥은 붙들이 머리에서 피를 꺼낸 죄가 있어 어쩔 수 없이 붙들이를 따라간다. 배도 고프고 잠도 못 잔 탓에 현기증이 진옥 정신을 휘청휘청 휘더니 어지러웠고 눈을 뜨니 붙들이가 머리맡에 앉아있다. 진옥은 벌떡 일어나려 했으나 뜻대로 되지 않아 다시 누웠으나 마음은 아버지한테로 가고 있다. 다시 눈을 감았다 떴다. 아무도 없다. 아버지 걱정에 일어나 비틀거리며 상엿집으로 간다. 그런데 어찌 된 일인지 아버지가 안 계신다. 어디로 가신 걸까? 이 추위에 빈 뱃속으로 성하지 못한 몸으로. 미친 듯이 밖으로 나와 아버지를 찾았으나 보이지 않는다. 지서에 가셨나 해서 들려 보았지만 허사다. 몇 시간을 헤매다 다시 상엿집으로 오니 붙들이가 와 있다. 진옥은 그를 쏘아보며 *왜 또 왔노? 치료비 내가 벌어서 물어 줄꺼이까 다시는 여게 얼씬도 하지 마라. 이 불개 새끼야. 빨리 꺼져 당장 꺼지란 말이따 개새끼야.* 분노살이 날아간다. 붙들이는 전과 달리 말에 독을 다 빼고 부드럽게 말한다. *너 아부지 우리 집에 있다 퍼뜩 와봐라.* 그 말만 남기고 붙들이는 가버린다. 진옥은 아버지를 모셔와야 한다는 생각으로 붙들이 집으로 향한다. 참말로 그림자도 들여놓고 싶지 않은 집. 아버지를 모셔와야 하기에 죽기보다 싫어도 해야만 하는 운명이 진옥의 가슴을 갈가리 찢는다. 아버지는 머슴채가 아닌 안채에 마치 죽은 사람처럼 꼼짝도 않고 눈을 감고 누워있다. *아부지!* 아무 대답도 없다. 붙들이 아버지는 옛날 붙들이 아버지가 아닌 듯 *지끔 마이 지쳤으이 몬 일날 꺼다. 오늘 여게서 자고 내일 일나믄 모시고 가라.* 말을 내뱉고 나가 버린다. 진옥은 맥이 빠져 우두커니 서 있는데 상머슴 형이 밥상을 들고 들어온다. 마음 같아서 마당 바닥에 집어 던지고 싶지만, 아버지 때문에 넘어오는 울화를 참고 있는데 붙들이 들어온다. *미안타. 니 아부지 나을 때까지만 여게 있그라. 그래고 밥 머라.* 하고는 손을 잡아 앉힌다. 확, 손을 뿌리치다 그의 아픈 상처를 건드렸는지 붙들이는 상처 부위를 한 손으로 잡고 인상을 찡그리며 *그래도 미안하데이. 할 말이 없데이. 죽을 죄를 졌다.* 하고는 말할 틈도 주지 않고 방을 나간다. 기가 막혀 그대로 주저앉는다. 잠시도 있고 싶지 않은 방구석에 있자니 가시방석이다. 밖에는 인기척이 없다. 상머슴 형이 아버지 입에 쌀죽을 떠 넣는다. *치우소 고만. 그 더룬 죽 안 머도 사니더. 지끔 당장 아부지 업고 갈 거이끼 그래 알고 상머슴 형도 저리 비키소.* 하고 밀친다. 순간 철썩, 송판때기 같은 손바닥이 진옥의 뺨을 후려친다. 진옥은 상머슴 형을 째려보며 소리지른다. *매처꾸만! 왜 때*

리니껴?

달을 먹은 산

6

아버지의 출가

진옥이 두 눈에서 불빛을 불화살처럼 쏘며 덤벼들자 상머슴 형이 진옥을 벽으로 밀쳐 세우고 따귀를 왕복으로 갈긴다. 대낮에 별이 번쩍번쩍 쏟아진다. 상머슴 형은 따귀를 때리고도 화가 안 풀리는지 마른하늘에 벼락을 맞고 어리버리 비틀거리는 진옥에게 눈알이 튀어나올 듯 쳐다보며, *니 내 말 단디 들어 임마야. 활 맹그는 사램이 화살을 피듯 맴을 곧게 피야제, 맴을 낚싯바늘매로 오그리고 살믄 천지가 다 걸리는 벱이다. 갈 데가 없어 상엿집에 살민서 니 이부지를 저 지경으로 죽게 할 참이리. 니 겉은 건 맞아 뒈져도 싸다. 이 마당에 자존심이 밥 미게 주나. 니 아부지 주게고 자존심 세우믄 머하노. 주인어른이 이만큼 인정 베풀어줄 때 고만*

몬 이기는 척하고 엎드래 있그라. 이새끼야, 니 아나? 그릇에 담긴 물도 강에 흐르는 물도 구름 속에 물도 모두 강으로 돌아가는 물은 물이다. 주인이 암만 꼴 보기 싫다 해도 니 아부지 목숨 부지하는 거는 똑같은 물이다, 정신 바짝 채리고 간 씰개 다 빼 됐다 너 아부지 살린 다음에 다시 저 거랑에 가서 깨끗이 씻어 다시 뱃속에 집어너라 임마야! 내가 집주인보다 못 배와서 이래 머슴살이 하는 줄 아나? 착각하지 말고 현실을 똑바로 보란 말이따. 땅속에 선 풀이 되었다 풀을 잘라 엮으면 새끼가 되었다 하는 기 인생인 기다. 숨도 안 쉬고 말을 쏟아내고는 죽 그릇을 들고 진옥의 아버지한테로 가 죽을 먹인다. 이 상황을 아는지 모르는지 죽을 받아먹는 아버지를 보며 울컥울컥 검은 핏덩이가 멀미하듯 올라오지만, 지금으로서는 다른 방법이 없는 진옥은 그냥 멍하니 앉아 생각한다. 그래, 아버지를 살리고 보자. 마음 한 갈래를 아버지를 위해 갈라내고 나니 마음이 조금 가벼워진다. 새가 날 수 있는 이유는 저 조그만 가슴속에 사는 마음마저도 비워서겠지. 새눈물, 새가슴, 비하하지만 단 몇 분도 날지 못하면서 온 세상에 경계를 허물며 다니는 새들을 욕하는 인간. 바윗덩어리보다 무거운 마음을 어떻게 비워야 분노도 증오도 원망도 없는 저 광활한 우주의 푸른 숲을 새들처럼 날아다니며 살 수 있을까? 쪼그리고 앉아 깜빡 삶을 견디는 사이 앓는 소리가 끄응 들린다. 진옥은 아버지 곁으로 바짝 다가가 시든 꽃줄기 같은 손을 잡는다. 살은 시간충들이 다

파먹고 뼈만 앙상한 손등엔 말라비틀어진 수박 줄기 같은 힘줄이 푸르스름하게 번어있다. 얼굴은 삶아 빤 이불 홑청처럼 하얗고 초점 없이 뭉개진 눈은 물넘은 동태눈 같다. 부정(父情)일까? 부친의 모습이 짠하게 가슴을 파고든다. 무슨 말을 하려는지 입술이 들먹거렸지만, 말소리는 들리지 않는다. 싸늘한 공기가 방을 차지하고, 밖에서 바람 부는 소리까지 윙윙 방으로 들어와 한 치 앞도 안 보이는 안개 속이다. 왜 태어났을까? 내겐 없는 것이 너무 많다. 마음껏 어리광을 풀어놓고 뛰어놀 할아버지 할머니도 없고, 막막함을 걷어치우며 늘 내 편이 되어줄 엄마도 없고. 바람과 햇빛을 쫓아줄 집도 없고. 피와 살에게 먹일 것도 없고. 친척도 또래들이 다니는 학교도 함께 웃고 고민을 말할 동무도 없다. 가장 소중한 남자의 심벌도 없이 이 세상을 견뎌야 하는 비극을 인식하기는 아직 너무 어린 나이다. 진옥은 벌떡 일어나 밖으로 나간다. 아무것도 먹지 못하고 찬 곳에 잠을 자서인지 하늘은 그를 빙빙 잡아 돌려 어지럽다. 바람은 끊임없이 너덜거리는 옷 사이로 허락도 없이 드나들며 추위를 실어 나른다. 진옥은 발이 가는 곳이 길이요 목적지로 무작정 앞만 보고 비츨비츨 걷는데 갑자기 누가 앞을 막아 깜짝 놀라 고개를 드니 동네 사람들이 1년에 한 번 제를 지내는 당산나무다. 이름도 나이도 알 수 없는 나무에 허리둘레까지 돌무덤을 쌓아놓고 새끼줄에 울긋불긋한 헝겊을 끼운 금줄을 빙 둘러 아무나 들어갈 수 없다는 금기의 표시가 있어 누구도 함부로 들어

가지 않는 동네서 가장 신성한 곳이다. 당나무엔 귀신도 살고 도깨비도 살며 신령스러운 호랑이도 살고 사람들의 마음에 따라 온갖 전설이 살고 있다. 그 당산나무를 잘 받들어 모시면 농사가 풍년이 되고 마을의 재앙도 막아준다고 믿으며 1년에 한 번 돼지머리부터 온갖 산해진미로 치성을 드린다. 제주(祭主)는 한 달 동안 뱀을 본다거나 부고장을 받아서도 안 되고, 상갓집 출입을 해도 안 된다. 한 달 내내 몸을 깨끗이 하며 개고기를 비롯해 고기류도 먹어서는 안 되는 금기를 하고 있다. 해마다 정월이면 당나무 가는 길을 따라 붉은 흙을 뿌린다. 잡귀들이 그 당나무에 들지 못하도록 양밥을 해두는 것이다. 달거리하는 여자들은 한 달 동안은 그 길을 지나다니면 안 된다. 풍습으로 굳어진 이 일에 불평·불만을 제기하는 사람은 아무도 없다. 당연히 그렇게 해야 동네가 편안하고 풍년이 들고 아픈 사람이 없다. 공동의 안녕을 위한 것이라 동네 사람들은 자발적으로 모두 참석한다. 진옥은 이게 다 거짓말이란 생각을 하며 당산나무 가까이 간다. *그래 정성껏 지사를 지내는데 우리는 왜 아프고 멀 것도 없고 이래 살아? 거짓말 거짓말 모두 거짓말이야!* 진옥은 자기 아름으로 두어 아름도 넘는 나무를 주먹으로 마구 두들기며 울부짖다 주저앉는데 무언가 물컹한 것이 느껴져 엉덩이를 들어보니 붉은 시루떡이다. 그는 시루떡을 미친 사람처럼 찢어서 던지며 고래고래 방고래보다 더 어둡고 긴 소리를 질러댄다. *재앙을 내릴라믄 내리봐라. 먼 재앙이 이보다 더*

있겠노. 이건 파토다. 다시 시작해야 한다고. 무신 놈의 인생이 연습도 없노. 연극도 연습을 하고 무대에 올래가고 모든 게 연습이란 게 있는데. 기중 중한 목심에는 왜 연습 기간을 안 주고 바로 실전에 세우냔 말이따. 이건 말도 안된다. 신들린 사람처럼 미쳐 날뛴다. 진옥의 목소리는 정막을 가르며 하늘로하늘로 머리를 풀어헤치며 날아간다. 떡을 모두 찢어 여기저기 던져버리고 소리를 멈춘 진옥은 갑자기 고개를 젖히고 목젖이 보이도록 크게 웃는다. 그때 갑자기 동생이 허공에서 자신을 부르며 웃는다. 이 추위에 어디서 살아있기나 한 건지. 나쁜 일이나 생기지 않았는지. 미칠 것 같아 진옥은 두 손을 모으고 꿇어앉아 당산나무에 빌기 시작한다. *지발 적성 내 동상 어데서든 배불리 밥 먹고. 뜨뜻한 곳에서 잠잘 수 있게 도와주소.* 그건 기도라기보다 절규다. 한참을 꿇어앉아 빌고 난 진옥은 다시 일어나 걷기 시작한다. 걷고 걷고 또 걷고 이놈의 발은 어디로 주인을 끌고 다니는지 알려주지도 않는다. 그냥 동네 어귀를 걷는데 저쪽에서 붙들이 헐떡거리며 뛰어온다. 못 본 척 지나치려는데 붙들이 앞을 가로막는다. *야, 너 아부지가 이상해 퍼뜩 와봐라.* 아버지란 말에 이것저것 생각할 겨를도 없이 뛰어가니 아버지는 눈을 감고 숨을 헐떡이며 분명치도 않은 말로 입술을 달싹여 말을 알이들을 수가 없다. *아부지! 어데가 불편하시니껴?* 흔들어대면서 묻자 겨우 입술을 비집고 새나오는 말 *니. 니. 니. 동. 동. 동상 부. 부. 부탁한…*. 다음 말은 입속으로 도로 집

어넣고 축 늘어져버린다. 준치 꼬리에 가시 같은 수염이 얼굴을 덮은 아버지를 저승사자는 한 아가리에 털어 넣고 뒤도 돌아보지 않고 가 버린다. 저세상으로 출가한 아버지의 몸뚱인 구덩이를 파고 폐기물로 처리를 해야 한다. 침묵의 수렁으로 빠져 슬프다는 말조차 잃어버리고 멍하니 얼마나 앉아있었는지 기억이 없다. 밖에서 발소리들이 문을 열고 들어오더니 호들갑을 밖으로 내보낸다. 호들갑은 잠시 후에 붙들이 아버지 붙들이 엄마 붙들네 상머슴 형 붙들네 하인까지 불러들인다. 검은 갓을 쓴 저승사자. 그에게 질려 반항도 비명도 한마디 못 하고 혼을 빼앗긴 아버지. 이제 저승사자의 붉은 아가리로 들어갔으니 아버지 혼은 저승사자의 밥이 되겠지. 다른 세상으로 출가한 몸은 또 어딘가 다른 세상에서 잘 살겠지. 아버지가 출가한 그 나라 주소라도 알려주면 좋겠다는 생각을 하며 돌아가신 아버지 몸 하나 눕힐 만한 방 한 칸도 없음에 가슴이 아프고 막막해하는데 무슨 이유에선지 붙들이 아버지는 아버지를 두들마 자신의 산기슭에 살도록 해 준다. 아버지는 살아서도 행상에서 주무시더니 죽어서는 행상 위에서 주무신다. 죽어서도 살아서도 행상에 의지하는 기구한 운명을 무어라고 설명을 해야 할지. 아버지 관 위에 흙 한 삽을 넣는다. 늑골까지 슬픔이 무성하게 우거진다. 날파리 한 마리도 슬퍼해주지 않는 영혼. 아버지가 불쌍하고 가련해서 묶어두었던 말뭉치가 저절로 풀린다. *아부지. 인제 뜨듯할씨더. 다음 생에는 배고프지 않고. 춥지 않고. 왜눔들*

의 행패도 없는 곳에서 태어나 행복하소. 어메도 구출해주고 그짝 시상에 가서 몸 추스리고 좋아지믄 아부지를 이래 만든 왜눔의 새끼들을 확, 쓸어버리소. 부디 어둡드라도 조심조심 가소. 그래고 달녀 그래 걱정 돼믄 다시 벌떡 일나소. 내한테 부탁하지 말고. 관 위에 말을 얹고 삽으로 흙을 떠서 말을 덮는다. 갈까마귀 울음을 안주 삼아 술 한 잔을 부어 드린다. 찬바람이 구름을 흔들어댄다. 눈들이 펄펄 날아와 무덤을 하얗게 눈꽃으로 덮어준다. 마지막 절을 무덤 위에 동그마니 남기고 내려온다. 앞을 보고 가야 할 눈이 자꾸 뒤를 향한다. 허탈이 올올이 풀려나와 몸뚱이를 감는다. 한 인간의 영혼은 이렇게 이유도 없이 빼앗기고 몸뚱이마저 용도폐기 되고…. 까마귀 울음 같은 공허가 진옥을 둘러싼다. 눈이 하얀 상복 차림을 하고 떼로 몰려오고 있다. 윙윙 곡소리를 날리면서. 창조가 싹튼 곳으로 창조는 사라진다. 이제 더 이상 이 땅에 머물 필요가 없다는 생각이 구름떼처럼 밀려온다.

망자와 겸상을 하다

시린 바람은 가슴을 바람 든 무처럼 숭숭 뚫고 텅 빈 육신은 갈 곳도 없다. 기다리던 소식이 비에 젖어 찢어져 알아볼 수 없게 된

편지보다 더 막막하고 서글픈 시간. 하루해는 또 문을 닫아 잠가 버릴 것이고 어디로 가서 먹고 자겠다는 생각마저 없는 무뇌가 무작정 거리를 걷는다. 예상대로 햇빛마저도 그를 버리고 집으로 들어가 문을 닫아건 깜깜한 밤. 자신이 누군지도 알 수 없는데 갑자기 달녀가 자박자박 걸어와 품을 파고든다. 폴 발레리는 바람이 불어 살아야겠다고 했는데 나는 왜 바람이 불어서 못 살겠는가? 시인은 모두 거짓말과 허풍과 엉터리 이론으로 인류를 유린하고 역사 바퀴를 굴리는 건 아닌가? 보이지도 잡히지도 않는 바람이 끊임없이 불어와 숨통을 틀어막는 이 세상. 또 이 세상 어디선가는 몹쓸 바람이 불어 남의 목숨줄 틀어쥐고 눈꽃은 하얗게 피어 온 세상을 정지시킨다. 어디서 먹다가 버린 밥 한술 주워 먹을 곳도 없는, 혼을 얼리는 불한당 같은 겨울바람. 달녀의 부재가 가슴속에 물길을 내며 뼈시리게 흘러가고 있다. 겨울 달빛은 나뭇가지에 걸터앉아 삭정이를 뚝뚝 부러뜨려 눈 위에 심고 눈 위엔 별들의 눈물이 잘게 부서져 반짝인다. 투덜투덜 정처 없는 발길 앞에 멀리 상갓집 불빛이 희미하게 달려 나온다. 발은 불빛을 따라 걷다 망자의 집 앞에서 멈춰 선다. 어차피 이 세상에서만 유효한 이름. 이 세상에 버리고 갈 이름도 성도 모르는 망자의 상 앞에 허락도 없이 앉는다. 조그만 네모 상에 하얀 코가 봉긋한 고무신 한 벌과 먹을거리가 가지런히 담겨 길가에 차려져 있다. 하얀 코고무신이 상위에 나란히 올라앉은 것으로 보아 망자가 여자인 것은 확인했지만 이름도 성도 나이도 얼굴이 어떻게 생겼는지도 모르는 망자와 겸상을 하고 앉는다. 어차피 망자는 흠향만 할 거니까. 망자는 진액만 빼 먹고 진액 빼먹은 국물만 먹으면 된다고 생각한 진옥은 주위를 두리번두리번 살핀다. 아무도 보는 이가 없다. 상위에 고봉으로 담겨있는 하얀 쌀밥을 손으로 퍼먹는다. 밥을 다 먹을 때까지 아무도 보는 이가 없는 것으로 보아 망자가 마음이 착해 경호를 서준 거란 생각을 하며 일어선다. 진옥은 집 둘레를 한 바퀴 돌아본다. 집이 큰 걸 보니 좀 사는 집 같다. 한참을 빙 돌아 마당까지 다시 온다. 앞마당엔 상주들이 서서 합동으로 곡을 하고 있다. 자세히 쳐다보니 서럽게 우는 게 아니고 *아이고 아이고.* 일고여덟 명의 목소리만 섞여 합창하고 있다. 이 산골에서도 모두 영어를 저리 잘하는 게 신기하다. 떠난 것은 망자인데 산자가 어디로 간다고 아이고 아이고를 외치는 걸까? 사람이 죽으면 저렇게 하는 것인데. 아버지는 그런 절차도 없었다. 이제야 깨닫고 보니 죽어서도 차별을 받는구나 싶어 씁쓰레한 헛웃음이 나온다. 가짜 곡소리는 끊이지 않고. 이 사람 저 사람 교대로 한다. 자세히 보니 누런 삼베옷에다 머리에는 짚으로 만든 똬리 같은 것을 둘렀다. 짚신을 신고 짚으로 감은 지팡이를 양손으로 짚고 있다. 고개를 숙인 채 눈은 사방을 살핀다. 눈물 한 방울도 땅바닥에 안 떨구며 *아이고 아이고* 곡소리만 리듬을 맞추어 온 집안을 돌아다니고 있다. 밤이 깊어가자 방방이 불이 하나둘 꺼지고 사람들 목소리만 간혹 들릴 뿐. 그야말로 초상집처럼 싸늘해지기 시작한다. 한참을 상주들의 곡소리를 들으며 구경한 진옥은 마당 뒤쪽으로 난 길을 따라가다가 헛간을 발견한다. 외양간이 있고, 외양간에는 닭도 대여섯 마리쯤 소등에 올라앉아 함께 자고 있다. 문 사이로 달빛에 쥐눈이 콩 같은 쥐눈이 반짝반짝 눈알을 굴리며 무언가를 살피고 있다. 문을 삐걱, 열고 헛간에 들어선다. 차가운 바람도 가랑이를 잡고 따라 들어온다. 쟁기와 괭이 호미 다래끼 도리깨 소쿠리 써레 조선낫 일본낫들이 도란도란 한방에서 잠을 청하고 있다. 옆에는 멍석이 몸뚱이를 둘둘 말고 길게 누워있다. 진옥은 멍석을 펼치고 그 속에 몸을 밀어 넣는다. 멍석은 따뜻하게 바짓가랑이를 잡고 따라 들어온 바람을 따돌려 준다. 덕분에 포근한 잠을 눕힌 동안 영혼은 어디를 다녀왔는지 알 수가 없다. 눈을 뜨자 여전히 곡소리와 시끌벅적한 소리가 온 집안을 떠돌아 다니고 있다. 곡소리가 들려 상엿집에서 꿈을 꾸고 있다는 착각이 들어 머리를 옆으로 흔들어 털어보니 상엿집이 아니라 안도의 한숨을 쉬고 주위를 두리두리 살핀다. 햇살도 어느새 깨어나 문틈을 비집고 들어와 멍석 위에 새색시처럼 사뿐히 앉아 따뜻한 온기를 전하고 있다. 진옥은 뱀 허물 벗듯 멍석에서 몸만 빠져나와 문을 살그머니 열어본다. 소들은 언제 일어났는지 여물을 다 먹고 맑고 순한 큰 눈을 껌뻑이며 되새김질을 하고 있다. 어린 새끼는 어미젖을 빠느라 정신이 없고 어미는 새끼 젖을 먹이느라 꼼짝도 하지 않고 서서 되새김질만 한다. 세상 모든 만물은 어릴 때가 가장 예쁘다. 아마도 조물주는 어린 것들을 보호하기 위해 어린 것은 모두 여리고 예쁘게 만들었을 것이다. 이 냉정하고 가혹한 세상에 비바람과 땡볕을 이기고 살아나야 하니까. 꽃이 되고 열매가 되고 종족을 보존하려면 여리고 예쁜 무기 하나씩을 몸속에 감추어 두어야 한다. 어미젖 빠느라 정신없는 새끼가 예뻐 한참 들여다본다. 철딱서니 없이 엄마의 젖 냄새가 간절하게 그리워진다. 다섯 살이 넘도록 밖에서 놀다가 꽁꽁 언 손을 엄마의 저고리 속으로 불쑥 넣어 찌찌를 만지면 *아이 차그라. 아이 차그라. 다 큰 눔이 안죽 찌찌나 만제고. 어이어이 차그라 차그라. 우리 아들 손이 엄마 찌찌 다 얼리겠네.* 엉덩일 두드리며 해주던 그 따뜻한 말. *어이 차그라. 어이 차그라.* 란 말 딱 한 번만이라도 들어보고 싶다. 과거로 돌아가 묶인 생각끈을 풀어 한참 그리움을 짜고 있는데 누군가의 기척 소리가 과거 끈을 자른다. 깜짝 놀라 고개를 들어보니 이 집 머슴인 듯한 사내가 고삐를 풀고 있다. 10대 후반쯤 되어 보인다. 그는 누구냐고 묻지도 않고 자기 할 일만 묵묵히 한다. 아마도 초상집에 온 손님쯤으로 여기는 듯하다. 아니면 말을 못 하는 건지도 모를 일이다. 그는 힐끔힐끔 눈알을 굴려 쳐다보고는 소를 몰고 나가 버린다. 닭들도 밖으로 뽕알뽕알 뛰어나간다. 진옥은 걸음을 어제 저녁 먹은 곳으로 옮긴다. 그러나 환한 대낮이라 도저히 상위에 밥을 먹을 수가 없어 상갓집 앞마당으로 가본다. 이상하게도 누구냐고 묻는 사람이 없다. 한편으론 얼마나 다행인지 안도의 한숨이 나온다. 낮

선 사람을 보고도 모두 무관심이라니. 이 사람들 역시 이 집에 문상객 아들쯤으로 생각한 모양이다. 조금 있으니 큰 무쇠솥에 육개장을 끓여 퍼 나른다. 마당에다 천막을 치고 그 안에서 문상객들에게 음식 대접을 하고 있다. 문상을 하고는 모두 천막 속으로 들어간다. 연신 문상객들이 들이닥쳐 그 틈에 끼어 진옥도 천막 안으로 들어가 본다. 아무도 관심 가지는 사람이 없어 한쪽 구석에 자리를 잡고 앉는다. 허름하게 생긴 아주머니 한 분이 펄펄 끓는 육개장 한 그릇과 쌀밥을 고봉으로 퍼다 그의 앞에 놓는다. 눈알만 굴려 옆을 슬쩍 본다. 모두들 먹으며 떠드느라 누구도 진옥에게 관심을 두는 이가 없다. 진옥은 밥 한 그릇을 국에 말아 뚝딱 먹어치운다. 상갓집에서 먹는 밥이 이렇게 맛있는지 몰랐다. 국 한 그릇에 밥을 말아 먹고 나니 배도 부르고 춥지도 않고 오랜만에 맛보는 평온함이다. 얼굴도 모르는 망자가 고맙다. 하지만 언제까지 앉아있을 수도 없어 조용히 일어나 밖으로 나온다. 막 삽작거리를 나오는데 머리를 짚북데기처럼 구기고 너덜거리는 행색을 한 아지매 한 분이 따라 나온다. 밥 먹은 죄 때문에 덜컥 무서움이 불었지만 태연한 척 천천히 걸어간다. 그녀는 진옥의 옆으로 걸음을 따라붙더니 느닷없이 말을 던진다. *어데서 왔노?* 진옥은 아무 대답도 하지 않는다. 그녀는 계속 같은 말만 지분거리고 진옥은 대꾸를 않는다. 그러는 사이 어느덧 그 동네 어귀를 벗어나고 있다. 힐끗 보니 한 4십은 되어 보이는 나이테를 얼굴에 붙이고 있다. *그래는 아지매는 누*

구이껴? 나? 나는 쪼매 얘기하기 복잡해. 이 동네서는 미친년이라 부르제. 야? 미친년요? 응. 미친년. 먹꺼대이도 삼발이고. 꼬라지도 추레하고. 다니민서 새우젓도 훔치머꼬. 무꾸도 훔채 먹는다. 짠지 우리에서 짠지 묻어둔 것도 훔치 먹는다. 그래서 이 동네서는 미친 년이라 부른다. 내 무대는 이 동네 금대. 저위에 모시레. 그 위에 소리실. 그 위에 독점. 그 위에 조재기까지 내 구역이제. 본데는 젓 돌이 내 구역인데 거게는 억센 인간들이 많고 텃세가 강해 쫓기 났다. 그래 떠돌다 부석으로 두들마로 노곡으로 다 떠돌아 댕기민서 훔치머꼬 산다. 진옥은 두들마란 말에 흠칫했으나 입을 닫았다. 그래도 그중 지끔 내 구역이 인심이 제일 좋다. 아 들이 미친년이라민서 놀리는 건 인제 이골이 났제. 눈을 뭉채서 내한테 떤재기도 하고 돌멩이를 떤재기도 하재만, 어른들은 빌 말이 없으이 인심이 좋은 곳이란 말이따. 청정지역이라 안죽은 내하고 혹부리 할매 백에 없어. 혹부리 할매가 누구이껴? 엉. 입가에 혹이 아주 크단하게 늘어져서 혹부리 할매라고 부른다. 가끔 우리는 가치 잠도 자고 동업을 하기도 해. 그른데 요즘은 저 시거리. 웃좌석. 아랫좌석. 연하동. 두레골까짐 영역을 넓히서 일주일에 한두 분밖에 몬 만내제. 나는 거게까지 안가도 머꼬 산다. 그래믄 아지매 집은 어데이껴? 궁금하나? 그래믄 내하고 우리 집에 한 분 가볼래? 야? 아지매네 집에를요? 그래. 우리 집에 가보고 싶으믄 가보자. 참말로 가치 가도 되니껴? 그믄 참말이제. 내가 왜 공갈을 하겠노. 야. 알았니더.

그믄 가치 가보시더. 진옥은 처음 보는 아주머니가 조금의 경계도 없이 자기 집으로 초대를 하는 게 낯설기는 했지만 그래도 따라가 보기로 맘을 굳히고 그녀의 그림자를 밟으며 따라간다. 강변으로 가는 미친년이 이상했지만, 묵묵히 따라가 본다. 강변 한가운데 굴을 파고 돌멩이를 쌓아 올려놓은 곳. 안으로 짚북데기를 쌓은 다음 헌 옷가지로 바람을 막은 토굴집이다. 그녀는 거기서 추위를 깔고 찬바람을 덮고 어둠을 견디고 있었다. 손톱 밑엔 먹물보다 까만 때가 살고 있다. 죽은 날벌레들이 달라붙어 굳은 것처럼 험하고 거친 삶이 그녀 손등에 덕지덕지 쌓여있다. 새둥지처럼 천장이 뻥 뚫린 집엔 상냥한 우울들이 우글우글 살고 있을 것 같고 어미 잃고 막막한 공중에서 착지한 새가 살 것 같은 집. 죽은 사람만 땅을 파고 집을 짓는 건 아니구나. 진옥은 상엿집에서 자던 지난날을 생각하고 이 정도면 좋은 집이란 생각이 든다. 문을 걷고 안으로 들어가니 달빛이 치자꽃처럼 하얗게 깔려있다. 헝클어진 머리카락 사이로 뻐드렁니를 드러내며 누렇게 웃는 그녀에게서 성자처럼 맑은 치자꽃 향기가 난다. 환장하도록 서럽고 차가운 달빛과 치자 향기에 잠시 혼을 빼앗긴다. 구르고 구르고 떠밀리고 떠돌며 슬프고 폭폭하고 눈물겨운 세월을 견뎠을 여린 영혼. 진옥의 생각을 깨고 *멋지제? 결겐 따시하고 여름엔 시원하고 내가 살기엔 그마이다.* 말과 함께 손은 큰 돌멩이 두 개를 밑에 놓고 성냥으로 불을 그어 모닥불을 피운다. 방바닥엔 바짓가랑이 두 개가 뚝 잘린 채 있다. 섬뜩한

느낌이 든다. 저게 무엇에 쓰는 물건인지 궁금하지만 물어볼 수가 없다. 그녀는 *오무기 고무기 이소고고. 오무기 고무기 이소고고.* 난생처음 들어보는 귀신 씻나락 까먹는 소리 같은 말을 중얼거려 귀신에 홀린 것 같은 생각이 든다. 그렇다고 귀신이 자기가 귀신이라고 하지는 않지. 혹시 도깨비한테 홀린 건 아닐까? 등골이 오싹하고 이 추운 날 땀이 흘러내린다. 못 본 척할 수도 없고, 물어볼 수도 없다. 지금 와서 간다고 하면 귀신이면 안 놓아줄 것이고, 사람이면 우스운 꼴이 되고 말 것이다. 이건 아무리 생각해도 도깨비에게 홀린 것 같은 생각이 든다. 말로만 듣던 도깨비 행엿집에도 없는 귀신이나 도깨비가 설마. 진옥은 자신에게 호랑이 입에 들어가도 정신만 차리면 살 수 있다. 단단히 싸워 이기자고 타이르고 모닥불 있는 곳으로 나간다. 그녀는 아무렇지도 않게 검불과 나무토막으로 불을 피우고 있다. 불빛은 주위와 그녀의 얼굴을 환히 비춘다. 자세히 보니 도깨비나 귀신같지는 않다. 모닥불이 다 타자 그녀는 바짓가랑이 두 개를 가지고 나온다. 하는 짓이 하도 괴상스러워 보고만 있다. 그녀는 그 괴상한 바짓가랑이에다 구운 돌멩이를 집어넣는다. 그러곤 그 돌멩이를 아기를 안듯이 품에 안고 *오무기 고무기 이소고고. 오무기 고무기 이소고고.* 하고 귀신 씻나락 까먹는 소리를 중얼거린 뒤 진옥에게 하나를 건네준다. *이거 안아 보그래이. 그믄 한 개도 안 춥다.* 그때서야 안심이 밀려온다. 그녀가 시키는 대로 돌멩이를 품에 안으니 불화로처럼 따뜻해온다. 조금 있자 그 돌멩이는 추위를 싹 밀어내고 온기를 날라다준다. 그녀는 만족스러운 얼굴로 누렇게 웃으며 말을 건넨다. 너 집은 어데로? 우리 집요? 없니더. 뭐? 쬐끄만 게 왜 그래 웃기노. 진짜로 없니더. 우리 아부지랑 상엿집에서도 자보고 헛간에서도 자봤니더. 이리저리 떠돌아 댕기다 아부지는 이 시상이 싫다민서 다른 시상으로 갔니더. 배신자씨더 아부지는. 나는 죽기나 말기나 두고 혼자 가뿌래고 지 혼자 떠도니더. 참말 이씨더. 그녀는 믿지 못한다는 투로 그를 훑어보았다. 그래믄 어데서 자노? 아문 데서나 자니더. 어제는 그 초상집 헛간에서 멍석 말고 잤니더. 그녀의 눈이 다시 치켜 올라간다. 참말이라? 거짓뿌렁하는 거 아이제? 참말이지 내가 왜 거짓뿌렁하니껴. 어른한테. 어 그릏나. 에구 딱해라 우째노? 걱정 마소. 우째 되잖겠니껴? 그릏긴 하제만 어린 것이. 그녀, 그러니까 미친년 눈에도 눈물은 사는지 눈에 물기가 어룽어룽 번진다. 그래믄 오늘 적은 우리 집에서 잘래? 재워주시믄 고맙고요. 이래바도 밤에 그래 춥지는 않데이. 짚으로 싹 둘러치믄 뜨뜻하다. 그녀는 다 떨어져 너덜거리는 담요로 그의 무릎을 덮어준다. 애처로움이 눈 안에서 그렁거리고 있다. 저렇게 사는 사람한테도 정이 떠나지 않고 살고 있다니 참으로 신기하다는 생각을 한다. 아지매 우니껴? 아이다. 내가 왜 우노. 눈에 까시래기가 드간 모양이다. 이슥고 밤은 바람을 떼로 몰고왔다. 하늘에 별들이 이들을 훔쳐보고 있다. 아지매요? 물어볼 게 있니더. 아프잖게 살살 물그래이. 쎄게 물으믄 아프

데이. 아까 윈게 머이껴? 주문. 그게 먼데요? 그거? 작은 아부지가 갈채 줬는데 어렵고 힘들 때 마둥 윈다. 주문을 외믄 구신을 쫓고 아프지도 않고 무서움도 사라진다. 죽을 사램도 이걸 외우믄 산다 카드라. 이 동네 사램들은 마이 윈다. 옘빙이 돌 때도 이거 윈 집은 옘빙이 몬 들어갔단다. 시님이 된 작은 아부지가 가르쳐 줬제. 지끔은 돌아가싰지만. 나는 늘 이것만 외고 댕갰제. 작은 아부지 말씸이 맞는지는 모르제만 오무기는 보리고 고무기는 밀, 이소고고는 두 되 다섯 홉이란 말이란다. 보리 밀 두되 다섯 홉이란 말에 병이 낫지는 않겠제만 금강경에는 '응무소주 이생기심(應無所住而生其心) 즉 '응당 머무름 없이 그 마음을 낸다'라고 하는 구절을 듣고 도를 깨달았는데 이 구절의 일본 발음 오무소주 이소고싱을 누가 잘 몬 외워 오무기 고무기 이소고고라고 외웠대. 그른데 시님이 듣고 틀렸다고 다음부터 제대로 된 금강경 구절을 외우라고 갈채 줬대. 그 사램은 그게 빙이 날까? 믿을 수 있을까? 의심이 들었제만 그래도 이게 바르다고 해서 외웠는데 진짜 빙이 낫지 않았데. 그래 다시 오무기 고무기 이소고고. 오무기 고무기 이소고고.라고 바꿔서 읽으니까 빙이 나았대. 그 이유는 '화엄경'에 믿음은 도의 근원이요 공덕의 어머니라 모든 믿음에서 모든 것이 이루어져서 그릏대. 작은 아부지 말이 맞는지 틀리는지는 모르제만 이 주문을 외우고 다니믄 맴이 핀해서 좋다. 니도 다니민서 외라. 그래먼 그 주문이 니를 지켜준데이. 자 한 분 따라 해 보그라. 오무기 고무기 이소고고.

오무기 고무기 이소고고. 진옥은 내키지 않았지만 그래도 한 번 따라 했다. 알게 모르게 일본 문화는 우리 심장부를 파고든 것이었다. 둘은 마주 보며 웃는다. 웃는 순간만은 거지들에게도 행복이다. 거지에게도 떠돌이에게도 행복은 살고 있었다. *니 이 주문 벌로 듣지 말고 꼭 외고 댕기래이. 야!* 진옥은 무슨 말인지도 모르면서 그냥 귀찮아서 대답만 했다. 세상천지 기댈 곳 하나 없는 허허벌판에서 살아가자니 작은아버지가 가르쳐 준 주문이 삶의 기도였고 안식처였는지 모른다. 진옥은 *아지매는 우째다 이래 됐니껴?* 하고 궁금증 한 파람을 휘리릭 던진다. *궁금하나? 야! 참말로 궁금하이더. 내 애기 할라믄 복잡하다. 내 살아온 거는 소설책 열 권을 써도 다 몬 쓸 께다. 그래도 내보다가 복잡할니껴? 심심한데 해줘 보소.* 진옥은 모습과 달리 그리 멍청한 것 같지 않은 그녀의 과거가 궁금했는데 그녀의 얼굴은 금방이라도 소나기가 쏟아질 것 같이 어두워진다. 누구나 과거가 있겠지만 얼마나 힘들면 과거를 더듬는 순간에도 저렇게 표정에 먹구름이 끼는지 괜히 물었다는 후회가 밀려온다. 그녀의 모습에서 낡은 책장에 뚝뚝 눈물 떨어져 번지는 소리가 들리는 듯했다. 낡은 옛 문장을 읽고 과거 냄새를 맡고 그녀의 삶에 공감각적 공감을 선물해줄 수 있을까? 괜히 조른 것 같다는 후회가 밀려와 그만두라고 할까? 입을 떼려는 순간 그녀는 진옥의 속을 꿰뚫은 듯 입을 연다.

달을 먹은 산

7

미친년의 정체

나는 내 부모가 누군지도 모른다. 작은아부지라고 한 때 나를 돌봐준 사람도 진짜가 아이다. 작은아부지 말에 의하믄 나는 순흥 청다리 밑에서 주워왔단다.

지끔도 순흥 청다리 밑에 가믄 선비들하고 바램난 처녀들이 아를 낳으믄 다리 밑에 내버리서 자슥 없는 사램들이 델따 키우기도 한다드라. 아마도 아부지는 순흥 소수서원에서 공부를 갈채거나 공부를 하던 사램일 거라는 것백에 모른다. 엄마는 날 다리 밑에 내뻐래고 갔고. 작은아부지가 주워와서 나를 키웠는데 내가 여덟 살 때 작은아부지도 죽었제. 작은아부지는 집에 벨로 안 있고 일본에만 왔다 갔다 하다가 죽자 나는 작은아부지 집에서 쫓게났다.

작은엄마는 내하고 지내믄 자기네 딸이 물든다나 우쨌다나. 우쨌든 간에 쫓게난 나는 그때부텀 훔쳐먹고 짚가리에서 잠을 자고. 지금까짐 이 모양 이 꼴이다. 미친년으로 떠돌아 댕긴 제가 벌써 30년이 넘었다. 진옥은 그녀의 과거 속으로 함께 걸어가는 듯한 생각이 든다. *참말로 찔게고 모진 게 목심이라 그래 매운 고상을 하는데 죽지도 않는다. 내 같은 건 쓸모가 없어 구신도 안 잡아가고 쓸모 있는 사램만 잡아간다. 내는 글도 모르고 아무꺼도 모른다. 나도 첨엔 이래 될줄 몰랬는데 그냥저냥 살다 보이 이래 된 기다. 니도 정신 단디 채래라.* 진옥은 미친년이 안쓰럽다. 자기의 의도와 상관없이 태어나고, 살아야 하는 삶은 정말 아이러니란 생각이 든다. 왜 어른들은 책임 못 질 일을 하는지 화나고 답답하고 분노마저 치밀어 오르지만 누구에게 물어볼 수도 없다. 물어본들 인생에 정답이 있을 리는 없다. 그녀는 밤새 자신이 살아온 이야기로 하룻밤을 다 사용했다. 어느 집은 어떻고. 어느 집 인심은 어떻고. 그가 다니는 동네 인심을 집집이 꿰뚫고 있다. 그중 가장 인심이 후하고 사람됨이 좋은 집 이야기는 진옥의 동생 달녀의 운명을 도가니로 몰아넣을 미래의 사돈집 이야기다. *잘 들어 봐래이. 독점이란 동네에 있는 참 불쌍한 집 이야기다. 동네 앞엔 복골이란 산이 있고 집 뒤엔 용머리란 산이 있는 명당 터에 자리 잡은 부잣집이 있제. 퇴계의 후손인 진성이씨 선비고 집안인데 동네 사램들은 이 집을 훈장 어른네라고 불렀다. 본 이름은 이정표라고도 하고 이다*

덕이라고도 하는데 한문을 갈챈다고 훈장 어른이라 부르제. 웃대부텀 한시에 능하고 재산도 많아 만석꾼 집이었고 사램들한테 베풀기를 좋아해 동네에 무신 일이 있으믄 다 해결해줘서 온 동네가 다 그 집 자식에게까지 꾸뻑했제. 하다몬해 사램들이 다 놀리대는 미친년인 나도 그 집에 가믄 머슴을 시키지도 않고 할매가 직접 상에 음식을 채래주고 마리에 앉아서 머꼬 가라고 했따. 동네 머슴들이 밥을 굶어 배가 고프믄 모두 그 집에 가서 배를 채우고 가기도 하는 명가였제. 이 소문은 동네방네 온 사방팔방으로 번졌제. 머슴들도 다 이 집에서 일하기를 원했단다. 선머슴이라는 머슴이 있었는데 저 두레골 부잣집에서 머슴하다 쫓게 나서 또 다른 집에 가고 하는 떠돌이 머슴이었어. 키가 오종종하고 깡마르고 낯도 새까맣게 생게서 동네 아 들까지 맨날 놀랬대. 훈장 어른은 소문을 듣고 딱하게 여게던 차에 조재기 정상 어른네 집에 있다가 쫓게 나 갈 데가 없어진 선머슴을 훈장 어른이 델꼬 왔단다. 및 달 지내자 이 마을 아 들은 또 선머슴을 따라댕기민서 놀래기 시작했대. 선머슴 총각 쇠죽 끓애라. 선머슴 총각 똥 퍼 머거라. 졸졸 따라댕기민서 돌빼이를 떤재고 흙을 퍼붓고 죽은 뱀과 쥐를 떤재민서 놀래댔대. 보다 몬한 훈장 어른은 어느 날 놀래는 아 들을 집으로 부르게 하고 집에서 맹근 호박엿을 선머슴 총각한테 주민서 아 들한테 호박엿을 맥이게 했대. 및 분 그른 일이 있고부텀 아 들은 그 선머슴을 놀래지 않고 도로 꾸뻑꾸뻑 인사를 하민서 댕깄대. 나가 서른이 넘두록 키 작고 몬 생깄다는 이유로 품값도 안 주미 일만 시키먹고 내쫒아 늘 떠돌이 머슴 노릇을 하다 횡재했제. 훈장 어른은 선머슴 칭찬을 입에 달고 살았대. 선머슴은 키는 작재만 힘은 좋아 남 열 몫 일하고 심성도 곱고 버릴 게 없다고. 훈장 어른은 머슴도 배와야 눈뜬장님을 면하고 사램맨치 살 수 있다고 글을 갈채서 억시기 똑똑하다고 소문이 나 동네 글 모르는 사램은 선머슴한테 글 읽는 걸 부탁했대. 친자식맨치 대해주이 선머슴도 꾀를 안 부래고 죽기 살기로 일을 해서 진짜로 남 열 배를 했대. 일을 잘 하이 다들 선머슴을 서로 데리갈라 했제만 선머슴은 눈도 꿈뻑 안 하고 훈장 어른네 일을 하민서 살았대. 그뿐 아이고 훈장 어른은 선머슴을 인물 좋은 색시한테 중매를 해 혼인을 시키고 집도 장만해주시서 잘 살았대. 그 색시는 시집 어른 모시듯 훈장 어른들을 모싰대. 선머슴이 누군가 하믄 내하고 고향이 같은 순홍 청다리 밑이다. 소리실에 선진국이란 사램이 어느 날 순홍에서 볼일을 보고 집에 가는 길에 어데서 언나 우는 소리가 나 소리를 따라 가보이 핏덩이가 순홍 청다리 밑에 버리져서 울고 있었대. 왜 우리가 말 안 들으믄 다리 밑에서 주왔다고 다시 갖다버린다고 하잖나? 근데 선머슴은 진짜로 순홍 청다리 밑에서 주서왔대. 금방 태어난 듯한 언나가 포대기도 없이 알몸으로 울고 있어 하도 불쌍해서 델꼬 와 키웠대. 선머슴은 참말로 팔자가 사납게 태어났제. 글쎄, 선진국네 집에 온 지 석 달도 채 안 돼서 선진국네 집에 불이 났대. 선진국네가 일본눔들 몰래 한글 갈채는 걸 우째 알고 시나브로 찾아와서 한글 갈채는 거 그만두지 않으믄 그냥 두지 않겠다고 으름장을 놓았대. 선진국은 마음대로 하라고 소리를 질렀고 불한당 같은 일본눔들은 눈날을 세우고 한글을 몬 갈채게 하던 중 원인 모를 불이 났대. 그 옆집에서 하는 얘기를 들으믄 한글 계속 갈채믄 집구석에 불을 싸질러버린다고 일본눔들이 협박을 했제만 불을 지르는 걸 본 사램이 없으이 먼 이유로 집이 불타고 선진국네 식구 다섯이 하루 적에 몽땅 재가 되어 사라졌는동 아무도 모르제. 불길이 치솟아 이웃에서 가보이 벌써 집이 활활 타고 있었대. 이웃집 총각이 불길 속으로 뛰들어 언나를 안고 나왔제만 어른은 미처 델꼬 나오지 몬해 다 타죽었대. 불길에 뛰들어 선머슴을 구해낸 총각도 머슴살이해서 입만 먹고사는 혼자 사는 총각이었는데 선머슴이 열 살 때 총각은 자신은 떠나야 한다민서 이웃에서 잘 키워 달라는 말과 함께 선머슴을 두고 어데로 떠나버려 그때부텀 일로절로 떠돌아 댕기민서 머슴살이를 했대. 성씨는 선진국네서 데리왔다고 선이고 이름은 머슴이 키웠다고 선머슴이라고 불렀대나 봐. 선머슴은 부모가 누군지도 모르는 내하고 똑같은 고안데 선머슴은 출세했제. 내만 이 모양인 기라. 사램들은 머슴한테 일만 시키고 품값 한 푼 없이 밥만 미게 주는 게 관례가 돼부랬제. 열 살부텀 머슴살이로 입에 거미줄 치는 건 민했으나, 뜨뜻한 정이 뭔지도 모르고 살아온 선머슴. 훈장 어른이 글을 갈채보이

한 분 갈채준 건 절대로 안 잊어뿌래 머리가 좋고 머리가 좋으이 일도 남 열 몫 한다고 칭찬을 아끼지 않으신 덕분에 선머슴은 팔자가 활짝 폈제. 그뿐 아이고 동네에 어려운 일이나 억울한 일이 생기믄 전부 훈장 어른이 다 해결해주시고 나무집 일에도 내일맨치 거품 부글부글 끓어오르는 분노를 삭히민서 왜눔들이 나무 땅을 깔고 앉아 미친넌 널뛰듯 날뛰니 우리 민족끼리라도 뭉치고 정신 바짝 채래야 산다민서 한문 틈틈이 아 들한테 한글도 갈채곤 했대. 그뿐 아이고 논밭도 왜눔들한테 공출 바치는 게 억울해서 모두 동네 사램한테 공짜로 내주고 농사가 잘되는 해는 안되는 해를 위해 곳간에 비축해두라민서 동네의 공익을 위해 늘 애쓰셨대. 그릏지만 왜눔들의 번뜩이는 눈깔에 걸려드는 건 시간 문제였제. 누가 그토록 자세하게 알고 왜눔들한테 밀고를 했는동. 왜눔들이 집으로 찾아와서 엄포를 놓고 서당으로 쓰고 있는 별채를 폐쇄하자 안채서 몰래몰래 한글을 갈채곤 하셨는데 그것마저도 구신맨치 알고 단속을 나와서 결국은 몬 갈채게 되고 훈장 어른은 늘 감시 대상이 되었대. 훈장 어른은 늘 우리나라 사램을 우리글을 몬 배우게 하고 우리 얼을 다 빼가는 눔들이라민서 한글을 몬 갈채는 걸 비통해하든 어느 날 먼 생각을 했는동. 훈장 어른은 안 어른께 집안 단속 잘하고 아 들 잘 키우라는 뜬금없는 말을 내뱉고는 장터에 간다고 가셨대. 식구들은 애간장이 다 녹도록 초조하게 기다린지 사흘이 되든 날 훈장 어른은 안 오시고 지서에서 순사들 둘이 오디이 집을 당장 비우라고 했대. 무신 영문인지 이유나 알아야 할 것 아이냐고 따졌지만 아무 말도 몬 들었대. 그날 적 때 장터 사는 훈장 어른 친구 두성 어른이 소식을 전해주신 자리에서 훈장 사모님이 기절을 하싰대. 후풍에 들리는 말에 의하믄 훈장 어른은 선진국네 다섯 식구를 불에 태워 죽인 게 일본눔들 짓인 걸 전해듣고 여게저게서 억울함을 호소하는 일이 끝없이 생기자 이눔들 그냥 둬서는 안되겠다는 말을 자주했대. 그래든 어느 날 장터에 왜눔들을 불러모았대. 밍분은 그동안 미안해 술 한 잔 대접하고 담부텀은 잘 협조하겠다는 다짐 장소로 위장을 하고 술에다 미리 준비한 비상을 탔대나 봐. 순사하고 왜눔들과 훈장 어른까짐 열세 밍이 전부 술에 탄 비상을 마시고 죽었는데 왜눔이 10맹이고 우리나라 사람은 훈장 어른 외에 둘백에 없었대. 당연히 훈장 어른을 범인으로 찍고 '지독한 조센징 놈'이라민서 훈장 어른의 시신을 물에 떤재뿌래서 시신도 몬 찾고 말았대. 삐대 있고 쨍쨍한 가문에 인심 좋은 선비 양반가가 강제로 재산 다 뺏기고 몰락하는 바램에 하루 이직에 거리에 나앉는 신세가 되었제. 요행히 훈장 어른의 보살핌을 받아오던 이웃에서 집도 주고 쌀도 줘서 근그이 살긴 하제만 내가 어데서 동냥해서 그 집에 주고 싶을 정도였제. 그릏지만 은젠가는 또 부자가 될 거라 생각한다. 뿌레놓은 선한 씨가 있으이. 선씨가 민들레 꽃씨맨치 퍼지서 온 산천에 꽃 필 거 아이라. 거기까지 이야기를 한 미친년은 다 말하려면 몇 날 밤을 새워도 다 못한다면서 눈시울까지 붉힌다. 진옥은 그런 사람이 정말 있을까? 갑자기 보고 싶단 생각이 울컥 솟지만 당장 어떻게 살 것인가가 더욱 막막한데 무슨 주책없는 생각? 하면서 마음을 접는다. 이 괴이한 운명에 동생이 엮일 것을 진옥은 상상도 못 했고 한나절쯤 되자 밖으로 나가 그녀를 따라 여기저기 다닌다. 그녀는 어떤 집에선 밥솥에 점심으로 넣어놓은 밥그릇을 통째 들고 와서 먹기도 하고 화롯불에 올려놓은 국 냄비에 국을 자신의 찌그러진 깡통에 통째 부어오기도 한다. 마치 맡겨놓은 것처럼 아무렇지도 않게 남의 밥과 국을 당당하고 자연스럽게 훔치는 그녀의 행동이 진옥은 황당했지만 이해는 갔다. 자신도 상갓집에서 자연스레 먹고 자고 망자 밥까지 훔쳐 먹지 않았던가. 춥고 배고프면 못 할 짓이 없다는 것쯤 체험으로 알지만 언제까지 그렇게 자신을 세상에 던져놓을 수는 없는 노릇이다. 진옥은 이제 어디론가 가야 한다는 생각이 든다. 간다는 진옥을 그녀도 말리지 않는다. *머잖아 봄이 오믄 농사철이 되니까 어데 품팔이라도 하믄 입 하나야 몬 살겠나? 내맨치 되지 말고 부지러이 일해서 살아보그라.* 미친년이 제법 교육적으로 말하면서 위로까지 얹어준다. 추위가 목덜미까지 파고드는 날 새벽에 잠이 깨자 자신의 육신을 조건 없이 재워준 토굴 방을 뒤로하고 잠자리를 해결해준 미친년 맘을 두고 진옥은 걸음을 옮긴다. 갈 곳을 정한 건 아니지만 언제까지 거기에 머물 수도 없다. 아니 발이 저 혼자 아무 곳으로 걸음을 이송한다. 바람은 사납게 달려와 덮치고 뱃속은 텅 비어 허리가 굽을 지경이다. 진옥은 냇가로 가서 돌멩이로 얼음을 깨 얼음 조각을 우드득우드득 씹어 먹는다. 속이 쓰린 건 덜했지만 얼음은 뱃속을 꽁꽁 얼린다. 그의 입은 이상한 주문을 입안 가득 씹어대고 있다. *오무기 고무기 이소고고.* 도깨비방망이처럼 보물이 가득한 돌문을 열지도, 금 나와라 뚝딱! 해도 금이 나오는 것도 아닌 것이 인간의 마음만 조종하고 부리며 입술만 수고를 시킨다. 기적을 바라는 것은 죽은 자식 불알 만지기 같은 주문. 왜놈들! 참 지독한 놈들이구나. 뱀의 독이 가장 치명적일 때는 메밀꽃 필 무렵이라는데 메밀꽃이 피고 메밀 베개를 밤마다 베고 자는 우리나라엔 추위와 허기와 공허를 녹일 독이 없고 왜 왜놈에게는 치명적인 독이 있어 메밀꽃 필 무렵이 아니어도 물러날 줄 모르고 괴롭혀 한순간에 인생을 몰락시키며 나락으로 떨어지게 할까? 날씨는 중얼거리는 말까지 꽁꽁 얼어붙게 한다. 아무리 햇살을 찾아도 한 방울의 햇살도 허락지 않는 나날들. 또래들은 눈이 오면 눈썰매를 탄다고 좋아서 삼삼오오 짝을 지어 냇가로 가는데 그 냇가 토방에서 목숨을 구걸해야 하는 삶. 눈보라는 양지엔 행복을 펄펄 퍼붓고 음지엔 견디기 어려운 서러움과 허기를 몰아치게 한다. 언제 음지와 양지가 바뀌는 세월이 올까? 겨울 방, 따뜻한 아랫목 온기와 고구마 우리와 메주가 매달려 꾸벅꾸벅 졸면서 마르면서 곰팡이꽃을 피우던 그 짧은 행복 냄새는 어디로 가서 다시 오지 않는지. 저 눈송이들은 천년 만 년 흩

날리며 흩뿌리며 공중과 땅에 풍경을 만들어 낼 것이다. 대체 어쩌란 말인가? 어떻게 살아가란 말인가? 행복은 어느 먼 곳으로 가버리고 여름에도 천둥 같은 추위를 보낸다. 추위와 허기와 불행을 체험하기 위해 이 세상에 온 것인가? 진옥은 잠깐 어머니 젖가슴 만지던 울울창창했던 푸른 행복을 부처와 예수가 한 통속으로 앗아갔다는 생각을 하며 법당에서 따뜻한 염화미소를 짓고 앉아 중생들 아픔을 외면하는 이 잔혹하고 가혹한 세상을 어찌 건너야 할지 어릴 때 잠깐 있던 절의 시간을 꺼내 만지작거리며 걷고 있다.

동생을 만나다

꽁꽁 언 세상에 쩍쩍 달라붙어 걸으며 추위와 맞선다. 추위에 몸도 취하고 세상도 취한 것 같다. 달도 기울었다 차오르고 쥐구멍에도 볕 들 날이 있다는데 막막한 쪽으로만 기울어가는 절름발이 인생이란 생각에 진옥의 감정 수은주는 자꾸만 영하로 내려간다. 걷는 것인지 기는 것인지 무감각하게 가는데 논둑 옆에 큰 돌이 보인다. 진옥은 괴물이 죽어 돌로 굳었다는 생각을 모으면서 돌머리에 앉는다. 며칠 동안의 일이 머릿속에서 물고기 지느러미처럼 헤엄친다. 꼭 도깨비한테 홀려 다닌 것 같기도 하고. 꿈을 꾸다 꿈에서 깬 것 같기도 하고 지금 꿈을 꾸고 있는 것 같기도 하다. 상갓집에서부터 오늘 아침까지 일이 멸치 떼처럼 팔딱거리며 비린내를 반짝반짝 튕겨 올리고 있다. 입안이 바닷물처럼 찝찌름하다. 바닷물이야 물고기들이 오줌을 싸고 헤엄을 친 물고기 몸에서 난 땀을 씻어서 찝찌름하다지만 내 입은 왜 찝찌름한지 모르겠다. 춥고 배고픔에 뱃속 내장들이 쿠데타를 일으킨 것 같다. 부처를 예수를 신을 원망하며 놀린 혓바닥 때문에 벌을 받는 것일까? 그 어린 멸치 떼를 인정사정없이 잡아 뜨거운 물에 삶고 찌고 뼈째로 빠작빠작 씹어 먹는 인간들. 죽을힘으로 달리며 물살을 피하고 천적을 피하느라 내장까지 까맣게 탄 멸치는 인간의 입속으로 제 생을 통째 도굴당한다. 나도 그 어린 멸치를 먹은 죄인지도 몰라. 사마천의 *'사기'*는 궁형의 아픔을 잊을 수 있게 했을까? *'목민심서'*는 유배지에서 서글픔을 견디기 위해 쓴 것일까? 그럼 나는 이 힘겨움을 견디기 위해 무엇을 써야 하는 걸까? 왜 하필 이때 이들 생각이 날까? 귀가 얼어 얼얼하다. 양손으로 귀를 한쪽씩 감싼다. 한쪽 귀를 달고 있는 고흐라면 차라리 한 쪽 귀는 시리지 않을 거라는 생각이 든다. 견유학파(犬儒學派) 디오게네스는 시간은 인간이 쓸 수 있는 것 중에서 가장 소중한 것이라고 했는데 틀렸다. 시간은 인간에게 가장 혹독함을 겪게 하는 괴물이다. 세계적인 정복왕 알렉산더의 호의를 주저 없이 물리치며 햇볕이나 가리지 말아 달라고 태연하게 하는 그 정신은 대체 무엇이란 말인가? 여유를 팔아 소유한 자유일까? 자유를 팔아 비움을 소유한 것일까? 아니 아니다. 그건 네 다리 뻗고 햇볕을 쬐고 있는 오뉴월 개 팔자 같은 말이다. 나는 햇살보다 배포보다 우선 먹고 잘 곳이 더 절실할 뿐이다. 비극의 진수는 홀로? 홀로 고독과 싸워야 하는가? 고독은 천재를 낳는가? 가난 때문에 이토록 처절하게 괴로워하고 상처받고 아파하고 공허한 몸짓으로 험한 세상에 놓인 다리 홀로 출렁출렁 넘어질 듯 자빠질 듯 비틀비틀 건너야 한단 말인가? 진옥은 혼자 바위에 앉아 상상을 불러들여 고집불통 겨울을 녹이고 있다. 혼자 바라보는 하늘은 시리도록 희고 아름답도록 춥다. 자신의 몸속에 무수하게 음각되어 있던 해독 불가능한 암호들이 부서질 듯 조여 오는 캄캄한 외.로.움. 환해야 할 대낮이 왜? 이.렇.게. 캄캄하단 말인가. 외로움의 머리 위로 갑자기 개살구 꽃잎 같은 눈이 내린다. 하얗게 머릿속을 지우며 내리는 꽃눈은 머릿속뿐 아니라 자신의 길까지 지우고 있는 기분이다. 이제 밟을 흙까지 앗아 가버리고 있다. 흰 눈 위를 맨발로 하얗게 걸어야만 하는 삶. 꽃눈은 내리고 바람은 칼날을 세워 폭력을 가하고 배고픈 목구멍으로는 추위만 빨려 들어와 자신을 위협하고 논바닥에 버려진 가을의 잔해는 슬픔을 짚가리처럼 쌓고 있다. 체력이 다 소모되어 더 기력도 없고. 그렇다고 바위에 앉아 잘 수도 없어 그냥 걷기 시작한다. 방향도 목적지도 없이. 발길이 가는 대로. 바람이 부는 대로…. 어느 식당가를 지나가는데 유리창 너머로 낯익은 얼굴이 언뜻 비치는 것 같았지만 그냥 지나쳐 한 참 걷는데 머리에 번개처럼 스치는 무엇이 있다. 그래, 분명 옥련이야! 생각이 여기에 닿자, 그는 있는 힘을 다해 왔던 길을 다시 뛰어 국말이밥 식당 문을 열자 *얼릉 오이소.* 반갑게 인사를 던지는 여자를 눈으로 밀치고 이리저리 눈알을 돌려 부엌 쪽을 본다. 식당에 사람은 없고 주방에서 설거지를 하고 있는 뒷모습이 눈에 들어온다. 분명 동생이다. 자신의 눈을 의심하며 용기를 내서 불러본다. *옥련아!* 자신의 이름이 귀를 통과하자 설거지를 멈추고 고개를 돌린다. 자신과 눈이 마주치자 뛰어나오는 것은 분명 동생이다. 둘은 누가 먼저랄 것도 없이 얼싸안는다. 팔에 온 힘을 모아 부둥켜안고 아무 말 없이 한참을 떨어지지 않고 있다. 무슨 영문인지 모르는 주인은 *눈지 몰래도 여게 앉아 얘기해라.* 친절이 의자를 당겨 그 앞에 밀어준다. 그때야 오누이는 떨어져 앉아 안부를 묻는다. 그러나 차마 아버지 사망 소식은 말할 수 없어 잘 있다고만 둘러댄다. 건강하게 잘 계신다는 소리에 동생의 눈은 안심의 빛이 비친다. *그래 지끔 어데 사노 오빠야? 으 응. 저어어게.* 버벅거리며 말을 더듬는 오빠를 옥련의 눈은 의심스러움을 굴린다. *어데? 천처이 얘기하자.* 무어라 둘러댈 적당한 말을 찾지 못한 진옥은 일단 의심의 거리를 늘려놓는다. 두 남매가 마주 앉아 눈을 떼지 못하는 걸 바라보던 주인 여자는 오빠가 왔는데 요기라도 하라며 밥과 된장국을 가져온다. *고맙니더. 주인어른요.* 달녀는 진심으로 고마워한다. 진옥도 고맙다는 말을 입에서 꺼내놓고 된장국에 밥 한 그릇을 뚝딱 해치우고서야 식당 안을 둘러본다. *니 여게 서 일하나? 응. 주인 아지매 고맙니더. 어린 동상을 거둬줘서요. 나는 어리제만 손끝이 야물고 울매나 부지런한동 모르니더. 달녀가 오고 나서 우리 식당 매상이 마이 올라 내가 고맙니더.* 주인의 말에 진옥의 가슴엔 안도의 숨과 안심이 출렁인다. 더 있으면 아버지 이야기도 갈 곳이 없다는 이야기도 나올 것 같아 진옥은 또 들린다는 말을 내려놓고 바쁘다며 나온다. 동생을 보고 나니 그나마 다행이다. 비어서 쓰린지 아픈지 모르던 뱃속도 이제 포만감이 생긴다. 그렇지만 또 갈 곳이 막막하다. 세상 드넓은 천지에 걸음 눕히고 추위를 덮어줄 곳 하나 없는데 동생에게 바쁘다고 핑계를 댄 것에 쓴 웃음이 난다. 바쁘다고? 오직 자신의 정신만이 자신의 몸을 다독여 줄 수밖에 없다는 생각을 하며 터벅터벅 걷기 시작한다.

쥐구멍을 찾아온 햇빛

벌판엔 상처받은 바람들이 윙윙 울고 있다. 진옥은 자신에게 운명이란 이름을 가진 독사 한 마리가 따라붙는단 생각을 지울 수 없다. 늘 따라다니며 혀를 날름거리는 천형의 독사. 그 징그럽고 긴 몸뚱이로 자신을 친친 감고 다니며 꼼짝도 못 하게 한다. 태생이 죄의 무늬를 가진 저 독사! 발 하나도 못 얻어 태어난 천형의 독사가 두 발 달린 내 심장을 끌고 다니며 못살게 굴며 구렁텅이로 내몬다. 길어서 슬픈 삶. 저놈을 보면 슬픔으로 온몸이 만들어졌다는 생각에 소름이 혓바늘처럼 돋는다. 너무 길다. 긴 슬픔 위로 어둠이 눕는다. 뱀이 개구리를 삼키듯 순식간에 어둠은 밝음을 다 삼킨다. 이 황량한 벌판에 홀로 서 있는 자신을 논바닥에 홀로 선 짚가리가 손짓을 한다. 짚가리에 기대서 밤을 보내라는 독사 독처럼 지독한 하명. 추위는 맹수 같은 이빨을 으르렁대며 아가리로 추위를 뿜어댄다. 논으로 걸어가 허허벌판에 외롭게 서 있는 짚가리 옆에 가니 짚가리가 바람을 막아준다. 고맙다는 생각을 하며 짚가리에 눈을 털어내고 짚단을 꺼낸다. 새끼줄을 풀어헤쳐 짚으로 깔고 덮고 짚가리 앞에 잠을 눕힌다. 꽁꽁 소리가 나게 추워서 잠도 추위를 피해 달아나는 것 같았는데 점점 아늑한 방으로 변함을 느끼면서 눈을 감았다. 분명 논에서 잠을 잤는데 눈을 뜨니 방안이다. 이승인지? 저승인지? 어리둥절해 다시 눈을 감고 조용히 잠속으로 빠져든다. 오자상은 그날 부석 장터에서 윗동네 사람을 만나 어둠이 깔리는 줄도 모르고 술잔을 기울이다 지인들과 헤어져 집으로 가는데 갑자기 소피가 보고 싶어 자신의 논둑을 내려가 소피를 보고 돌아서려는데 짚가리 옆에 개 한 마리가 누워있는 게 보인다. 개도 숨을 쉬는 짐승인데! 저리 주인도 없이 떠돌다 얼어 죽게 생겼다. 생각하며 논둑에 올라서려는 순간 어디서 앓는 소리가 들린다. 그건 개의 신음이 아닌 사람의 신음이다. 오자상은 혹시나 하는 마음에 짚가리 앞으로 걸음을 돌린다. 거기 보였던 건 개가 아닌 사람이다. 찬바람을 깔고 짚북데기를 베고 달빛을 덮고 누워있는 반송장 같은 사람, 오자상은 앞뒤 생각할 겨를도 없이 진옥을 업고 와 따뜻한 방에 누인 것이다. 술기운 탓인가? 사람이 이렇게 가벼울 수 있나 싶을 정도다. 비쩍 마른 몰골이 안쓰럽다는 생각을 했다. 그렇지만 사연이 있으리란 생각을 하며 일단은 방에 눕혀 정신을 차리게 하는 게 우선이었다. 진옥이 눈을 뜬다. 옆에 늙수그레한 노인이 앉아 있다. 수염을 턱에다 잔뜩 기르고 이마가 넓고 보름달같이 둥근 얼굴에 어울리지 않게 콧대는 오똑하고 눈은 단춧구멍만 하게 생긴 사람이 옆에 있다. *인제 정신이 쪼매 나니껴? 엊적에 짚가리서 내가 업고 왔니더. 어데 사는 누구이껴?* 진옥이 대답도 하기 전에 *암 생각 말고 몸이나 얼릉 추스르소.* 진옥은 입안에 갇혀있던 말을 꺼내려다 다시 입속으로 넣는다. 사나운 추위가 휘몰아치는 거리가 아닌 따뜻한 방 안에서 누워 있음이 어쩌면 기적이라는 생각을 하며 다시 눈을 감는다. 비몽사몽 호강몽에 싸여 얼마를 보냈는지 정신이 들었다. 어떻게 된 것인지 궁금증을 굴리고 있는데 문이 열리고 노인이 들어온다. *몸은 어떠신니껴?* 따뜻한 물음을 던진다. 따뜻한 물로 목욕을 하는 기분이 든다. *덕분에 좋아졌니더. 우째 된 일인지 궁금하이더. 궁금한 건 차차 알*

게 되이 얼릉 일나서 머라도 쪼매 자시야제요. 고맙니더. 노인이 문을 닫고 나간 지 얼마 되지 않아 상이 들어온다. 상에는 하얀 쌀에 콩가루를 풀어서 쓴 콩죽이다. *얼릉 한 술 뜨소. 울매나 걱정을 했는데 정신을 채래서 다행이씨더. 이거 이래 신세를 져서 우째니껴? 신세는 먼 신세. 아무 걱정 말고 얼릉 자시기나 하소.* 진옥은 고맙다는 말도 못 하고 시장기가 밀려오는 차에 콩죽을 먹으니 세상에 이런 음식도 있었나 싶게 구수하다. 염치 불구하고 한 그릇을 뚝딱 먹어 치웠다. *참말로 맛있게 잘 묐니더. 잘 자시줘서 고맙니더. 인제 가봐야 될 씨더. 집이 어데이껴? 걸어 가실 수 있겠니껴? 내가 델따 드리까요? 아이 괜찮니더. 이만큼 신세 진 것도 미안한데 인제 어데든 가야제요. 이래 신세를 지믄 되니껴. 어데로든 이라니요? 집이 없니껴?* 노인의 물음에 난감함이 진옥의 얼굴에 노을처럼 붉게 번진다. 뭐라 대답을 할까 잠시 생각하다 어차피 목숨을 살려준 은인인데 사실대로 말해야 하는 게 도리일 것 같다는 결론을 얻는다. *집도 절도 없는 거렁뱅이씨더.* 오자상은 의아한 듯 눈까풀을 아래위로 힘껏 벌린다. *참말이이껴? 지가 왜 거짓뿌렁을 하니껴. 목심을 건져주신 은인인데요. 참말로요? 부끄럽제만 참말이씨더. 그래믄 우리 집에 있으민서 우리일 쫌 도와주실라니꺼? 우리 집은 일손이 딸래이 도와주믄 낭중에 장개는 보내줌씨더.* 여기서 농사일 좀 도와 달라는 부탁을 정중스럽게도 한다. 어린 자신한테도 존대어를 쓰는 오자상. 진옥은 믿음이 가고 기쁜

나머지 번갯불에 콩 구워 먹듯 넙죽 엎드려 절을 올린다. 오자상은 절하는 진옥을 급히 일으키며 부탁을 들어줘서 고맙다고 도리어 고마워한다. 오자상은 머슴을 시켜 우선 옷부터 따뜻한 옷으로 갈아입힌다. 진옥은 오자상의 마음도 자상하고 얼굴도 자상해 이름을 딱 자상하게 잘 지었다는 생각을 한다. 그렇게 진옥은 아지매 구세주가 아닌 또 다른 구세주를 만난다. 진옥은 은혜를 베풀어줌이 고마워 있는 힘을 다해 열심히 일한다. 오자상은 내가 사람 보는 눈이 있다며 흡족해한다. 그렇게 시간은 흐르고 동생에게도 거처를 알려줘 가끔 동생도 집으로 다녀가곤 한다. 옥련은 오자상의 집에 오빠가 혼자 있자 아버지의 안부를 묻는다. 더 이상 숨길 수 없어 진옥은 동생에게 아버지의 죽음을 알린다. 슬픔을 삼키는 건지 슬픔이 안 생기는 건지 옥련은 이를 지그시 물고 고개만 숙이고 있더니 별 말도 없이 식당으로 돌아가 한동안 다니러오지도 않는다. 충격을 못 이겨 자신에게 오지 않는 거라 생각하지만 몹시 궁금했다. 그렇지만 찾아가기도 그렇고 마음이 가라앉을 때까지 그냥 두는 편이 동생을 위하는 길이라 생각하며 몇 달이 지나자 예상대로 예전처럼 동생은 가끔 찾아온다. 오자상은 동생을 친딸처럼 따뜻하게 돌봐주신다. 아무리 힘들어도 시간은 변함없이 흘러가는 법. 시간은 뒤돌아보지도 않고 오직 앞으로만 간다. 오자상네 집에 들어온지 5년이 흘러가 버린다. 어느 날 오자상은 좋은 혼처가 있다며 혼인 얘기를 꺼낸다. 그동안 잊고 지내던 상처에 다시 동백꽃보다 붉은 피가 흐른다. 붉은 슬픔이 뱀처럼 똬리를 틀고 진옥의 그곳에 웅크리고 있는 줄 알 리 없는 오자상은 자꾸만 핑계를 대는 진옥의 면전에 대고 역정을 낸다. *니 혹시 고자(鼓子) 아이라?*

달을 먹은 산

8

상처에 소금을 뿌리는 오자상 말에 진옥은 흠칫 놀란다. 혹시라도 뭘 알고 저러시나? 도둑이 제 발 저린다고 진옥은 기억조차 하기 싫은 자신의 과거를 털어놓아야겠다고 마음먹고 오자상 방으로 들어가 그동안 붙들이네서 일어났던 지옥 같은 세월을 소환한다. 슬픔과 상처가 가뭄에 땅 굳듯 굳어 옹이가 된 일을 관솔에 불을 붙이듯 활활 태우는 말을 듣던 오자상은 점점 옥죄는 공포와 분노를 조절하지 못하고 맞불을 활활 지피더니 벌레를 씹어 뱉듯 *저른 빌어처먹을 놈들, 육시랄 눔들, 천벌을 받을 놈들 우째자고 나무 신세를 조재놓고 그래 태연자약하단 말이로. 젊은 사램 장래를 망채놓고 내 그냥 몬 있겠다.* 뱉어낸다. 오자상은 다음날 바로 진옥을 앞세우며 *누구냐고 물으믄 위아재라고 해라.* 명령을 내뱉고는 위아재를 사칭해 붙들이네 집으로 간다. 오자상은 진옥을 밖에서 기다리게 하고 안으로 들어가더니 한참 후에 나온다. 무슨 얘기가 오간 지는 모르지만, 분노가 팽창한 낯빛을 보니 오자상과 붙들이 아버지는 고성이 오간 것 같다. *싸게 가자.* 앙크란 말을 던지고는 뒷짐을 지고 오자상은 마당을 휙 나가버린다. 붙들이 아버지가 따라나오며 *니한테 저른 지독한 위아재가 있었나?* 말을 뿌리며 건너 채로 휘잉 가버린다. 진옥은 묵묵히 오자상을 따라간다. 무슨 얘기를 했냐고 물어도 너는 알 필요 없다며 부지런히 앞만 보며 집을 향해 더는 물어도 소용없음을 깨닫고 입을 다문다. 그로부터 두 달이 지나고 봄이 복수의 칼날을 갈아 복수초가 노란 복수로 추위를 쫓아내고 길가 꽃들 새싹 밀어올리는 소리 파리리파리리 왁자한 봄이다. 오자상네 처마 밑에도 제비가 논흙과 지푸라기를 물어날라 집을 짓고 도랑물 흐르는 소리에도 파랗게 움이 튼다. 도랑물을 잘라다 꽃병에 꽂으면 버들강아지가 살래살래 꼬리를 흔들며 뛰어나올 것 같다. 생각에도 풀이 돋아나는 계절, 들판엔 아지랑이 아랑아랑 아지랑을 떨며 나비들 손을 잡고 춤추며 돌아다닌다. 이 아름다운 것들도 보지 못하고 살았다. 계절은 끊임없이 다녀갔건만 계절이 다녀가도 보지 못하고 살아온 자신이 한심하고 어처구니없어 실소가 터진다. 오랜만에 자연을 마음속에 찍고 생각이란 걸 하고 있는 진옥의 얼굴에 웃음이 번졌는지. *머가 그래 좋으노?* 오자상이 자상한 말넝쿨을 던진다. 찍던 눈 사진기를 돌리니 오자상이 외출복을 갈아입고 나온다. *니 지끔*

내하고 어데 갈 데가 있다. 따라나서라. 전에 없이 볼일이 있다며 서두른다. 무슨 일인지 이유도 말하지 않고 뒤도 안 돌아보고 잰 걸음으로 바삐 걷는다. 들판엔 온통 꽃들이 환한 웃음을 웃고 파릇파릇한 냄새들이 마구 날아다닌다. 물소리들이 재잘거리며 공중으로 날아오른다. 능수바람은 늘어진 버드나무 가지를 치렁치렁 흔들며 놀고 있다. 쌀밥을 못 먹어 이팝꽃이 못되고 조팝꽃으로 환생한 서러운 영혼이 하얀 슬픔으로 피었다. 쑥빛바람을 마시며 묵묵히 오자상을 따라 걷는다. 소매로 바람을 휘휘 밀어내고 두루마기를 펄럭이며 부지런히 걸어가던 오자상이 붙들이네 논 어귀에서 진옥이 올 때까지 걸음을 세우고 서 있다. 오자상의 자상한 얼굴이 더 자상해보여 오, 자상이여! 하고 외치고 싶어진다. 오자상은 진옥의 어깨에 팔을 걸친다. *그동안 맴고생 많았데이. 그릏다고 이까짓 거 가지고 그 큰 상처를 치료할 수야 없제만 그래도 우째겠노. 그 심술 유들유들한 영감탱이가 더 줄 눔은 아이고 이거라도 주이 다항이제. 에이 천하 몹쓸 놈 같으니라고.* 먼 산을 바라보며 하던 말을 접고 다시 진옥의 얼굴에 눈빛을 꽂으며 말문을 연다. *내 말 잘 듣그래이. 이 논 저게 뽕낭구 울을 중심으로 삥 돌아 봇도랑 앞까지가 니 논이다. 내 말 허투루 듣지 말고. 부지러이 농사 지서 동상도 거두고 니 장개도 가야제.* 진옥은 무슨 영문인지 몰라 머루같이 까만 눈으로 오자상을 쳐다본다. *암 걱정 말그라. 니 앞으로 등기 이전도 마쳤으이 그냥 부지러이 농사만 지믄 된다.*

오자상은 진옥의 어깨를 툭툭 친다. 거지 신세에서 갑자기 논을 가진 토지 주인이 되다니. 무슨 영문인지 도대체 이해가 되질 않는다. 사람 팔자 시간문제란 말이 이럴 때 네 아귀가 딱 들어맞는 말 같다. 그러나 오자상에게 고맙다는 말문조차도 열지 못한다. 묵묵히 아니 더 정확하게 말하자면 어리둥절 도깨비에게 홀린 기분이 든다. 진옥은 꿈이라도 좋았다. 꾸다가 깨면 현실로 돌아와 다시 원점이 되더라도 일단, 이 꿈속이 좋다. 꿈속에서 열심히 또 열심히 몸을 아끼지 않고 농사를 짓기로 자신에게 다짐한다. 그렇게 머슴에서 논을 가진 지주가 되었다. 진옥은 오자상 덕분에 논이 생기고 그 고마움의 대가로 뼈가 닳도록 일을 했다. 그 대가는 정직하게 많은 나락을 그 앞에 쟁여놓는다. 오자상은 한 푼도 축내면 안 된다며 모두 팔아서 돈을 모아 둔다. 해가 갈수록 돈이 쌓여갔다. 진옥은 더욱 신나서 열심히 일한다. 오자상의 눈에는 늘 자상만이 빛난다. 오자상의 눈빛에서 나오는 자상빛은 진옥의 눈으로 건너와 돈으로 살 수 없는 위로를 만들어 낸다. 그건 세상 어떤 빛보다도 따스한 팔베개 같은 빛이다. 오자상의 눈빛은 늘 진옥의 눈에 푸른 희망과 싱싱한 물결무늬 나무를 심어댄다. 그 눈빛은 신보다 거룩하고 천사보다 빛난다. 힘들고 지쳐 자신의 처지를 털어버리고 싶을 때마다 기도처럼 홀연히 다녀가는 눈빛은 천 개의 옹이를 빼고도 남을 위로를 가진 신이 되고 천사가 되어 진옥을 포근하게 감싼다.

운명의 덫

하늘은 그들 운명에 고뇌의 씨앗을 심어 보냈다. 꽃피고 새우는 소리가 보이고 들릴 만큼 안정이 되자 도리어 불안하기까지 하다. 이렇게 사람 대접을 받아도 될까? 이렇게 많은 행복을 가져도 되나? 진옥의 불안감은 적중해 행복을 또다시 접어야 했다. 운명의 신은 또 하나의 장난줄을 가져와 올가미를 놓는다. 불안한 예감의 악귀는 기어이 재앙을 깜깜한 밤에 동생이 있는 식당에 던진다. 악의 불씨는 모든 걸 잿더미로 만들어 버린다. 취객들이 싸우다 지른 불길이 순식간에 초가지붕에 옮겨붙어 미처 피할 시간도 없이 타버려 식당 주인도 질식해 목숨을 잃고 옥련은 간신히 목숨만 건졌지만, 오후까지 멀쩡하던 식당과 주인이 재가 되어 사라졌다.

옥련은 슬픔을 안고 떨어져 짓밟힌 꽃잎 같은 붉은 울음을 울며 오빠를 찾는다. 혼미한 미로의 경계를 허물며 살과 뼈를 다 내린 그믐달. 달녀는 목숨만 건둥건둥 건져서 슬픈 기적처럼 오빠 품으로 돌아온다. 진옥은 동생이 버드나무 같다는 생각을 한다. 어디든 꺾꽂이만 하면 퍼들퍼들 물이 오르고 살아나는 버드나무. 돌아온 옥련을 오자상은 집 나간 딸을 맞듯 반갑게 맞이해 준다. 다행이다. 불행에도 다행이란 행운이 따라다니는 모양이다. 아무 말 없이 동생을 반겨주는 오자상이 하얗게 고맙다. 이럴 때 적절한 표현을 못 하는 진옥은 하얗게 고맙다가 파랗게 고맙다가 더 하얗게 고맙고 또 파랗게 고맙다. 마른풀 냄새를 풀풀 풍기며 돌아온 동생 살아있음이 얼마나 다행인가. 목숨마저 잿더미에 태우지 않은 걸 천행으로 생각하며 진옥은 서늘한 가슴을 쓸어내린다. 아찔한 현기증이 다녀간다. 옥련이 돌아오자 오자상은 아무 걱정하지 말고 오빠 옆에서 공부도 하고 살림살이도 배워 시집이나 가라며 위로를 얹어준다. 말뿐 아니라 놀란 가슴을 어서 잠재워야 한다며 매일 새벽 한문을 가르쳐 주신다. 한문이 버거워 숙제하느라 끙끙거리는 동생을 보며 오자상처럼 자상하게 웃는다. 오자상은 사람은 아는 만큼 세상이 보이니 여자도 배워서 세상을 알아야 남한테 무시당하지 않고 어떤 어려움이 찾아와도 그 어려움을 지혜롭게 이기고 산다며 배움을 강조했다. 천자문을 포함해 이것저것 가르쳐 주셨다. 옥련도 힘닿는 데까지 농사일을 거들고 짬짬이 오자상 댁의 일도 거든다. 오자상은 아들 셋, 딸 둘을 모두 출가시키고 두 내외만 산다. 오자상 댁 안 어른도 짬짬이 바느질이랑 살림살이를 가르쳐 주신다. 옥련은 홈질 박음질 반박음질 공그르기 곱솔로 깁는 것까지 차근차근 배워 나간다. 찢어지고 떨어져 남루해진 자신을 부지런히 기운다. 보고 싶은 엄마의 그리움을 기울 때면 바늘에 찔린 손가락에서 피가 흐른다. 피가 흐를 때면 손가락 피를 입으로 빨며 골무도 없이 지난날들을 모두 오려서 덧대고 기운다. 안주인 어른은 눈썰미가 있다며 칭찬을 아끼지 않는다. 옥련은 딱 알맞은 키에 하얀 피부 오뚝한 코 커다랗고 새까만 눈 칸나보다 붉은 입술 인형처럼 동그란 얼굴이다. 이런 얼굴에 반한 동네 사내들은 옥련에게 군침을 흘려대기 시작한다. 밤이면 도둑고양이처럼 담을 어슬렁거리며 휘파람이 담장을 넘어오자 오자상은 옥련을 불러 앉혀놓고 당부를 닫아건다. *절대로 저 껄떡거리는 놈들한테 함부로 말 걸고 대답하믄 안 되느니라. 먼 말인동 알아듣겠나?* 하고 시나브로 다짐을 받곤 한다. 그런 아버지 같은 마음 씀씀이에 진옥은 고맙고 든든하다. 동생과 함께 배불리 먹고 자고 공부하고 땅까지 있으니 더 부러울 것은 없었다. 그렇지만 진옥은 자신의 신세를 생각하면 또 찬바람이 온몸을 감싼다. 그러던 어느 날 오자상은 다른 때와 달리 심각한 말을 가슴 섶에서 꺼내놓는다. 아주 훌륭한 가문인데 사는 게 넉넉지는 않아도 선비 집안에다 원래 뼈대 있는 집안이고, 신랑감도 한문 공부도 많이 하고 점잖은 집안에서 중매가 들어왔으니 한번 보기나 하자는 거였다. 두 남매는 이렇다 저렇다 들은 척도 안 한다. 그로부터 한 달 후 중키쯤 돼 보이는 할머니 한 분이 집에 오셨다. 옥련은 차 쟁반을 들고 안채로 들어갔다. *참하고 복스롭게 생깄구먼.* 그 한 마디를 받아들고 옥련은 밖으로 아무 생각 없이 나온다. 할머니가 돌아가자 오자상은 옥련을 선보러 온 시어머니 자린데 아주 흡족해한다며 혼주가 되어 줄 테니 결혼하라고 설득을 한다.

옥련은 오빠와 함께 살고 싶은 생각밖에 없다고 하자 오자상은 더 없는 기회니 잘 생각하라며 계속 설득을 한다. 오자상과 옥련은 실랑이를 벌이다가 옥련이 완강하게 싫어하자 오자상도 물러나는 눈치다. 그들은 결혼 이야기는 덮어두고 다시 공부와 농사일을 하고 평화를 즐기며 살아간다. 그러던 어느 날, 그들의 집 앞에 진옥을 토굴 방에 재워주던 미친년이 나타난다. 반가운 나머지 진옥은 이런저런 생각 할 겨를도 없이 미친년을 방으로 맞이한다. 누구의 눈치 같은 건 이미 볼 필요가 없었으나 머슴들이 고개를 갸웃거리며 쳐다본다. 밥을 차려주고 지나온 이야기를 끝내고 미친년에게 묻는다. *우리 및 년 전 만냈던 곳에서 혹시 선비고 양반집인 인심 제일 좋은 집이 앞산에 복골이 있고 뒤에 용머리산이 있는 독점이라고 하지 않앴니껴? 그랬지. 그 집은 왜? 아이씨더 그냥 물어봤니더.* 그녀는 밥을 다 먹은 다음 또 보자며 아무것도 묻지 않고 고마움만 들고 종종걸음으로 나가버린다. 그녀는 조금도 변하지 않았다. 도움줄 시간도 없이 쫓기듯 나가는 여자를 보며 진옥은 마음이 아프고 저려온다. 무어라도 도와주고 싶었는데 그럴 틈도 없이 가버리자 방에서 바깥으로 왔다 갔다 똥 마려운 개처럼 보이는 오빠를 옥련은 다그친다.

오빠, 아까 그 여자가 누구로? 꼭 미친 여자맨치 꼴이 그른 여자를 왜 집으로 불러 밥을 주고 그래노? 응 미친년 맞아. 머? 미친년? 오빠, 니 미쳤나? 장난하지 마래이. 누군데? 장난 아이다. 진짜로 미친년이다. 차림은 그래보이드라. 그른데 왜 미친년을 집으로 불러들이노? 그게 궁금하믄 내가 지끔부텀 하는 말 들어봐라. 알

왔다 퍼뜩 해봐라 오빠야. 두 남매는 지난날 그 여자를 만나게 된 이야기와 온 동네를 손금 보듯 보는 여자한테 들은 말을 모두 해준다. 그 훌륭한 선비 집안에 대해서까지 들은 이야기를 다 해준다. 그 집안에 대한 말에 두 귀를 쫑긋 다 듣던 옥련은 그럼 그 집에서 내게 혼사가 들어온 거냐고 물었다. 진옥은 그렇다고 말한다. 옥련은 갑자기 진옥의 손을 잡으며 시집을 가겠다고 한다. 진옥은 썩 내키지는 않지만 그렇다고 아버지까지 안 계신 마당에 언제까지 동생을 그냥 둘 수는 없어 동생이 좋다니 그런 인품 있는 집안이면 괜찮겠다는 생각에 오자상에게 동생이 한 말을 하자 오자상은 자신의 딸을 시집보내듯 들떠서 결혼 준비를 서두른다.

시집인지 소설집인지

두 달 후. 옥련은 그 양반가며 선비가인 진성이씨 집안 며느리로 시집을 간다. 몰락한 집안인 건 알았지만 그 정도인 줄 몰랐던 옥련은 시집간 지 사흘이 지나자 고된 여정의 시집살이가 시작된다. 남편 태석의 생김새나 외모는 어디에도 빠지지 않았다. 그러나 도무지 마음을 내보이지 않고 눈길 한 번도 안 주고 혼자 방에만 틀어박혀 있다. 달녀는 덜컥 겁이 난다. 혹시 남편이 무슨 병이라도 걸린 것이 아닐까? 밥도 먹지 않고 누워만 지낸다. 그렇다고 어디 딱히 아픈 것 같지도 않고 그냥 매일 방구석에 처박혀 있다. 문을 열어보아도 아무것도 보이지 않는 사람처럼 한마디 말도 없다. 그렇다고 장님도 아니고 벙어리도 아님에는 틀림없다. 얼마 후 시어머니 나벨라까지 식음을 전폐하고 들어눕는다. 달녀는 뭐가 뭔지 아득한 생각만 든다. 다시 오빠에게 돌아가고픈 마음만 간절해지기 시작한다. 시어머니 나벨라가 드러누운 지 일주일쯤 지나자 남편 태석은 일어나 죽을 먹기 시작한다. 연이어 시어머니도 털고 일어난다. 홀시어머니에 시누이 다섯, 살았는지 죽었는지 생사도 모르는 시숙의 딸이 셋, 합쳐서 식구가 열 한 명이나 된다. 그러나 쌀독에 쌀은 보리쌀 몇 말이 양식의 전부다. 달녀는 이웃 사람을 따라 복골이란 산으로 약초 뿌리를 캐러 간다. 동네 사람들이 가는 곳을 따라다녔지만, 약초를 알지 못해 묵싹 알아보는 것부터 배워야 했다. 어떻게든 살아야 한다는 생각밖에 없다. 열흘쯤 따라다니면서 익힌 결과 대충 묵싹을 알아보는 식견이 생긴다. 춥고 힘들었지만 몇 뿌리라도 캐는 날에는 그 국물이라도 마실 수 있는 희망에 기분이 좋다. 겨울을 누가 만들어 놓았는지 참 모질게도 만들어 놓았다. 그녀는 자신이 꼭 겨울과 닮았다는 생각을 한다. 캄캄한 새벽에 일어나 아궁이에 불을 피우는 일로 하루의 빗장을 연다. 불쏘시개래야 갈비 몇 줌으로 마르지도 않은 장작에 불을 붙이기가 여간 힘든 게 아니다. 장작을 밀어 넣고 부지깽이로 장작을 이리저리 뒤적여가며 얼굴에 검정이 새까맣도록 입김으로 불어야만 겨우 불이 붙는다. 관솔이 있으면 불붙이기가 쉽지만 관솔은 구하기가 어렵다. 불을 조금이라도 늦게 때는 날에는 시어머니의 불호령이 떨어진다. *아궁이 불을 잘 때야 궁리가 넓은 법인데, 불도 하나 몬 때서 뭣에 쓰노.* 시어머니 나벨라의 질책은 날이 갈수록 수위를 높이기 시작한다. 시누이들은 막내만 빼고 모두 달녀보다 나이를 더 먹었다. 그러나 매일같이 싸돌아다니기에만 바쁘고 빨래나 밥은 도무지 관심이 없다. 시어머니 역시도 시킬 생각은 전혀 없는 듯하다. 매서운 바람이 윙윙 울어대는 날에도 그 많은 식구 옷이나 양말을 냇가에 가서 찬물로 빨아야 한다. 맨손으로 얼음을 깨고 옷을 빨아서 집에 오면 손은 아프고 아리다 못해 감각이 없다. 조금 감각이 돌아온 밤엔 아프고 화끈거림이 잠을 삼킨다. 손은 다 틀어서 딱지가 앉고 산더덕처럼 더덕더덕하다 또 쩍쩍 갈라지곤 한다. 가마솥에 빨래를 삶아야 하는 날은 양잿물을 넣고 생솔가지로 불을 피워야 한다. 불이 잘 붙지 않아 부엌 아궁이를 입김으로 하도 불어 어지러워 쓰러질 때도 있다. 그러나 남편이나 시어머니는 아무런 관심도 보이지 않는다. 겨울 시집살이를 더는 못 견딜 즈음 봄 들판이 쑥과 냉이를 길러 달녀에게 희망을 준다. 쑥과 냉이를 다듬어 물을 많이 붓고 보리쌀 몇 숟가락을 넣고 끓인 죽으로 연명을 해서 속이 쓰리다 못해 아픈 겨울보다는 천국이다. 그래도 겨울 지옥을 하얗게 빠져나온 게 얼마나 다행인가.

쑥과 냉이를 캐는 것이 약초를 캐는 것보다는 훨씬 수월하고 손발이 시렵지 않아서 살 것 같다. 쑥과 냉이를 넣고 보리쌀 두어 숟가락을 넣고 끓인 죽을 시어머니와 남편은 겸상을 하고 나머지는 모두 큰 함지박에 퍼서 아홉 명이 먹는다. 달녀는 시숙의 딸들인 세 살 이런 네 살 저런 여섯 살 사연 세 조카를 배불리 먹여놓고 한 숟가락 뜨려고 하면 시누이들이 죽을 다 먹어치운다. 부모도 없이 숙부 밑에서 자라는 어린 것들 때문에 허기가 져도 어쩔 수 없는 일이다. 그렇게 체념을 한다. 달녀는 부엌에 나가 죽 끓인 냄비에 맹물을 부어서 헹구어 먹으며 허기를 달랜다. 나물을 아무리 많이 캐도 늘 모자라는 건 마찬가지다. 어린 이런·저런·사연은 그녀를 엄마처럼 따라다니며 배고프다고 징징 울어댄다. 어린 것들 옷깃에는 이와 서캐가 바글거린다. 머리에는 이가 술술 기어 다니고 벼룩이 뛰어다니는 놀이터다. 대낮에 땅바닥에 시커멓게 살이 통통 오른 머릿니가 툭툭 떨어지기 일쑤다. 큰 가마솥에 물을 데워 한 달에 한 번 목욕시키기도 바빠 이는 끝없이 머리에 터를 잡고 새끼를 친다. 온 옷 솔기마다 자리를 잡고 바글바글 서캐를 쓸어 종족 보존을 하고 있다. 그것뿐이 아니다. 어디서 벼룩이 그리 생기는지 벼룩도 마구 뛰어다닌다. 가을철 논에 메뚜기처럼 극성을 부린다. 어린 것들은 머리를 북북 긁다가 몸을 벅벅 긁어댄다. 몸을 긁다가 머리를 긁다가 긁는데 하루 시간을 다 허비할 정도다. 달녀는 참빗으로 이런. 저런. 사연이의 머리를 빗겨 준다. 빗는 것만으로는 도저히 불어나는 서캐와 이를 감당할 수가 없다. 봄이 되자 흙장난을 하고 노느라 손은 쩍쩍 갈라져 피가 흘러 아프다고 울어댄다. 봄바람은 손에 피가 철철 흐를 만큼 그녀와 이런. 저런. 사연이 손까지 쩍쩍 금을 낸다. 봄바람과 시어머니의 피는 심술로 만들어졌는지도 모른다. 새벽이면 일어나 쑥을 뜯고 냉이를 캐서 죽을 끓여 아침을 먹고 산나물을 뜯으러 간다. 찔레순을 꺾어 먹으며 빈창자를 채우고 송구를 꺾어서 종다래끼에 담는다. 고개가 아프도록 지고이고 와서 시누이들과 조카들을 먹인다. 아무리 힘들게 많이 가지고 와도 없어지는 건 너무 순간이다. 간혹 운이 좋은 날이면 꿩 알도 몇 개씩 주워온다. 도랑에서 가재나 개구리를 잡아 오는 날도 있다. 아무것도 생각할 여유가 없는 나날이다. 달녀는 오빠와 오자상을 욕되게 할 수 없다는 생각에서 이를 물고 참고 참으며 살아간다. 여름에는 산딸기와 앵두도 중요한 먹거리 중 하나를 차지한다. 가을은 늘 가을가을한다. 가을에는 송이를 따러 복골로 석대미로 연화동까지 가기도 한다. 캄캄한 새벽에 남들보다 먼저 가야만 몇 개라도 딸 수 있다. 빈 입으로 산에 갔다 오면 배가 고파 이허리가 덜컥 지고 눈도 깜빡하기 싫다. 어쩌다가 산머루나 다래를 만나 따먹는 날은 요행히도 배고픔을 면할 수 있다. 다행히 봄 여름 가을은 배를 곯는 일이 좀 덜하다. 소나무 가지를 꺾어 껍질을 벗기고 그 속에 물을 칼로 긁어먹는 송구 맛은 달고 맛있다.

송구를 꺾어 와서 송구떡을 해 끼니를 때우기도 한다. 산지실들도 많다. 오디 다래 머루 산딸기 봄에는 버들강아지도 훑어 먹는다. 가장 힘든 건 겨울이다. 그런데 겨울은 바퀴라도 달렸는지 최고의 속도로 다가온다. 겨울엔 칡뿌리를 캐 우려서 가라앉힌 전분과 꿀밤을 주워서 물에 우려 둔다. 꿀밤으로 묵을 쑤거나 절구에 찧어서 끼니를 연명한다. 약초 뿌리에 보리쌀을 넣고 죽을 끓여 먹기도 하며 겨울을 나야 한다. 늘 배는 등가죽에 가 붙어있다. 겨울은 강물을 꽁꽁 얼리고 바람을 얼리고 구름마저도 얼려 버린다. 손발이 동상 걸리는 건 너무나 당연하다. 시어머니는 겨울이면 가마니를 짜느라 방에서 지낸다. 남편은 새끼를 꼬느라 방 안에서 지낸다. 그 많은 식구 중 오직 달녀만이 칼바람이 기승을 부리는 산으로 가서 칼바람과 싸우며 싸리나무를 베어야 한다. 하루만 싸리나무를 베러 가지 않아도 시어머니의 눈초리는 칼바람보다 더 날카로워 견딜 수가 없다. 주린 배를 허리띠로 묶은 채 앞산인 복골과 구렁이가 많이 산다고 붙여진 큰구렁이산에서 싸리를 베어 묶어서 산 아래로 굴린다. 눈 덮인 산은 발을 자꾸 미끄러지게 한다. 새끼줄로 발과 신발을 한 단으로 묶자 벗겨지지는 않는다. 천으로 구멍을 두덕두덕 기운 양말이 발을 감싸 안았지만 발은 꽁꽁 얼어 감각마저 집어삼킨다. 식욕이 왕성한 겨울은 손발을 닥치는 대로 꽁꽁 얼려 먹는다. 사나운 식성으로 감각까지 먹어치우고 나면 온몸으로 파고들어 영혼까지 이빨로 물어뜯는 겨울. 겨울과 맞서 싸워주던 해가 집으로 돌아가고야 싸리나무 베기를 멈춘다. 온종일 벤 싸릿단을 머리에 이고 집으로 온다. 남자들도 힘들다는 싸리 베기. 달녀는 이 세상 어떤 것도 다 나로 인해 일어난다. 태어난 것 자체가 불행이다. 남들 다 있는 엄마를 잃은 것부터 인생이 꼬인 것이고 업이라면 어쩔 수 없다. 이 지옥처럼 힘든 날들이 업장 소멸을 하는 것이라면 이 정도는 견뎌야 한다며 이를 물고 참는다. 매일 매일 울음을 밥 먹듯 깨물어 먹으며 견뎌내고 살아간다. 싸릿단을 이고 와서 마당에 내려놓고 깜깜한 부엌으로 가야 한다. 싸늘한 어둠이 부엌 가득 고여서 그녀를 기다리는 부엌. 집안에는 여자들이 수두룩하다. 그러나 누구 하나 그녀를 거들어 저녁 죽을 끓여놓는 이는 없다. 달녀는 춥고 손발이 얼어 감각조차 없어 우선 아궁이에 불부터 땐 다음 뜨거운 물부터 한 모금 마신다. 따뜻한 물만 들어가도 몸은 조금 풀리는 기분이다. 고생은 이력이 났다. 하지만 몸이란 한계가 있는 법. 미련곰탱이처럼 일을 하던 그녀의 몸이 어느 날 시위를 벌인다. 꼼짝도 안 하고 무겁게 늘어져 있는 몸을 아무리 일으키려 해도 헛일이다. 식구들 아침을 못 하고 누운 몸은 이 엄동설한에 펄펄 열을 끓여 내고 있다. 열이 끓어오를수록 몸은 더 추워서 덜덜 떨린다. 이가 덜그럭거릴 정도로 떨린다. 시어머니는 방문을 열어보고는 문을 쾅 닫더니 밖에서 푸념을 쏟아내자 푸념은 방문을 열고 들이닥친다. *젊고 젊은 것이 벌써부텀 아파 어따 써먹노.* 우렛소리가 방문을 흔들어댄다. 바가지 던지는 소리가 난다. 뒤를 따라 무쇠솥 뚜껑을 열어서 던지는 소리가 달려온다. 사나운 바람이 쿵쿵쾅쾅 발광을 하며 여닫는 대문 소리…. 그녀가 열을 펄펄 끓이는 사이 시어머니는 신경질을 펄펄 끓이느라 야단법석이다. 그녀는 덜덜 떨리는 몸을 견뎌내려 애쓴다. 시어머니의 떨리는 열보다 더한 짜증에 얼지 않기 위해 이를 덜덜 떨며 견딘다. 이름을 나벨라라고 지어 저렇게 별난 것인가? 생각하는 사이에도 이불이 들썩이도록 균들이 몸을 눕혀 놓고 펄펄 끓인다. 시어머니가 집히는 대로 물건을 집어 던지면서 영혼을 펄펄 끓이는 사이 달녀의 의식은 희미해진다. 모진 게 목숨이라고 했던가. 희미하게 꺼져가던 목숨 줄은 다시 살아 그녀의 눈을 뜨게 만든다. 차라리 눈을 감고 의식이 없을 때가 나았다. 캄캄한 의식의 뿌리는 또 그녀의 목숨에 푸른 싹을 틔워내고 있다. 의식이 돌아오자 오빠가 보고 싶다. 오자상이 그립다. 인생은 견디면서 사는 거라고 이럴 때 꺼내서 한 장씩 유용하게 씹어 먹으며 살아가라고. 오자상은 그 많은 인내와 지혜를 내 머릿속에 심어주지 않았던가. 그래 내가 쓸 수 있는 시간과 체력이 자꾸자꾸 줄어들고 있구나. 발이 많은 지네는 신발을 신는데 가장 많은 시간을 보낼 것이다. 발이 없는 뱀은 신발 신는 시간에 단 1초도 허비하지 않겠지. 하루를 살다간 하루살이나 백 년을 살다간 사람이나 모두 한 생을 다 살았다고 생각하겠지. 반일밖에 살지 못하는 해와 달과 별 그 짧은 생이 억울해 또 태어나고 또 태어나 수억 광년을 이어가나? 아무리 늦게 걷는 거북이나 날쌔게 달리는 토끼도 방점을 찍는 건 마찬가지다. 다만 조금 늦고 조금 빠를 뿐. 달녀는 조용히 눈을 감는다. 눈물이 주르르 볼을 타고 흘러내린다. 계속해서 몸과 영혼을 펄펄 끓이던 균들과 시어머니가 제풀에 꺾인다. 달녀는 그들이 끓여대는 시간을 지우고 결국 승리를 한 것이다. 밟아도 밟아도 죽지 않는 타고난 명이 질경이보다 더 질기다. 그들이 달녀의 몸과 영혼을 끓이는데 유예된 시간이 얼마였는지는 모른다. 그녀는 치명적인 외로움을 불사신처럼 이겨낸다. 천적을 피해 바다를 헤엄치느라 까맣게 탄 멸치 똥보다 자신의 내장이 더 새까맣게 탔을 거란 생각이 든다. 입이 쓰다. 얼굴도 모르는 나직한 말 한마디가 자신도 모르게 입술을 벌리고 튀어나온다. *엄마~.* 세상 사람들이 하는 절박하다는 말이 가장 잘 어울릴 때가 이런 때인가 보다. 정말 정말 몹시도 너무나 몹시도 절박한 그리움들이 하루살이 떼처럼 몰려 혈관을 타고 온몸으로 돌아다닌다. 보고 싶다고 볼 수 있는 일이면 행복이란 걸 그녀는 절절절 깨닫고 있다. 시누이들이 부럽다. 자기보다 수백에서 수천 날을 더 까먹었는데도 말끝마다 엄마! 엄마!를 입에 달고 산다. 온 동네를 휘젓고 놀다가 밤중에 들어와도 야단보다 아비 없는 자식들이 불쌍하다며 감싸고 도는 시어머니. 동생들이라면 끔찍이 생각하는 남편. 모두가 남편이고 자신의 편은 아무도 없다. 본래 이름도 남편이면 안 되는 것이다. 남편 대신 내 편이라고 지었어야 맞지 않는가? 3일을 끙끙 앓고 일어나니 입술은 매미껍질처럼 말라 각질을 일으키고 있다. 아무리 인정머리가 잘려나가고 인정 몸통만 산다고 해도 사람이 3일씩 앓으면 뜨거운 맹물 한 모금이라도 들고 들여다보는 게 인간의 도리가 아닌가? 그런데 어떻게 된 건지 아무도 방문조차 열어보는 사람도 없다. 남편이란 사람도 도통 눈뜬장님이고 들리는 귀머거리다. 박복이란 말이 이럴 때 쓰는 말이겠지. 옥련은 일어나서 밖으로 나온다. 기운이 없어 마루도 부엌도 비틀거리고 하늘도 땅도 비틀거린다. 꼭 한 혼이 빠져나간 것 같다. 시어머니는 아는지 모르는지 무관심이다. 그녀는 냉이 죽을 끓인다. 냉이 향이 위로를 건네온다. 국자로 국물을 조금 떠서 먹는다. 국물이 목구멍으로 넘어가자 살 것 같다. 건더기는 입이 써서 먹지 못한다. 국물만 두어 국자 떠먹는다. 속 쓰림이 가라앉는다. 정신이 좀 나는 것 같다. 그녀는 어지러움을 다독인다. 현기증을 가라앉히고 죽상을 차려 방으로 들어간다. 며칠을 앓아 다리에 힘이 없어 걸음이 휘청거린다. 시누이가 죽상을 받는다. 시어머니의 불호령이 밥상 위로 날아온다. *저래 약해 빠자 머하노, 아무짝에도 씨잘데없이 밥숟가락만 축내고 자빠졌으이 우째야 되노. 예부터 메느리가 잘 들와야 집안이 흥 한다는데. 저 꼬라지를 한 메느리가 들왔으이 원.* 푸념을 있는대로 푸푸푸 분무기로 뿌리듯이 마구 뿌려댄다. 듣다 못한 남편이 처음으로 자기 어머니에게 한 마디 던진다. *어머이 그만하소.* 그 한마디가 땅바닥에 떨어지기도 전에 죽상이 물찬 제비처럼 마당바닥으로 날아가 버린다.

달을 먹은 산

9

밥상이 마당으로 쏜살같이 날아가는 바람에 남편과 시어머니가 먹을 죽을 졸지에 마당이 다 먹고 만다. 철딱서니 없는 시누이들은 아무 일도 없는 것처럼 죽을 깨끗이 먹어 치우고 밖으로 나간다. 이런. 저런. 사연만 눈에 겁을 잔뜩 집어넣고 울상이 되어 그녀의 품으로 안긴다. 달녀는 어린것들이 애처로워 친자식처럼 살갑게 거둔다. 시누이 다섯 명은 썰물처럼 어디론가 쏘아 다니다 끼니때가 되면 밀물처럼 몰려온다. 봄에 말려두었던 냉이 죽으로 연명을 하면서도 아무 걱정 않는 시누이들이 부럽다. 달녀는 몸도 마음도 멍청해져 아무 생각도 나지 않는다. 다행스럽게도 하늘이 돕는 건지 겨울비를 내려 집에서 쉰다. 하얗게 핀 배꽃 같은 눈을 순간에 다 녹여버리는 청승맞은 겨울, 어디선가 들리는 구슬픈 노랫소리에 달녀의 두 귓속 달팽이가 안테나를 곤두세우며 꿈틀거린다.

어머니 어머니 어데로 가셨나요?/ 불쌍한 두 남매 승우와 승옥이

승우가 세 살 때 어머니 돌가시고/ 승옥이 네 살 때 아버지 돌가셨제

이래도 한 평생 저래도 한 평생/ 돈도 명예도 사랑도 다 싫다.

어머니 어머니 돌아와 주세요?/ 불쌍한 두 남매 우떻게 살라고

꿈에도 한 번 못 보는 부모님/ 눈보라 몰아쳐도 이 한 몸 뉠 곳 없네

이래도 한 평생 저래도 한 평생/ 돈도 명예도 사랑도 다 싫다.

시누이들이 부르는 가슴을 도려내는 애절한 노래에 장승처럼 서서 쏟아지는 겨울비를 다 맞는다. 꼭 자신을 위해 만들어진 곡 같다. 허공에 매달려 흐느끼는 노랫말에 슬픔이 펄럭이고 찢어진 허공 사이로 상처에서 흐르는 피가 빗줄기처럼 쏟아진다. 이보다 더 슬픈 일이 지상에서 일어날 것 같지는 않다. 세포 구멍마다 쏟아진 슬픔이 세상을 덮는다. 남들이 다 가진 엄마! 엄마의 얼굴 한 번 보지 못하게 끌고 간 가혹하고 잔인한 왜놈들. 엄마는 지금 어느 하늘 아래서 무엇을 하고 있을까? 달려는 가슴에 고인 슬픔의 중량이 이 지구상에 지금까지 내린 비보다 더 많을 거란 생각을 한다. 아무도 살지 않는 무인도에 오로지 자신만 던져진 느낌이다. 철철철 슬픔을 맞고 서 있는 머리 위로 시어머니의 푸념이 빗소리보다 더 세차게 쏟아진다. *참말로 청승도 팔자데이.* 먼 청승으로

저 비를 다 뚜드래 맞고 있는지 알 수 없네. 에구, 내 팔자야. 쏟아지는 시어머니의 말은 귀로만 기어들어왔다 가슴 문턱에는 닿지도 못하고 메아리가 되어 돌아간다. 꼼짝도 하지 않고 비를 맞는 며느리를 보며 *인제 귀까지 처먹었구만. 안 그래믄 시미 말이 말 같지 않든지.* 시어머니 목소리 톤이 두 옥타브 더 올라가서야 비에 몸과 마음을 흠뻑 적신 달녀가 고개를 들자 어이가 없다는 듯 *내가 베르빡하고 말하는 게 낫제.* 말을 빗물에 던져놓고 문을 쾅 닫고 들어가 버리자 말이 처마 밑 웅덩이에 고인 물에서 물맴을 돈다. 가슴속에는 서리 꽃대가 하얀 슬픔을 마구 밀어 올린다. 모두 이 집 피붙이고 나만 성이 다른 남의 집사람이지. 딱! 딱 한 번만이라도 엄마를 보고 싶다는 생각이 머릿속을 유영하며 지느러미를 흔들어댄다. 그리움은 하얀 고깔을 쓰고 부채를 펼친다. 시퍼런 작두날에서 맨발로 춤추며 무녀처럼 날뛴다. 그리움이 폭포수 물줄기처럼 쏟아진다. 봄싹들이 파릇파릇한 냄새를 피우는 날이 올까? 고개를 드니 오래된 습관처럼 마루에 우두커니 앉아있는 사연이 얼굴이 벌겋다. 이마에 손을 대보니 열이 펄펄 끓어 옷을 벗기고 찬 물수건으로 열을 내린다. 애간장을 녹이며 몇 시간이 어떻게 흘렀는지 모른다. 사연이 열이 내려 잠이 들고 잠자리로 돌아오니 종일 죽도 못 먹은 탓인지 밤이 되었는데도 잠은 어디로 출장을 가서 코빼기도 보이지 않는다. 머리가 밖으로 나가자고 몸을 꼬드겨 데리고 마당으로 나온다. 비는 마음을 적시고 얼리더니 아무 일도

없었다는 듯 청청하다. 허공에서 초롱초롱 눈을 반짝이며 엄마와 이야기를 나누고 있는 별들이 한없이 부럽다. *엄마*라는 생각만 해도 봉숭아 씨처럼 터지는 그리움. 얼굴도 안 떠오르는 매정하고 야속한 엄마. 눈을 감아도 떠봐도 아무리 발버둥을 쳐도 뒤도 안 돌아보는 엄마. 전생에 무슨 씻을 수 없는 나쁜 짓을 많이 했기에 세상 사람에게 당연하게 있는 엄마를 자신에게만 주지 않는 이유를 몰라 답답하다. 감나무는 그림자를 땅에 누인다. 땅속뿌리 잎들몸에 달빛을 덮어주고 장자처럼 재우고 있다. 문득 저 나무만도 못하다는 생각에 울먹이다 흐느끼다 통곡으로 상승곡선을 그리는 울음의 파문이 달빛에 젖어 애달픔을 더한다. 갑자기 엄마 없는 저 조카들이 가엾다는 생각이 든다. 엄마 대신 잘해줘야겠다고 다짐하지만, 지금의 자신처럼 엄마를 단 한 번만이라도 보고 싶어 미칠 지경일 때 저 아이들한테 내가 뭘 해줄 수 있단 말인가? 생각하니 측은한 마음이 몸을 휘두른다. 고개를 뒤로 꺾고 하늘을 올려다보니 하늘은 늘 그랬듯 무심하고 달이 환하게 웃고 있다. 하늘에 달녀가 지상에 달녀에게 위로를 하는 것 같다. 불행의 길이와 무게를 달아 행복으로 바꿔주는 곳이 있을까? 한참을 흘려보내고 일어서니 피잉~ 현기증이 달려든다. 휘청, 다리를 건 현기증을 밀어내고 간신히 방으로 들어가 머리를 베개에 눕힌다. 눈이 오줌을 누는지 찝찌름한 물이 흘러내린다. 베갯잇이 흥건하게 고인 물을 받아내고 있다. 울음을 토닥여 재우고 간신히 청한 잠을 새벽이 또 깨울 것이다. 영혼을 살찌우지 못해 말라깽이 같은 영혼으로 시집살이를 한 지 어언 5년. 아침에 잠자리서 일어난 그녀는 너무 놀라 소스라친다. 요는 남편만 깔고 이불만 덮고 잔 맨땅에 피가 묻어 도무지 종잡을 수 없는 변고에 심장이 제멋대로 뛴다. 허겁지겁 코를 만져 보았으나 코피는 아니다. 온몸을 더듬어도 상처 난 흔적이 없다. 걸레로 피를 닦고 고개를 갸웃거리며 속옷이 축축함을 느껴 통시를 간다. 다 떨어져 너덜거리는 속옷에도 피가 묻어 칸나처럼 붉다. 하늘은 고통 속에도 가끔은 희망꽃을 피운다. 누구에게도 일방적인 기쁨이나 일방적인 슬픔을 허용하지는 않는 것 같다. 불문율로 희열과 고통을 당근과 채찍으로 주며 아무리 펄펄한 젊음과 수천 억대의 부도 수명을 거둘 땐 모두 반납하는 불이문을 학습게 한다. 살아온 무게를 저울에 달아 영혼의 거처를 정하고 또 다른 우주로 이주 명령을 내리는 것이다. 가난은 일상의 걸음마다 숨통을 옥죄고 설움의 강도를 높여 이런저런 생각을 깊게 해주는 철학자다. 궁핍한 나날이 쌓여 목울대까지 울음이 고여 겨울 날씨로 쿨럭일 때 같은 처지를 이해할 수 있다. 이건 숙명이고 운명이고 사명이고 소명이고 절체절명이고 삶의 증명이다. 이 명이 끝나면 운명이 저벅저벅 다가와 호명할 것이다. 이 삶을 증명하는 자에게 하늘은 봄날을 선물하는 법. 죽음의 전선을 넘어 살아온 개선장군처럼 못 먹어 야윈 몸의 달녀에게도 하늘은 무심하지 않았다. 암흑 같은 바위틈에서 한 방울의 물을 위해 사투를 벌이던 달녀에게도 싹은 자라고 꽃물 흥건한 꽃날이 찾아와 여자의 길로 성큼 다가선 것이다. 앞산에선 쑥국 한 그릇도 못 먹고 배곯아 죽은 영혼 새가 울고 있다. 쑥국 쑥국 쑥수국. 쑥국조차도 못 먹은 저 소리가 봄을 쑥색으로 버무린다. 바람 소리와 새소리의 합창이 더욱 서글프게 귓속을 파고든다. 달녀는 피식 웃는다. 나는 쑥국은 먹는데 너는 쑥국도 못 먹고 죽어 한 맺힌 울음을 울어대는구나. 잠시라도 두려움을 잊고 싶어 다른 생각을 해보는 달녀. 그녀에게 모진 삶을 뚫고 살며시 내미는 파릇파릇한 뇌운 같은 체모가 가랑이 둔덕에서 송송 고개를 내밀고 부풀어 오르고 있어 머잖아 푸른 초목에 새들이 지저귈 것이다. 깃털 가득 햇살을 묻혀 오고 햇살들은 꽃밭을 만들고 꽃길을 만들어 나비를 태어나게 할 것이다. 고단한 소문을 헤치며 싱싱한 출발을 위해 생명의 강을 지나 바다로 갈 것이다. 남자처럼 밋밋한 젖가슴이 봄을 만나 봉긋한 꽃봉오리 피고 우련 붉은 열매는 복숭아같이 붉은 살이 오르고 단물이 자라 신생의 지명들을 키워낼 것이다. 씨앗이 잎이 되고 꽃이 되고 꽃 진자리엔 열매가 열리는 준엄한 자연의 섭리를 좇아 햇빛과 달빛 반반을 손에 움켜쥐고 엄혹한 세상 한가운데로 달려가는 꽃길이 생길 것이다. 달비린내 풀풀 날리며 언젠가 만삭의 생명을 품고 환하게 건너올 신성한 달빛 웃음이 손을 내밀고 있다. 그랬다. 그 누구도 달녀에게 여자가 되어가는 달거리나 달마다 치러야 할 행사에 대하여 말을 해준 적 없다. 천자문에도 장자 내편이나 외편 어디에도 그런 말을 적어놓지 않았다. 그 소중하고 숭고한 생명의 근원을 배우지 못했다. 누구도 가르쳐주지 않아 달거리도 모르는 숙맥을 키워낸 것이다. 놀란 가슴을 쓸어내리며 시어머니한테 자초지종을 말하자 독사 춤 같은 말을 뱉는 시어머니 *저른 걸 메느리라고 들애놓고 있었으이. 니 친정에선 달거리도 안 갈채고 멀 갈챘단 말이로. 한심 두심 하게시리 에그.* 머리도 꼬리도 없는 몸통 같은 역정만 내고 휙 나가버린다. 거미줄 같은 핀잔과 친정에 대한 원망이 대답이다. 싸늘한 웃음 줄기로 어린 풀잎의 궁금증을 찬란하게 말살해 버리고 두려움만 첨가해 준 시어머니. 마루 벽에 조롱조롱 매달린 조롱박마저 그녀의 무지함을 조롱하고 있는 듯하다. 수치심이 가슴을 헤집고 들어온다. 햇살이 달녀의 마음 모서리를 껴안으며 *괜찮아 괜찮아* 다독인다. 그래. 그래 괜찮아. 아프지 않으니까 달녀는 *괜찮아 괜찮아.* 겁먹은 자신의 심장을 토닥인다. 간신히 다독거린 정성은 한나절도 못가서 약효가 떨어지고 오후부터 배가 또 아프자 두려움이 또 덤벼든다. 봉선화 꽃물 같은 선홍 피에 겁대가리가 혀를 날름대며 몰려들어 불안해지자 달녀는 평안 아지매 집을 찾아간다. 평소에도 고생한다며 빨래를 빨러 갈 때면 옹가지에 뜨거운 물을 담아주며 언 손을 적셔가며 빨래하라고 위로를 데워주던 분이다. 이곳에 핏줄이라곤 없어 달녀의 시댁과 의형제를 맺었다. 시누이나 남편은 그들을 아재, 아지매라고 부른다. 아지매 이름은 '**안락함**'이지만 평안도가 고향이라 평안 아지매라고 부르는 안락함의 박꽃 같은 얼굴엔 곰보 자국이 빼곡하게 살고 있다. 눈은 포도알 같고 코는 돌하르방을 닮고 곰보 구멍마다 안락함이 솟아나 얼굴을 보는 것만으로도 위안이 되고 안락하고 편안해진다. 달녀를 보자 반색을 하며 손을 잡아 얼른 아랫목에 앉힌다. 봄볕처럼 따뜻한 방이 참으로 안락하다. 방에는 실강대 위에 이불과 베개가 덩그마니 올라앉아 있다. 땅바닥엔 작은 송판으로 울타리를 만들어 흙을 넣어 고구마 싹이 연둣빛으로 자라고 사람 서너 명 겨우 잘 정도의 크기지만 궁전 같은 안락함이 사는 곳이다. 한겨울에 파릇파릇한 싹이 눈으로 들어와 기분을 파랗게 전환 시킨다. *고래. 고도 고생 많티? 힘들어도 도금 탐우라우. 탐다보면 훗날은 도을기니 고도 탐는 게 델이라우.* 평안 아지매 말에 눈은 또 왈칵왈칵 눈물을 방류한다. 흔해빠진 눈물을 손등으로 훔치며 아침에 있었던 일을 말한다. 말없이 듣던 아지매는 *에구. 더걸 어케야 하누. 어마이래 없으니 누구래 그런 말을 해둘 사람이 없디. 없디야. 고롬 누구래 고론 골 알려 두갔니? 고곤 도운 일이라우야. 아두 경사스런 일이디. 고도 녀다는 한 달에 한 번씩 달거리를 하게 되어 있디. 고래야 아이를 낳을 수 있디. 고게 없으므니래 아이를 낳을 수 없다우 야. 고도 툭하 한다우 야. 이디부터 한 달에 한 번씩 꼭 있을끼니 놀라디 말고 턴을 네모반듯하게 달리서 티고 디니라우. 한 4일에서 5일 뎡도 한다우. 사람마다 도금씩 다르긴 하디만. 턴을 여러 개 만들어서 타고 댕기다 덫으면 또 갈아타고 안*

보이게 모아 두었다가 큰물에 가서 빨아 널었다가 다음 달에 또 쓰라우. 달은 음이고 너다는 달이라 월경을 하고 남덩네는 태양이라 모든 걸 말리는 거라우. 고도 음양이 똑 골라야 날씨도 고르고 사는 것도 편안해 디디. 배도 살살 아플 수 있다우. 사람마다 다르디만 도금씩 다 아프니 아프면 따뜻한 수건을 배에다 얹으면 돔 덜하니 그렇게 해 보라우. 이야기를 다 듣고 난 달녀는 평안 아지매가 고맙기 그지없다. 그 순간에도 엄마가 한없이 그립고 부끄러움과 수치심이 한꺼번에 마음을 점령하고 흔들어댄다. 달거리가 울컥거리듯 눈은 또 눈물을 방류한다. *울고 싶음 실컨 울라우. 울어야 속이 후련하디. 고카고 힘들면 나한테 와서 오마니터럼 의디 하라우. 어카간, 간 오마니래 돌아오게 할 수도 없고 팔다려니 하고 살다 봄 도은 일도 있으니 고도 희망을 가지고 살라우. 여기 어서 누우라우. 내래 담깐 물수건을 데워올테니.* 구구절절 의심을 풀어주고 울음까지 받아주던 아지매는 이불 위에 누워있던 베개를 내려 그녀를 눕히고 밖으로 나간다. 그대로 스르르 눈꺼풀이 감긴다. 안락함은 작년 가을에 추수한 호도를 깨서 호두죽을 쑨다. *에구 틴덩어마이 없는 게 고도 세상에서 데일 불탕티 더 어린 나이에 시덥을 와서 내래 뭘 해둘 수도 없고.* 혼잣말을 내뱉으며 동치미 무를 썰고 호두죽 한 그릇을 떠 온다. 누군가 흔들어 깨우는 바람에 달녀는 눈을 뜨니 상에 가지런히 차려 놓은 죽이 눈으로 들온다. *배래 얼마나 고프간니? 날래 이 호두둑 돔 먹으라우 속이 얼마나 허*

하갔니? 고도 한 그릇 뚝 비우고 나믄 괜찮을 거니 날래 먹으라우. 이 호두는 잎도 향기가 아두 돟다우 여름 되면 와서 호두 향을 맡아 보라우. 그녀를 일으키며 죽을 권한다. 난생처음 먹어보는 호두죽. 세상에 이런 음식이 있는지조차도 모르던 그녀는 염치도 없이 다 먹는다. 고소하고 부드러운 쌀죽은 씹을 시간도 없이 목구멍으로 넘어가 버린다. 동치미가 이렇게 개운하고 맛있는지 처음 알았다. 새로운 세상에서 태어난 착각이 든다. 사람이 나가는지 들어가는지도 모르고 다 먹고 나니 평안 아지매가 뜨거운 물수건을 가지고 들어온다. *글케 맛됬니? 더 먹겠음 먹으라우. 아이씨더 배가 부르이더.* 평안 아지매는 상을 옆으로 밀치고 뜨거운 물수건을 들고 *여기 담깐 누우라우. 내래 배를 돔 만뎌둘테니.* 달녀의 팔을 잡아 눕히고 손으로 배를 살살 문지른 다음 배 위에 물수건이 올라앉으니 싸르르싸르르 기분 나쁘게 아프던 배가 안정을 찾았는지 조용해진다. 만약 천국이 있다면 이런 곳일 거란 생각을 한다. 얼마나 따뜻한지 난생처음 엄마의 품 같은 따스함에 취한다. 이 따스함이 꿈이 아니기를 바라면서. 겁도 가라앉고 아픔도 가라앉고 놀란 가슴도 가라앉고 배고픔까지 가라앉고 잠 속으로 빠져 한숨 자고 일어나니 평안 아지매가 광목천을 직사각형으로 잘라서 주신다. 따뜻함과 고마움이 묻은 광목천, 달거리대를 가지고 집으로 온다. 그래 열심히 견디다 보면 좋은 일도 온다고 했다. 아침에 지옥이던 날이 지금은 천당이다. 집으로 들어서자 시어머니의 푸념이

집안을 꽁꽁 얼어붙게 하지만 옥련은 개의치 않고 푸념과 꽁꽁 얼어붙은 분위기로 죽을 끓여 식구들 저녁을 먹이고 시집온 이래 처음으로 포근한 잠을 잔다.

* * *

남편의 정이 무엇이고 시어머니 정이 무엇인지. 정의 부피와 무게와 빛깔도 모르고 무정한 날들만 보내는 사이 냇물과 달빛도 쉬지 않고 어디론가 묵묵히 흘러 묵음경전을 쓰고 있다. 냇물과 달빛과 바람이 키운 시누이들도 그사이 셋이나 시집을 갔다. 모두 이웃으로 시집을 보냈지만, 툭하면 끼니도 없는 친정에 와서 밥을 먹으며 며칠씩 묵어간다. 그럭저럭 싸리 판 돈과 칡넝쿨을 해서 판 돈 새끼를 꼬고 가마니를 짠 돈을 모아 시어머니는 몸에 칡덩굴 같은 검은색과 갈색 무늬가 얼룩얼룩한 칡소 새끼 한 마리를 사 온다. 갓 젖을 뗀 어린 송아지라 밤이면 어미를 찾으며 우느라 잠도 안 자는 송아지가 불쌍해 달녀는 냉이 죽도 먹이고 바랭이 같은 고급 풀과 이웃에 있는 당겨를 얻어다 짚에다 섞어 죽을 끓여 주며 아침에 일어나면 가장 먼저 쇠죽 솥에 불 피운 다음 사람 죽을 끓인다. *잘 잤나? 아지야. 엄마가 보고 싶제? 인제부텀 니 이름을 아지로 지줄게 알았제? 엄마가 울매나 그립겠노? 나도 니랑 똑같은 처지다. 태어나서 나는 엄마 얼굴도 모른데이. 그래도 이룹게 살아 있*

다. 니도 엄마가 보고 싶지만 가심 속에 구겨 넣어두고 살아라. 운맹이란 보고 싶다고 볼 수 있는 것도 아이고 보기 싫다고 안 볼 수도 없는 거다 알았제. 달녀는 아지의 콧잔등을 쓰다듬어 준다. 평안 아지매가 자신의 배를 쓰다듬듯. 그렇게 좀 어린 마음이 가라앉길 바라는 마음으로. 송아지 눈이 저렇게 맑고 크고 눈썹이 길고 예쁜 걸 처음 알았다. 그 고운 눈을 껌뻑이며 어미를 그리는 모습이 자신과 닮았다는 생각을 한다. 동네 사람들이 속눈썹이 너무 길고 짙으면 부모 복이 없다는 말을 하는 걸 들을 때마다 그런가? 하고 넘겼는데 아지가 눈물을 흘릴 때마다 가슴이 미어지게 그 말이 맞다는 생각을 한다. 꼴을 베어오고 죽을 끓이고 풀을 뜯기는 것 모두 그녀의 할 일이다. 아지만 사왔을 뿐이지 두 고부는 아예 관심도 없다. 한 번도 쇠죽을 끓이거나 풀을 뜯기거나 꼴을 베는 일은 없다. 아지 배가 홀쭉한 날은 가엾은 생각이 든다. 늘 아지의 배가 부르도록 먹이고 싶은 마음이다. 다행히 아지는 무럭무럭 자라 주어 기쁘다. 아지는 중소가 되어 제법 여물도 많이 먹는다. 쇠꼴을 조금씩 베어와서는 어림도 없는 일이다. 조금씩 베어 머리에 꼴 단을 여 날라봐야 그 정도로는 종일 꼴만 여 날라야 한다. 땅거미가 몰려올 때면 이런. 저런. 사연이 신작로까지 나와서 달녀를 기다린다. 저희끼리 놀다가 달녀를 보면 엄미를 만난 듯 달려들며 맞을 때마다 가슴이 미어진다. 시어머니는 손녀들이 점심을 먹거나 머리를 감거나 도대체 아무런 관심이 없다. 저희 세 자매라 함

께 잘 어울려 놀아서 다행이다. 손은 코를 닦아서 늘 틀어 있고 코에는 누런 콧물이 터널을 드나들 듯 드나든다. 달녀는 부뚜막에 죽을 덮어놓고 이런에게 동생들과 함께 먹으라고 단단히 당부한 다음에 꼴을 베러 나선다. 저녁에 와 보면 얼굴과 옷은 흙투성이고 꼴이 말이 아니다. 조금이라도 빨리 와서 저 어린 것들 좀 씻기고 챙기고 싶지만, 방법이 없어 궁리 끝에 꼴을 지게에 지고 나르기로 맘먹는다. 지게에 바소쿠리를 얹고 지겟작대기를 짚고 꼴을 지는 연습을 시작한다. 처음엔 비틀거리고 꼴을 쏟고 지겟작대기를 짚고 일어서다가 넘어지기도 해서 할 수 있을까? 하는 회의도 느꼈지만 무슨 일이든 반복하면 할 수 있을 거라며 자신에게 용기를 주고 다독이며 노력을 해 노력은 그녀를 배신하지 않았다. 어느새 지게도 그녀의 등에 길들여지고 있다. 그러나 아직 꼴을 가득 지고 일어서기는 무리라 반 짐씩 져 나르기 시작한다. 조금씩 조금씩 꼴을 더 많이 져 나를 수 있음이 신기하다. 어깨가 쓰라리고 아파 옷을 벗어보니 어깨가 온통 까져 피가 맺히고 시푸르둥둥한 멍꽃이 피었다. 살에 피가 고여 벌겋게 피가 밖으로 나오기 직전이다. 그렇지만 그걸 누구에게도 말할 수 없다. 누가 지게를 지고 꼴을 져다 나르란 말도 안 했고, 그렇다고 머리에 이고 다니란 말도 한 적이 없다. 소가 굶거나 말거나 그냥 두어도 될 일이다. 그렇지만 꼭 자신이 하지 않으면 안될 것 같은 무거운 돌덩이가 가슴을 누를 뿐이다. 외진 산동네선 사람이 내리는 곳이 정류장이라 세워 달라면 세워줘야 하는 운전사처럼. 그녀도 보이지 않는 운명이란 것이 주인인 자신을 멋대로 조정하는 것 같다는 생각이다.

이튿날 또 꼴을 베어놓고 평소에 지던 만큼 꼴을 지게에 올려놓는다. 이런, 저런, 사연이 생각이 나서 찔레를 꺾으러 찔레 넝쿨엘 간다. 찔레꽃 향기가 하얗게 슬퍼서 눈물이 난다. 진하고 하얀 향기를 한주먹 꺾어서 풀대궁을 뜯어서 묶는다. 꼭 이런, 저런, 사연의 슬픈 사연이 찔레꽃으로 피어난 것 같아서 너무 아프고 슬프다. 찔레를 바소쿠리에 얹는다. 햇살이 바소쿠리 가득 올라앉아 꼼짝도 않고 있다. 햇빛이 가득 올라앉아 엄청 무겁겠구나. 그렇지만 그래도 햇살이 우리 집까지 따라가서 우리 집 그늘진 곳을 돌아다니면서 곰팡내를 말려줄 거라 생각하며 지게를 지고 일어선다. 그러나 어쩐 일인지 힘이 들어서 꼴을 지고 일어설 수가 없다. 내가 그동안 기운이 더 쇠해졌나? 무거움을 꾹 참고 쉬고 또 쉬어 집까지 와서 꼴 단을 내린다. 지게를 세우고 바소쿠리를 보니 햇살은 어디론가 흔적도 없이 달아나고 없다. 찔레 향기 묶음을 내려두고 꼴을 내리기 시작하는데 딱딱한 것이 집힌다. 세상에! 이게 어쩐 일인가? 꼴 단 아래에 큰 돌멩이가 다섯 개나 공룡 알둥지에 공룡알처럼 다소곳이 모여 앉아 있다. 어이가 없어 말도 안 나온다. 돌멩이에 발이 달려서 걸어 올라간 것도 아니고 날개가 달려서 날아오른 것도 아닐 텐데. 누구 짓일까? 이 동네서 이런 짓을 할 사람이 도무지 떠오르지 않는다. 답답함을 속으로 삭이며 잊으려고 애를 쓴다. 안 좋은 일일수록 빨리 잊어버리는 게 상책이란 걸 배웠다. 잊혀지지 않고 머릿속에서 불쑥불쑥 머리를 내밀 때마다 머리를 탈탈 털어낸다. 다음날도 소 꼴을 베기 위해 바소쿠리를 얹은 지게를 지고 신작로로 나간다. 어젯밤에 내린 비로 풀잎마다 옥구슬처럼 영롱한 물방울이 또르륵 또르륵 굴러다니며 하얗게 웃고 있다. 투명한 우주 알갱이들이 굴러다니고 웃음을 흘리고 어제 도망간 햇살이 돌아와 풀잎 위에 앉아 해맑게 웃고 있다. 달녀는 보랏빛 제비꽃 앞에 앉는다. 오빠가 가르쳐 준 제비꽃. 오빠 뒤통수에 제비 꼬리가 달렸다고 동네 어른들은 제비 꼬리가 달리면 부모 복이 없다며 제비 꼬리를 자르라고 했단다. 그러나, 엄마는 그런 쓸데없는 말을 왜 어린 아이한테 하냐며 싫어했다고 한다. 엄마는 오빠를 데리고 신작로를 지나 밭둑으로 데려가서 밭둑에 핀 제비꽃을 보여 주시며 제비꽃이 얼마나 예쁘고 사랑스럽냐며 쓸데없는 말 듣지 말라고 하셨단다. 흥부 놀부에서 나오듯이 착하고 정직하게 살면 제비도 복을 물어다 주니까 제비 꼬리가 있는 건 좋은 거라며 설명해주셨다는 제비꽃. 그때부터 오빠는 제비와 제비꽃을 좋아했다고 나에게도 엄마가 그리우면 제비꽃을 보라고 가르쳐주었는데 왜 제비꽃엔 제비가 없고 보랏빛만 있을까. 쪼그리고 앉아 제비꽃을 자세히 본다. 제비꽃은 저희끼리 양지바른 담 밑에 쪼그리고 앉아 있다. 어떤 꽃은 무릎 상처에 앉은 딱지를 뜯고 어떤 꽃은 코딱지를 손가락으로 뜯어 먹고 또 어떤 꽃은 고개를 옆으로 타래 밀고 앉아 입을 발목까지 내밀고 시무룩하게 앉아있고 어떤 꽃은 머리에 이가 있는지 머리를 벅벅 긁고 앉아있다. 이

빛 좋은 아침에 모두가 상처를 매만지고 있는 걸 보니 엄마를 잃고 남매들이 양지에 모여앉아 없는 엄마를 애타게 기다리고 있는 것 같았다. 꼭 이런. 저런. 사연이 같다. 이런. 저런. 사연도 내가 꼴 베러 온 다음에는 담 밑에서 저렇게 놀고 있을 거란 생각을 하니 가슴이 무겁다. *엄마를 잃은 가여운 꽃들이구나. 너들도 엄마가 보고 싶구나? 보랏빛 그리움이 낯에 가득한 걸 보이.* 꽃들이 합동으로 고개를 끄떡인다. 보랏빛 웃음이 자꾸만 눈을 찔러댄다. 달녀 눈에서는 보랏빛 눈물이 주르르 흘러내린다. 보랏빛 주책을 떨고 있다. 꽃들이 볼까 봐 옷소매로 얼른 눈물을 닦아낸다. *니들은 모진 시간을 우째 살았노? 손발 시룹고 배고프고. 소내기가 내래고 바램이 불어도 막아줄 천막 한 개 없는 이 삭막하고 가파른 밭둑에서 울매나 마이 외롭고 아팠노? 아플 때 누가 약을 미개 주고 배고플 때 누가 밥을 줬노? 장하구나! 씩씩하게 모든 어려움을 이게내고 이래 환하게 꽃피우고 있으이. 내가 빌 다섯 개를 너한테 줄께. 그래고 지끔부텀 내 말 맹심하고 들어 봐. 너들 달거리란 말 들어본 적 없제? 살다 보믄 달거리란 걸 할 때가 오는데 그때 놀래지 마래이. 너희 뱃속에는 파란 피가 흐르고 있어. 어느 날 자고 일나믄 파란 피가 방바닥에 묻어있어도 놀래지 말그래이. 나는 너무 놀래고 죽도록 무서웠었어! 너희는 놀래지 말라고 알래주는 거다. 땅바닥에 푸른 피가 번지거든 물소리를 잘라서 생리 받침대를 만들어 차고 있그래이. 한 4, 5일 정도 하믄 멈추제만 배가 아플 수도 있어. 낮에 배가 아프거든 햇빛을 짤라서 배에 대고 찜*

질을 하고 밤에 배가 아프거든 달빛을 짤라서 찜질을 하믄 싸르륵싸르륵 기분 나쁘게 아프던 배가 가라앉을 거다. 그릏지만 그건 언나를 낳을 수 있는 좋은 징조니까 자축하고 기뻐하민서 배가 쪼매 아프드래도 참아야 한다, 알았제? 그때부텀 한 달에 한 분씩 꼭꼭 달거리가 찾아올 거니까 내 말 맹심하그래이. 알았나? 그래고 살다가 힘들거나 아프거나 슬픈 일이 생기거든 내한테 다 말해래이. 내 말 알아들었나? 그래믄 잘 있그래이. 나는 얼릉 꼴을 베서 집에 가서 아지와 식구들 저녁을 해야 되이 울지 말고 서로 의지하민서 잘 있그래이. 또 올께이 알았제. 제비꽃들이 일제히 달녀 쪽으로 고개를 숙였다가 든다. 제비꽃에게 달거리 이야기를 해주고 나니 무척 뿌듯한 무언가가 가슴에 차오름을 느낀다. 평안 아지매도 이런 기분이 들었을까? 달녀는 처음 느끼는 보랏빛 뿌듯함을 가슴속에 소중하게 접어 넣는다. 콧노래를 흥얼거리며 꼴을 벤다. 오늘은 꼴을 베는 게 힘들지 않고 즐겁다. 이런. 저런. 사연이를 주려고 찔레순도 한 줌 꺾어 넣고 국수나무 순을 꺾으려니 너무 억세지만 씹어서 물이라도 삼키라고 한 다발 꺾어 지게에 올려놓고 봇도랑으로 내려간다. 봇도랑엔 피라미 새끼들이 꼬리를 흔들며 재밌게 놀고 햇살은 물 위에 부서져 내려 고기들에게 봄을 먹이고 있다. 쪼그리고 앉아 한참을 들여다본다. 싸우는 일도 없고 한 사람에게만 일을 시키지도 않는다. 꼬리로 애교를 떨면서 어미와 함께 마음껏 노는 피라미들이 부럽다. 손으로 물을 떠서 세수한다. 얼굴을 씻은 물이 물 주름을 만들고 있다. 모처럼 상쾌하다. 오늘

은 제비꽃하고도 얘기했고 피라미 새끼도 봤으니 이만하면 횡재했다 싶어 고개를 드니 누가 하늘 청소를 했는지 티 한 점 없이 깨끗하고 푸르러 건드리면 쨍그랑하고 깨질 것같이 투명하다. 바람 한 줄기가 파랗게 흔들며 날아온다. 갑자기 이런, 저런, 사연이 기다릴 걸 생각하니 몸이 바빠진다. 피라미들도 모두 바위 속으로 들어가 강물 위엔 어젯밤에 내려와 1박을 한 별들이 여기저기서 목욕을 하며 물방울을 반짝반짝 튕겨내고 있다. 저 별을 건져다 이런, 저런, 사연을 주면 얼마나 좋을까? 생각되어 손으로 별을 건졌으나 별들은 모두 손가락 사이로 빠져나가 버리고 맹물만 손바닥에 고인다. 목을 신작로까지 길게 늘이며 기다릴 이런, 저런, 사연을 생각하니 어서 집으로 가야겠다고 생각하는 순간 시어머니가 또 무슨 티를 잡아 야단을 칠지 예측 불허에 심장이 두근거린다. 그렇다고 안 보고 살 수도 없는 노릇이다. 시어머니 생각을 하니 갑자기 맥이 탁 풀린다. 모두 한 가족인데 오순도순 살면 얼마나 행복할까? 나이도 먹을 만큼 먹었고 세상을 알 만큼 아는 사람들이 무엇 때문에 자신만 못 살게 깨 볶듯이 달달 볶는지 알 수가 없다는 생각을 털어내며 일어서서 지게 쪽으로 걸어간다. 몇 발자국을 걷던 발걸음이 그 자리에 얼어붙는다. 보아서 안 될 것을 보았다. 도무지 믿어지지 않는 일을 보았다. 어떻게 저럴 수가 있을까?

달을 먹은 산

10

이웃으로 시집간 둘째와 셋째 시누이가 꼴단을 들어내고 바소쿠리 밑바닥에 돌멩이를 올리고 있다. 똘똘 뭉쳐 한패가 되는 그녀들을 무슨 말로도 이길 수 없다는 걸 알기에 꼭 필요한 말 외에는 말을 섞지 않고 지냈다. 솔직한 심정은 말싸움할 가치도 없다고 밀쳐놓았다. 양반? 선비? 그런 말들이 시누이들 행동엔 좁쌀만큼도 없다. 어떻게 양반이니 선비니 하는 가문에서 야생마처럼 막 자랐는지 저런 행동이 양반 선비라면 그 말은 시궁창에 버려야 하지만, 이것 또한 운명이니 상대를 안 하면 그뿐이란 생각으로 아예 상대를 안 하고 살았다. 몸을 논둑에 납작하게 밀착시키고 시누이들이 하는 짓을 바라본다. 분노가 지글지글 끓기 시작한다. 어떻게? 왜? 잘못한 것도 싸운 적도 없는데. 아무리 상대를 안 하고 살면 그만이라 해도 순간적으로 화가 치밀어 오르는 건 어쩔 수 없다. 시누이들은 늘 올케 골탕 먹이는 재미로 사는 사람들 같다. 기가 막혀 멍하니 하늘을 쳐다본다. 맑고 파란 하늘에서 친정아버지의 말이 떠오른다. *시상 만사 다 내가 뿌린 대로 거두는 거다. 남 탓할 필요 없어. 다 내 업이니 먼일이든 불평불만하지 말고 살아야 하는 거다.* 술을 드시고 오면 입버릇처럼 중얼거리시던 말씀이다. 그래. 다 내 업이다. 내 업! 내 업! 내 업! 그렇지만 왜 나를 이렇게 업이 많도록 낳았는지는 설명해주지 않았다. 염치도 없는 눈물이 또 줄줄 흘러내린다. 고개를 든 채로 흐르는 눈물을 닦지도 않는다. 허허 웃음이 주책없이 튀어나온다. 눈은 눈물을 쏟아내고 입은 웃음을 쏟아내고 엇박자를 튕기고 있는 자신이 우습고 한심스럽다. 한참을 그러고 있는데 이런, 저런, 사연이 생각난다. 어서 가서 씻겨주고 아지 죽도 끓이고 식구들 죽도 끓여야 한다. 그래 업이라면 업장을 소멸해야겠지. 매도 먼저 맞는 게 낫다고 내 업이라면 빨리 받음에 감사하자고 마음 물길을 돌리자 맘먹으니 이상스러울 정도로 시누이들이 하는 일이 밉다기보다 오히려 불쌍해보이기 시작한다. 다음 생에 저 업을 다 어찌하려고. 아무리 그래봐야 나는 당신들 덕분에 무거운 업 한 장을 덜어냈다. 마음속에서 파란 싹 하나가 고개를 들고 웃고 있다. 시누이들은 돌멩이를 다 실었는지 쏜살같이 어디론가 사라지고 없다. 조용히 일어나 지게로 가서 꼴단을 내리고 돌멩이를 모두 꺼낸다. *한눔, 두시기, 석삼, 너구리, 오징어, 육개장, 칠면조, 팔팔이, 구들장, 아홉 개 큰 돌멩이.* 이 벌로 죽어

서 이롷게 많은 돌멩이를 평생 등에 지고 살믄 우쨀라고. 내한테 돌멩이를 지고 가게 해서 당신들에게 도움이 될 게 뭐로. 혼잣말로 중얼거리며 다시 꼴단을 바소쿠리에 담는다. 승리감 비슷한 것이 물고기처럼 펄쩍 뛰어 올라와 오히려 기분이 좋아지기까지 하다. 그새 햇살은 벌써 또 그림자까지 거두어 사라지고 없다. 쇠꼴을 지고 집으로 가 꼴짐을 내려놓기 무섭게 이런, 저런, 사연이 찔레를 집어 들고 봄바람이 안고 놀아 코 범벅이 되고 땅콩 싹이 흙을 가르고 쩍쩍 갈라져 나오듯 튼 빰들이 환하게 웃는다. 찔레를 입에 물고 엄마를 만난 듯 좋아서 깨금발을 깡충거리며 철없이 좋아하는 모습을 보니 목구멍에 가시가 박힌 것 같이 따끔거려 더 보고 있으면 눈물이 나올 것 같아 부엌으로 발길을 옮긴다. 불쏘시개가 없어 불이 잘 붙지 않지만 이제는 요령이 생겨 불 때는 것쯤은 식은 죽 먹기보다 쉽단 생각을 하며 쇠죽 솥에 불을 피우기 위해 발을 들여놓는 순간 소스라치게 놀라 뒤로 벌러덩 나자빠진다. 큰 너불매기 뱀 한 마리가 정지바닥에 누워있다. 너무 놀라 소리를 지르는 바람에 시어머니가 나온다. 손가락이 저! 저! 하며 가리키자 시어머니는 혀를 끌끌 찬다. *그까짓 뱀 한 마리 가주고 난리는 웬 난리!* 뱀처럼 독이 번들거리는 말을 내뱉고 며느리를 흘겨보고 돌아서 가버린다. 뛰는 가슴을 움켜잡고 있는데 마구간 뒤에 숨어서 키득거리는 시누이들이 보인다. 그때야 짐작이 간다. 시누이들이 죽은 뱀을 가져다 놓은 것이다. 시어머니는 뱀을 그대로 두

고 횅하니 나가버리고 오금이 저리고 무서워 도저히 불을 땔 수가 없어 그 자리에 얼어 있는데 어디 갔다 오는지 남편이 오다가 놀라서 있는 그녀를 보며 왜 넋 나간 사람처럼 섰느냐고 묻는다. 그녀의 손가락을 따라가던 남편의 눈길이 뱀에 닿자 *그까짓 죽은 뱀 한 마리 가주고 멀.* 말과 함께 부지깽이로 죽은 뱀을 집어서 앞 삽적거리로 획 던져버린다. 그제야 불을 땠지만, 그 자리에 뱀이 있는 것만 같이 오금이 오그라든다. 이튿날도 또 그 이튿날도 꼭 뱀이 있을 것 같아 나뭇가지나 새끼줄을 보고도 놀란다. 몸은 기계처럼 일을 한다. 해도 해도 끝나지 않는 일. 창자의 굶주림도 좀처럼 끝나지 않는다. 머릿속은 아귀가 맞지 않는 헛바퀴처럼 돌아가고 힘들다는 말조차 잊은 지 오래다. 시지프스의 형벌 같은 삶은 인간을 하얀 재가 될 때까지 끌고 다닌다. 영원히 끝나지 않을 형벌 같아 아득해진다. 이튿날 또 꼴을 베러 간다. 꼴을 베러 갈 때마다 바소쿠리에 시어머니의 분노를 쓸어담는다. 이런, 저런, 사연의 슬픔과 시누이들의 심술도 담고 남편의 무관심까지 꾹꾹 눌러 바소쿠리 가득 지고 나온다. 집 구석구석 떠돌아다니는 분노와 슬픔과 심술과 무관심을 바소쿠리 가득 지고 나올 땐 지치고 힘들지만, 그것들을 지고 나와서 앞 냇물에 확 쏟아버리고 나면 앓던 이 빠진 것처럼 가슴이 뻥 뚫린다. 분노와 슬픔과 심술과 무관심을 물고기들이 먹지 못하게 빨리 떠내려갔음 좋겠다는 기도와 함께 한 짐씩 져다 강물에 버리다 보면 언젠가는 분노 슬픔 심술 무관심도 모두 사라질 날이 있겠지. 그렇게 되길 간절히 바라며 분노 슬픔 심술 무관심을 져다 버린 바소쿠리에 꿀 반 즐거움 반을 지고 집으로 간다. 그렇지만 묵은 때를 벗기고 나도 또 먼지는 쌓이는 법. 즐거운 기분을 지고 집에 가면 시어머니의 새로운 분노 이런, 저런, 사연의 슬픔 남편 무관심 시누이들 심술이 다시 풀풀 날아다닌다. 그러나 분노 슬픔 무관심 심술을 차곡차곡 쌓아 두었다가 날이 새면 지게에 지고 강물에 버릴 수 있다는 사실로 자신을 달랜다. 온 집안을 휘저으며 지긋지긋하게 떠돌아다니는 분노 슬픔 심술 무관심을 모두 쓸어 마당 귀퉁이 쥐똥나무 옆에 쌓았다가 져다버리지만 분노 슬픔 심술 무관심들은 날이 갈수록 더욱 파릇파릇 봄풀처럼 자라난다. 엊저녁엔 저녁상을 방에 들여놓고 이런, 저런, 사연이 밖에서 놀고 있어 데리러 간 사이에 시누이들이 네 사람 몫까지 다 먹어버렸다. 물을 끓여서 죽 그릇에 부어서 숭늉처럼 만들어 이런, 저런, 사연이를 먹이고 자신도 한 모금 마셨다. 창자에 기별만 가고 간에는 기별도 못 보내고 잠자리에 누웠다. 뱃속에선 꼬르륵꼬르륵 배고프다고 난리를 친다. 아침에 일어나니 기운이 없어 아침엔 죽을 조금 더 끓여 먹어야겠다고 생각하고 보리쌀 한 주발을 더 넣고 죽을 끓여 아침 죽상을 들여간다. 시어머니가 어느새 함지박을 살펴보았는지 죽상 머리에서 죽상을 하고 독이 든 눈빛을 날리더니 *손모가지 큰 메느리 들어와서 집안 거덜내겠다. 개뿔이나 한 게 머 있다고 양식만 축내고 에구 내 팔자야!*

개뿔 같은 말이 컹컹 아침을 물어뜯는다. 아침 햇살은 산산조각이 나서 죽상 위에 좌르르 쏟아진다. 시어머니 눈썰미에 깜짝 놀란다. 여럿이 먹는 그릇에 양이 조금 더 많아진 걸 어떻게 알고 저러는지, 참으로 대단하다는 감탄사가 절로 나올 수밖에. 한 주발 더 많이 끓인 죽. 시어머니 타박에 얼떨떨하는 사이 시누이와 조카들이 죽을 깨끗이 비워 뱃속 창자에게 할 말이 없다. 꼴꼴꼴 울어대는 창자를 물을 먹여서 달랜다. 들에 가서 찔레라도 꺾어줄 테니 참으라고 토닥거린다. 꼴을 베러 가려고 지게를 지고 밖으로 나오자 아침 해는 얼굴이 벌겋게 달아올라 골목에 서서 낡은 보따리에 위로를 싸서 들고 환하게 웃고 있다. 위로를 받아들고 터벅터벅 꼴을 베러 간다. 오늘은 가벼운 일본 낫을 한번 써보고 싶어 일본 낫을 가져왔다. 분노 슬픔 심술 무관심을 무겁게 욕심부려 실은 탓인지 다른 날보다 더 무겁다. 무거운 발걸음을 수박골로 옮긴다. 가는 길에 강물에다 분노 슬픔 심술 무관심 모두 쏟아버리고 가벼운 걸음으로 수박골로 향한다. 어지러워 하늘이 빙빙 돈다. 죄수들에게도 구메밥은 주는데 무슨 죄를 그리 많이 지어 허기도 면치 못하게 하는지 신이 있다면 따져 묻고 싶다. 빌어먹을 곳도 없는 이 막막한 사막 같은 세상을 맨발로 건너야 한다. 목숨에게 말한다. *빌어먹을 곳도 없다믄 빌어먹을! 떠나그리. 언골 늑막까지 텅 비어 구멍이 숭숭 났을 해골 같은 몰골을 무쇠솥에 푹푹 삶아 굶주린 짐승들에게 뿌려 주고 다음 생은 뽀얗게 피어난 꽃처럼 고운 시간*

에 맑은 물이 흐르는 좋은 환경에 어느 튼실한 자궁을 지나 미끈거리는 허영심을 내뿌리고 신으로 태어나그라. 빈 영혼에 중얼거림이 채워진다. 육신은 매일매일 먹을 것이 없어 바람이라도 불지 않고 달이라도 뜨지 않으면 자신이 죽었는지 살았는지도 알 수 없다. 아무리 업으로 다스리며 발버둥을 쳐 봐도 뱃가죽은 늘 등가죽에 붙도록 굶주리는 삶. 젊음은 참을성이 많아야 한다는 것을 적용시켜 위로를 얹으며 발걸음을 옮긴다. 흑염소의 뿔에도 초록 잎이 돋는 봄이다. 한 시절이 푸르게 일렁이고 고생 그림자도 푸르게 자라나는 봄, 비틀거리며 수박골로 꼴을 베러 간다. 수박골엔 수박은 없고 꼴이 많은 곳이다. 아지가 좋아하는 야들야들한 바랭이 푸른 냄새가 바닷물처럼 출렁인다. 소한테는 바랭이가 쌀밥이다. 아지를 배불리 먹일 수 있음에 다행이란 생각을 한다. 먹을 수 있다면 바랭이라도 먹고 싶을 만큼 허기진 배를 잡고 꼴을 베기 시작한다. 한 줌을 베고 또 베려는 순간 무언가 뭉클 잡혀 얼른 손을 들고 다시 들여다보니 살무사다. 기겁해서 얼른 낫을 집어던지고 줄행랑을 친다. 한참 후 다시 가보니 뱀은 간곳없고 바랭이들만 바랭바랭 바람에 일렁이고 있다. 낫으로 풀을 이리저리 헤쳐 가며 다시 꼴을 베기 시작한다. 금방이라도 또 살무사가 나올 것 같아 손이 얼어 잘 움직여지지 않아 주춤주춤 베다가 죽은 나무그루터기가 옆에 있어 낫으로 쳐낸다. 마지막 그루터기를 잡고 낫으로 내리치자 낫 날은 그루터기 대신 손가락을 찍는다. 살이 허옇게 자빠지

더니 피가 울컥울컥 쏟아져 나온다. 일본 낫은 손가락을 허옇게 베고도 아무렇지도 않게 성성 푸른 날을 세우고 있다. 놀라서 일본 낫을 집어 던지고 손을 잡고 평안 아지매 집으로 간다. 발걸음이 왜 평안 아지매 집으로 향하는지 알 수 없다. 절구에다 서숙을 찧고 있던 아지매가 달려오는 자신을 돌아보며 *야래야래, 이게 무슨 일이간?* 눈이 둥그레진다. *소꼴 베다 손을…*. 말을 마치기도 전에 한여름 소나기 내리듯 눈물이 쏟아진다. 눈물이 쏟아질 만큼 아픈 건 아니었는데 눈물이 자꾸 흘러내린다. 눈물 둑이 터져버린 것 같이 평안 아지매만 보면 하염없이 나는 눈물. *얼마나 아프겠니 내래 티료해둘기니. 울디 말라우. 얼매나 놀랐갔니 걱덩 말라우. 고도고도 티료하면 끄떡 없다우 야.* 말을 마친 평안 아지매는 인진쑥을 찧어서 상처에 붙이고 헝겊으로 싸매 주신다. 그 자리가 욱신욱신 아파온다. 헝겊으로 손가락을 싸매고 수박골로 가 빈 지게를 지고 집으로 온다. 몸이 욱신거리고 빙빙 세상이 돌아 누워있는 그녀를 향해 시어머니가 푸념을 늘어놓기 시작한다. *먼 지랄하느라고 안죽도 쇠꼴도 안 비오고 빈둥거리노.* 욕설을 막고 눈을 감는다. 불이 나면 비상이 걸리는 소방수처럼 눈을 감으면 눈물샘에 비상이 걸린다. 붉은 꽃물처럼 쏟아지는 서러움을 닦을 생각조차 않고 태아처럼 쪼그리고 누워 꼼짝도 않는다. *시방, 시에미한테 대적하나!* 냅다 소리를 던진다. 대꾸도 안 한다. 아니, 아무 말도 하고 싶지 않다. 머릿속은 하얗다. 시어머니의 말도 조카들의 투정도 시누이들의 심술조차도 침묵 속에 가둬버린다. 살아있는 모든 것들을 일시 정지시켜서 가둔다. 여승의 뒷모습처럼 슬픔이 밀려온다. 언제 다시 쏟아질지 알 수 없는 불안들. 지게로 져다 버리고 버려도 끝없이 고개를 쳐들고 돋아나는 풀씨 같은 끈질긴 근성의 습관들. 그들의 말들은 늘 머리채를 손아귀에 잡고 휘두른다. 저녁도 거른 채 잠들었다. 눈을 뜨니 또 아침이다. 새벽에 일어나 물을 길어와 데운다. 쇠죽을 끓이고 식구들 죽을 끓이고 기계처럼 움직인다. 시어머니도 남편도 아무 말이 없다. 침묵이 숙성하는 시간이다. 손에 감은 붕대가 그들의 눈에 보일 리 없겠지만 보이길 원하지도 않는다. 입을 닫고 귀 문도 닫고 묵묵히 일만 한다. 그때 뜬금없는 불화살이 또 날아와 심장에 꽂힌다. *니가 우리 집에 시집 와서 한 게 머 있노? 자손을 낳아주기를 했나? 밥만 축내고. 예부터 아들 못 놓으믄 칠거지악으로 내쫓기는 거 모르나?* 이번 불화살은 살점을 다 익혀서 썰어내는 기분이 든다. 남편이란 남자는 무슨 일인지 통 옆에 오지도 않는다. 하늘을 봐야 별을 따지. 그때야 시집온 이래로 단 한 번도 남편과 잠자리를 한 적이 없었음을 깨닫는다. 자신이 더 한심스럽다는 생각도 그때서야 든다. 자식을 혼자 놓으란 말인가. 시어머니가 야속하고 미웠지만 어떤 말도 입 밖으로 내지 않는다. 그날 이후 시어머니는 하루가 멀다고 손주 타령을 한다. 어느 날 달거리 날짜를 물으신다. 왜 묻는지 궁금하긴 했지만, 그냥 알려 준다. 달거리가 끝나고 다음 주가 되자 시어머니는 갈 데가 있다며 목욕을 하란다. 쇠죽솥에 세숫대야에 물을 넣어 두었다가 찬물을 부어 미지근한 물로 몸을 씻는다. 생각 같아서는 그 물로 시어머니 역정과 심술을 씻고 싶은 심정이다. 시어머니는 이튿날 새벽에 어디 가야 한다며 밤중에 깨워 쇠죽을 끓이고 죽도 끓이라며 서둘러댄다. 채 두 시간도 못 잔 것 같다. 눈까풀은 자꾸만 내려오고 몸은 물먹은 솜처럼 축축 늘어진다. 몸을 질질 끌며 캄캄한 밤중에 쇠죽을 끓이고 죽을 끓인다. 시어머니가 큰 함지박에다 무얼 담아 광목 보자기를 덮은 채 이고 가자며 따바리를 건네준다. 궁금했지만 따바리를 머리에 이고 함지박을 그 위에 올려놓는다. 그다지 무겁진 않다. 캄캄한 밤 아무것도 보이지 않는 산길을 걷기 시작한다. 시어머니가 앞장서 가자는 대로 뒤따라간다. 풀이 무성한 산길이라 아무것도 보이지 않고 사람이 다닌 흔적도 없다. 어디서 꼭 뱀이 기어 나올 것 같고 보지도 못한 귀신이 나올 것 같다. 누가 머리카락을 잡아당기는 것처럼 머리카락이 쭈뼛쭈뼛 선다. 그렇지만 묵묵히 따라 올라간다. 두 시간 정도 걸었을까? 어느 바위 앞에서 시어머니는 걸음을 꺾는다. 바위는 넓적하고 당당하게 누워있다. 어디선가 물 흐르는 소리도 들린다. 시어머니는 함지박을 열어 쌀을 꺼내 들고 당신을 따라오란다. 쌀과 냄비를 들고 시어머니 뒤를 따라간다. 거기엔 작은 샘이 있다. 조그맣게 폭포처럼 흘러 고인 샘이다. 시어머니는 바가지로 샘을 말끔히 씻어내고 새로운 물을 받는다. 물이 맑게 고이자 쌀을 씻고 냄비에 밥물을 받아 다시 바위 옆으로 간다. 어느새 준비했는지 성냥까지 완벽하게 준비해 왔다. 갈비를 조금 끌어모으고 삭정이를 주워 모아 불을 피우고 밥을 한다. 평소에 집에서 구경도 못 했던 흰쌀이 신기하다. 고사리 콩나물 무채를 한 냄비에 앉히고 국을 끓인다. 명태포도 한 마리 있다. 대추 곶감 밤 사과 배 밤 과자 그리고 돌돌 말린 문종이도 있다. 물을 받아다가 돌을 몇 번이고 씻고 돌 위에 정성을 다한다. 밥과 국을 떠놓고 대추 곶감 밤 사과 배 밤 과자 명태포를 모두 돌 위에 진설한다. 모두 진설한 다음 초 두 개를 양쪽에 세운다. 앞쪽에 술을 따라 놓고 향나무를 잘게 쪼개 만든 향을 대접에 불 피운 잉걸을 담은 다음 향을 피운다. 향내가 진동하고 떠돌아다닌다. 달녀에게 절을 시킨 다음 시어머니도 절을 한다. 절이 끝난 후 시어머니는 무슨 주문 같은 걸 외기 시작한다. *산신령님요 삼신할매요 오악산왕요 사해용왕요 석대미 신령님요. 우리 가문에 자손 좀 점지해주소. 비나이더비나이더. 두 손 모아 비나이더. 동쪽 서쪽 남쪽 문을 열어 우리 가문에 그저 자손 주렁주렁 점지해주소.* 그 밖에 나머지 말은 해독이 불가능하다. 부처가 미륵 앞에 핀 꽃을 보듯 눈을 살며시 떠서 시어머니를 쳐다본다. 시어머니는 꿇어앉아서 두 손으로 싹싹 빌고 있다. 얼마나 많은 시간이 지났는지 알 수 없다. 발이 저려 움직이지도 못한다. 시어머니는 다시 절을 올리라고 한다. 시키는 대로 절을 한다. 절이 끝나자 시어머니는 말린 문종이를 푼다. 한 장을 돌돌 말아 거기에 불을 붙인다. 손바닥에 올린 다음 *소지 올리니더. 소지 올리니더.* 하면서 태운다. 다 태우고 난 다음 시어머니는 아직 정성이 부족해 소지가 잘 안 타고 밑으로 내려앉는다며 정성 부족을 탓한다. 달녀는 벙어리다. 새벽부터 지금까지 시어머니와 단 한 마디도 나누지 않았다. 소지를 다 올린 시어머니는 철수해야 한다며 밥이고 국이고 모든 음식을 조금씩 덜어내서 *고수레 고수레* 외치며 부근에다 뿌린다. 그리고 나서 술도 서너 번 나누어 부근에 뿌린다. *일로 와서 음복해라.* 시어머니 말에 말없이 돌상 옆으로 간다. 국에 밥을 말아주며 먹으라고 내민다. 얼마 만에 먹어보는 쌀밥인가. 정신없이 한 그릇을 다 먹어 치운다. 오늘따라 먹는 게 후하다. 밤 대추 사과 배 밤 과자 등 골고루 하나씩 준다. 어디다 복을 넣어 놓았을지 모르니 반드시 다 먹으라는 준엄한 명령이다. 이런 명령이라면 얼마든지 숭고하게 받들 용의가 있다는 생각을 하며 아무 말 없이 모두 먹는다. 달고 맛있다. 시집온 후로 처음 시어머니한테 먹을 것을 받았다. 주위는 드디어 부옇게 살점을 드러내며 하루를 시작하고 있다. 주섬주섬 함지박에 과일을 담고 냄비를 담는다. 불 피운 자리에 물 한 바가지 갖다 붓고 불기가 없는 걸 확인한 시어머니는 가자며 앞장서서 부지런히 걷기 시작한다. 함지박을 이고 부들로 엮은 따바리끈을 입에 물고 따바리를 머리에 얹는다. 따바리는 물을 여 나를 때나 무엇을 일 때나 쓰면 안정감이 있다는 걸 이미 시집오기 전에 체득했다. 그 따바리 끈을 잘근잘근 씹으면 단물이 나오는 그 재미를 쏠쏠하게 즐긴다. 내려오는 길은 올라갈 때 보다 더 험하다. 아니 올라갈 때는 어두워서 얼마나 험한지를 알지 못했던 것이다. 동네를 지나 집에 도착하니 해가 먼저와 환하게 반긴다. 시어머니는 함지박을 빼앗듯 당겨 마루에 내려놓은 후 아들을 부른다. 과일을 골고루 먹으라며 깎아 아들 앞에 내민다. 어디서 구했느냐 묻는 아들의 말에 시어머니는 알 것 없다며 먹기나 하라고 말끝을 싹둑 잘라버린다. 그 일은 한 달에 한 번씩 월례 행사가 된다. 싫다는 생각도 좋다는 생각도 없이 그냥 따라다닌다. 시어머니는 하나씩 하나씩 일거리를 늘려준다. 큰거랑을 따라 올라가며 핀 인동꽃을 따 말리면 돈이 된다며 따오라고 한다. 인동꽃은 노란색과 하얀색이 피는데 그 안에 꿀도 들어있고 향기도 좋다. 그 꽃을 따서 말려 놓으면 그것을 사러 오는 장사꾼이 있다. 그것뿐 아니다. 질경이도 뜯어말리고 왕골속도 훑어 말려 놓는다. 장사꾼들은 보름에 한 번씩 들린다. 저울로 달아 현금을 주고 사가곤 한다. 한 다래끼씩 말려야 한 주먹도 안 나오지만 그래도 시어머니는 끊임없이 일을 시켰다. 봄이면 연화봉이나 국망봉까지 올라가 산나물을 뜯어 와야 한다. 수리취 유리대 잔대싹 고사리 고비 두릅 참나물 등 큰산나물을 뜯는다. 큰산나물은 향도 짙고 맛도 특별하다. 큰 이불 보자기에 싸서 이고 조루망으로 지고 오느라면 고개가 끊어질 듯 아프다. 점심으로 더덕이나 산도라지를 캐 먹고 잔대를 캐 먹기도 한다. 그것도 없는 날이면 산 밑 도랑물을 마시며 허기를 달래야 한다. 운이 좋으면 국수나무 순이나 찔레순을 먹을 수도 있다. 배가 고프면 거의 송구를 꺾어 먹으며 가난한 목구멍을 다독인다. 험한 산등성이를 오르내리며 캐 나른 산나물을 시어머니는 장터에 갔다 판다. 얼마를 받았는지 무엇을 샀는지 그건 불문율이다. 시어머니는 밤늦게까지 부들이나 왕골로 자리를 짠다. 어린아이 주먹만한 고드랫돌을 노끈으로 묶어 틀 양쪽으로 넘겼다 당겼다 짜는 자리는 꽤 값이 나간다. 그렇지만 하나를 짜는데 꽤 오랜 시간이 걸린다. 부들로 짠 것은 값이 더 나갔지만, 부들은 구하기 어렵다. 부들은 집 앞 물이 고여 있는 미나리꽝에 자라는 것으로 부들자리를 다 짜고 나면 왕골자리를 짜기 시작한다. 남편은 밤마다 새끼를 꼰다. 짚을 양 손바닥으로 비비면서 엉덩이 뒤로 점점 자라나는 굵은 새끼는 초가지붕을 이을 때 쓰고, 가는 새끼는 가마니를 짠다. 씨줄날줄로 가마니가 되어가는 모습이 신기해 넋을 놓고 바라보면 바디 사이로 긴 막대기에 짚을 끼워 좌로 한 번 넣고 바디로 누르고 우로 한 번 넣고 바디로 누르면 새끼는 짚으로 감싸지며 가마니가 되어간다. 사랑방엔 바디 소리 고드랫돌 소리 새끼를 꼬기 위해 입으로 물을 품어 볏짚에 푸우푸우 뿌리는 소리로 늘 부산하다. 서로가 일만 하기 위해 태어난 사람들 같았다.

* * *

그 덕분에 가난은 한 발 한 발 점점 도망을 가고 있다. 돌이 많은 논이지만 논도 몇 마지기 사서 농사를 짓게 되고 덕분에 나물죽도 맘껏 못 먹던 날들은 갔다. 보리밥에 감자를 넣고 쌀도 조금 섞은 밥을 먹을 수 있다. 그만큼 생활이 좋아졌다. 생활이 조금 나아지자 정초가 되면 사람들의 왕래도 많아졌다. 음력 정월은 일년 중에 가장 행사가 많은 달이다. 초하룻날 제사를 지내고 나면 세배꾼들이 들이닥친다. 일본은 감시를 삼엄하게 하며 음력설을 못 지내게 한다. 방앗간에 나가 영업을 감시하고, 설빔을 입고 나온 사람을 보면 옷에다 먹물을 뿌려대고 난리를 친다. 그렇잖아도 일본놈들 때문에 남편을 잃은 나벨라는 일본 순사(巡査)를 그냥 두지 않겠다고 벼르더니 잔돌을 넣어 만두를 만들어 두었다가 감시 나온 일본 순사에게 *고상 많니더, 추운데 만둣국이나 한 그릇 잡수소. 우리 맹절을 못 쇠게 하이 떡국이나 끓애먹을라고 했니더.* 하고 만둣국에 계란 지단과 김 가루를 뿌려 먹음직하게 차려 내놓자 추위에 떨고 감시하러 다니던 순사들이 숟가락을 들고 먹기 시작한다. 세 사람은 도, 레, 미 차례대로 펄쩍펄쩍 뛰며 *이 할망구가?* 하며 마치 때리기라도 할 듯 일어선다. *왜 그래니꺼?* 하고 아무렇지도 않게 말하는 사이 이런, 저런, 사연이 달려와 *할매 만둣국에 돌이 있어 못 먹겠어.* 라며 울상을 짓자 나벨라는 *참말로? 어데*

만둣국 가주고 온나 보자. 나벨라의 말에 사연이 만둣국을 가져왔고 나벨라는 *또 어떤눔들이 장난을 쳤노! 하루 이틀도 아니고 설때만 되믄 이래 설을 못 쉬게 하는 게 어뜬눔들이로!* 연극인지도 모르는 순사들은 *에이!* 하면서 일어서 간다. 나벨라와 손녀들의 연극은 완벽했다. 아무리 단속이 심해도 악착같이 음력설을 찾아서 우리의 전통을 이어간다. 설이 되기 열흘 전부터 짠지를 썰고 약을 놓아서 잡아 온 꿩고기를 다져 넣고 만두를 만든다. 만두 하나가 얼마나 큰지 한입에 못 들어갈 정도로 만든다. 만두가 커야 자손이 크게 된다는 믿음 때문이다. 떡국을 밤새도록 썰고 나면 손이 다 부르터 물집이 생긴다. 그렇게 준비해 둔 만두와 떡국은 잘 조절해 나가야 묵은 세배를 하러 온 사람까지 모두 골고루 먹일 수 있다. 세배를 마치면 시어머니는 *과세 편히 쉬소.* 라는 덕담과 떡국을 먹인다. 중요한 건 어딜 가도 이런 덕담이 오가는 곳에 여자는 안 보인다. 세배뿐 아니라 초하룻날 아침에 여자가 남의 집에 드나들지 못한다. 여자가 먼저 집에 들어가면 재수 없다며 여자들의 남의 집 출입을 삼간다. 금기 사항은 더 많다. 정월 초하룻날 부엌의 재를 치면 복이 나간다고 재를 치지 못하게 하고 곡식 또는 재물을 집 밖으로 내면 재물이 줄어들거나 복이 나간다고 곡식이니 재물을 밖으로 내지 못하게 한다. 정월 첫 범 날인 상인일에는 남의 집에 가서 오줌 누면 우환을 당한다고 남의 집에 가서 소변을 못 보게 한다. 정월 첫 뱀 날인 상사일에는 머리를 자르면 뱀이 해

를 입힌다고 자르지 못 자르게 하고 정월 첫닭날인 상유일에는 바느질을 하는 것을 금기시킨다. 정월 초하룻날이면 복조리를 팔러 다니는 복조리를 빨리 살수록 복이 많이 들어온다며 복조리를 사기 위해 밤을 새우기도 한다. 또 초하룻날 밤에는 일 년 동안 머리 빗을 때 빠진 머리카락을 빗접에 차곡차곡 모아 두었다가 불에 태우기도 하고 정초가 되면 1년 신수를 본다. 널뛰기 윷놀이 연날리기 엿치기 놀이도 한다. *내일은 말 날이라 장 담그는 날이따. 깨끗이 목물하고 깨끗한 옷으로 갈아입고 장 담가라. 부정타믄 한 해 농사 망치는 거 맹심하그라.* 시어머니의 말은 늘 삿대질이다. 손가락으로 남을 가리키며 삿대질하면 남의 허물을 가리키는 건 하나고 나머지는 자신의 허물을 가리킨다는 오자상의 말이 생각난다. 장물이 우러나듯 오자상과 오빠를 보고 싶은 맘이 우러난다. 장물이 우러나는데도 시간이 필요하듯 보고 싶은 마음도 장물이 우러나는 만큼 시간이 필요할지 모른다고 자신에게 타이른다. 단지 속에 짚을 넣고 불을 때서 소독을 한 다음 깨끗이 씻은 메주를 항아리에 담는다. 소금을 녹여 가라앉힌 소금물을 붓고 그 위에 솔가지 숯 대추 붉은 고추 칡뿌리 등을 넣고 뚜껑은 낮 동안 햇살이 들어오게 열어둔다. 새끼줄에 붉은 고추 숯 솔가지를 끼운 다음 항아리 배에 새끼줄을 둘러준다. 꼼짝도 않고 서서 시키는 시어머니가 무서워 손이 벌벌 떨린다. 항아리를 들어 올릴 때는 너무 힘들어서 움직일 수가 없다. 그러나 시어머니 눈엔 아무것도 보이지 않고 먹이를 가로채기 위해 눈독을 들이는 독수리처럼 먹이를 낚아챌 기회만 호시탐탐 노리는 눈빛으로 허물을 감시한다. 설날 밤엔 야광기(夜光鬼)가 인간 세상에 내려와 집집마다 다니며 사람의 신을 신어보고 자기 발에 딱 맞으면 신고 간다고 한다. 신을 잃어버린 사람은 일 년 동안 재수가 없어 하는 일마다 마가 낀다고 해서 체를 대문 앞에 걸어둔다. 야광귀는 신을 신으러 왔다가 대문 앞에 걸린 체 구멍을 세느라 정신을 팔다가 닭이 울면 신을 못 신어보고 간다고 한다. 가문에 노예가 되어 정신없이 정월을 보내고 있는 사이에도 하얀 겨울 침묵을 밀어내고 봄은 왔다. 침묵은 어떤 외침이나 주장보다 강력한 힘이 있어 돌덩이보다 단단하고 뱀보다 길다. 단단하고 긴 침묵이 가난을 이겨내고 다시 시어머니의 눈총과 멸시와 노예처럼 부리는 일과 남편의 무관심을 견디며 먹지도 못한 탓에 어지러움과 속이 불편해 아무것도 넘기지 못한다. 가물거리는 시간들 시어머니의 푸념을 깔고 덮고 며칠을 물만 먹고 누워있지만 누구 하나 관심이 없다. 이러다 생을 마감하는 것 아닌가 하는 생각이 든다. 벌나비와 새싹들과 꽃은 봄의 배를 빌려, 매미와 소낙비와 천둥·번개는 여름의 배를 빌려, 귀뚜라미 울음과 열매들은 가을의 배를 빌려, 눈과 찬바람과 동백꽃은 겨울의 배를 빌려 산란하듯 생명이 자신의 뱃속을 빌려 온다면 시어머니의 구박도 좀 덜해지지 않을까? 일주일째 물만 마시고 누워 땅속으로 꺼지며, 세상 모든 것들은 다 소멸할 것인데 저리 기를 쓰고 소멸할 것들을 원하는 이유를 알 수 없어 눈을 감는다. 걱정을 한다고 걱정이 없어진다면 무슨 걱정이 있을까?

달을 먹은 산

11

바람 없는 들판이 어데 있고 풍랑 없는 바다가 어데 있겠노. 걱정은 할수록 눈덩이맨치 불어나이 걱정은 잊어뿌래고 살아라. 시집살이가 어렵고 힘들어도 참으라며 시집오기 전 챙겨준 오빠 진옥의 말을 가슴에서 꺼낸다. 걱정을 삶아 방망이로 두들겨 빨고 세탁해서 배꽃처럼 하얗게 말려 차곡차곡 접어 서랍 속에 넣어두었더니 걱정에서 싹이 돋고 잎이 나 설움꽃으로 하얗게 피어날 때쯤 어떤 생명체 하나가 저쪽 세상을 털어버리고 이쪽 세상으로 건너오기 위한 준비를 하고 있었다. 몸에 교신을 보내며 뱃속에 둥지를 틀고 자신 외엔 아무것도 받아들이지 못하게 메스꺼움을 유발하며 모든 음식을 반입금지 시킨다. 전에는 없어서 굶고 이제 먹을 것이 있건만 훼방꾼이 뱃속에서 훼방을 놓아 굶고, 밥 먹듯이 밥을 굶어야 하는 시간들. 허기도 도편수의 대팻날처럼 무뎌졌는지

먹지 않아도 배가 고프지 않다. 무얼 잘못 먹어 체한 것처럼 더부룩한 시간을 보내던 어느 날 정신없이 보내느라 밀린 빨래를 빨러 간다. 빨래가 목적이 아니라 평안 아지매네서 조금이라도 몸을 뉘고 싶어 염치는 출장을 보낸다. 빨래터에 갈 때는 습관처럼 평안 아지매네 집으로 간다. 빨래를 하기 위해 집에서 물을 데우다가 시어머니에게 들키기라도 하는 날엔 불호령이 떨어져 손이 터져나가도록 시려도 집에서 물 데울 엄두를 못 낸다. 나벨라 가문에 며느리라는 그물에 걸린 이상 아무리 파닥거리며 몸부림쳐본들 소용없음을 체험으로 깨닫고 있다. 잡은 물고기에게 먹이를 줄 일도 없을뿐더러 다시 바다로 돌려보내줄 일은 더더욱 불가능한 일이다. 퍼내도 퍼내도 슬픔은 무덤에 풀처럼 잘 자란다. 모난 슬픔을 둥그렇게 깎으며 그냥저냥 하루하루 소비하며 연기하듯 살아가야 한다. 슬픔이 가물치처럼 퍼덕인다. 시어머니는 다른 사람에겐 경우 있고 사리 밝게 대하면서 왜 며느리에게만 분노를 쏟아대는지 알 수가 없다. 맥주 거품처럼 부글거리는 분노와 칼치 가시보다 더 날카로운 가시, 쉼표 없는 불안을 쏟아 저항력이 생길 때도 되었건만 '시' 자만 들어도 심장이 방망이질하고 가슴이 덜컥덜컥 내려앉지만 천성을 치료할 약은 세상 어디에도 없다는 걸 알아 체념하면서 살자니 말라깽이가 되어간다. 시집살이를 쉽게 보면 안 된다. 시집엔 시집(詩集)이 없다, 어렵다 어렵다 시가 어렵다 해도 시집살이만큼 어려우랴 생각을 넘기며 시집살이를 견디고 있다.

신이 보낸 선물

임신이 무엇인지도 모르는 달녀의 시집살이는 개미가 산을 옮기는 것만큼이나 힘겹다. 그 힘겨움을 단 몇 시간이라도 쉬어갈 수 있는 곳이 있어 그나마 다행이란 생각이 든다. 깜깜한 봄밤을 환하게 밝히는 목련꽃처럼 캄캄하고 답답할 때마다 환하게 불을 켜고 맞이해주는 평안 아지매 집, 추운 겨울을 데워주는 아랫목 같은 곳. 지치고 힘겨워 잠시 쉬고 싶으면 자신도 모르게 발걸음이 향하면 언제나 얼굴 가득한 곰보 자국마다 반가움을 피워 올린다. *거더 덩월엔 더 고달팠디? 여기 들어와서 도금 쉬어서 빨래하라우야. 방이 따끈따끈 하니 몸 돔 녹이고 나서 빨래하라우.* 늘 꽃방석 같은 말에 꽃향기가 계절을 가리지 않고 푸르르푸르르 날아다닌다. 엉덩이가 꽃방석에 앉는 기분이다. 가까이 오던 평안 아지매 안락함은 눈 동공을 키우며 깜짝 놀란다. *야래 야래, 너 어디 아프니? 얼굴이 와 그러니 야? 그냥 속이 메스껍고 밥을 몬 먹겠니더.* 가만히 그녀의 얼굴을 쳐다보던 안락함은 말을 잇는다. *혹시 달거리를 거르디 않았니?* 화들짝, 찬물이 쏟아지듯 놀란다. 그러고 보니 달거리를 거른 지 두 달이 넘었다. 이야기를 들은 평안 아지매는 곰보 자국 속 불을 더 환하게 밝히며 말한다. *툭하한다우야! 경사났구먼 고래. 이데 뱃속엔 새 생명이 생겼으니 평소보다 더 달 먹어야 한다우. 고롬 두 사람 몫을 먹어야 하디. 고도 힘든 일 덜*

하고 몸도 도심하고 행동도 도심하라우. 만 가디를 다 도심해야 한다우 고롬 도심해야 하구말구. 이똑으로 앉으라우. 내래 떡국 한 그릇 끓여둘 테니 먹고 빨래 하라우. 평안 아지매는 딸이 임신이나 한 것처럼 좋아하며 부랴부랴 부엌으로 나간다. 좋은 건지 싫은 건지 어안이 벙벙해 있는데 평안 아지매는 떡만둣국을 끓여온다. 살얼음이 동동 떠다니는 동치미와 감주를 겸한 상을 방으로 들고 들어온다. *이거 한 그릇 먹어 보라우. 평양 만두레 맛있다우.* 숟가락을 들어 그녀 손에 쥐어준다. 갑자기 울컥. 구역질이 나듯 눈물이 울컥거린다. 울컥을 다시 속으로 넘기고 숟가락을 받아든다. 만둣국 한 숟가락을 떠먹는다. 이번에는 구역질이 울컥, 한다. 상 옆에 쪼그리고 앉아 보고 있던 평안 아지매는 헛구역질하는 것을 보고는 말을 보탠다. *입덧이 심하구먼. 고래도 도금씩이라도 먹우라우. 안 먹으면 뱃속에 아이래 건강티 못하니 먹고 토하더라도 동티미 국물 먹으면서 억디로라도 도금 먹으라우.* 평양 아지매의 따뜻하고 정성스런 말이 귓속으로 들어오자 또 눈물이 뚝뚝 떨어진다. 자신의 가슴 어딘가에 눈물왕국이 있는지 아지매만 보면 자꾸 눈물이 울컥울컥 몸 밖으로 기어나온다. 속이 안 받지만 고마움을 먹으려고 했으나 도저히 먹을 수 없어서 감주만 마신다. 아이는 감주를 좋아하는지 거부하지 않고 받아먹는다. 아이에게 감주를 먹이고 온돌방에 눕는다. 이런 편안한 휴식은 여기가 아니면 어디서도 맛볼 수 없는 달콤함이다. 죽은 나무에서 버섯들이 자라

는 걸 보았다. 비바람과 천둥번개 땡볕을 견디며 때로는 가지를 찢어내며 살던 바짝 마른 나무 같은 몸에서 또 다른 생명이 자라다니. 참으로 생명이란 질기고 모진 초인 같은 신비함이 있는 것 같다. 저녁 잠자리에서 얼굴도 모르는 아가에게 편지를 쓴다. 생애 첫 편지를 써보는 것이다. *아가에게~ 눈은 하르릉 하르릉 날아내래 펄펄이란 말까짐 하얗게 묻어 버린다. 칼바램이 잉잉 우는 날 저 끝이 보이지 않는 눈보라의 시간을 견디기 위해 어미는 울지도 몬한다. 니는 어미의 텅 빈 바다에 들어앉아 배 멀미를 하는 동 속이 메슥거려 헛구역질을 하게 하고 장난을 심하게 치는 동 식은땀이 배나오게 하는구나. 온몸을 물먹은 솜맨치 축축 가라앉게 하는구나. 세상천지에 기댈 곳 하나 없는 캄캄한 이 몸에 5장 6부를 만들어 5대양 6대주를 질주하며 희미한 등불을 비추민서 내 몸의 수문을 열고 들어온 생명 한 톨 아가야. 달거리 유전자를 가졌나? 햇살 유전자를 가졌나? 어떤 유전자를 가졌는지는 한 개도 중요하지 않다. 다만, 아가야 니는 가난씨나 불행씨 유전자를 가주고 태어나서는 안 된다. 오로지 건강씨와 행복씨 유전자를 받아야 돼. 근데 말이따, 아가야! 왜 해필이믄 가난과 불행의 유전자로 태어난 엄마의 뱃속 문을 열고 들어왔노 응? 미안타 내가 니 어미가 되어서. 정말 미안타. 살점이 떨어져나가는 것맨치 미안태이. 그릏지만 아가야, 이것만은 약속할게. 우뜬 경우래도 니를 엄마 없는 아이로 만들지는 않을게. 가끔이라도 어둠이 찾아오믄 이어미가 달빛*

이 되어 비춰주고 그 어둠에 하얀 꽃등불을 키며 견뎌내는 지혜를 주마. 뼈와 살이 합치는 지끔부텀 세포 조각조각 마다에 뱃속 깊이 행복씨를 심어주마. 그래고 무럭무럭 길러주마. 니 목심이 푸르게 푸르게 쑥쑥 자라게. 추위에 손발이 허옇게 얼어터져 금이 쩍쩍 가는 일 없고. 꼬르륵 꼬르륵 날매둥 배고프다 아우성치는 창자를 굶게는 일도 없고. 누구한테 구박받아 맴에 상처 고이는 일 없고. 집이 없어 쫓게날 일 없는 내 뱃속에서 맴껏 뛰어놀민서 자라그라. 비극이나 아픈 상처의 싹이 자랄 기미가 보이믄 이 어미가 싹둑 싹둑 전부 짤라내 주꾸마. 니는 은제나 꽃잠을 자민서 꽃길만 걸을 수 있는 삶이 되라. 푸른빛만 가지그라. 그림자까짐도 푸른빛으로 장전시켜 파란 음표 팔랑거리민서 삶을 노래하그라. 시상이 꽉 막히서 출구가 없어 막막할 때 옹골차게 뚫고 나갈 힘과 지혜의 씨를 니 몸속에 심어주꾸마. 부디, 어랜 벌거지들의 울음을 토닥거리 주고 풀꽃들과 향기로운 이야기를 주고받고 새들의 슬픈 발자국에 고인 그림자도 꺼내주민서 헐렁한 여유로움으로 깔깔 까르륵 까르르 깔깔, 목젖이 보이도록 하얗게 웃그라. 샛길도 걸어가 보고 샛강도 건너보민서 텅 빈 정적을 흔들어 깨울 줄 아는 여유로움을 가심에 품고 고운 영혼으로 태어나그라. 나를 에미로 삼고 탯줄을 잇고 살아가고 있으이 지끔부텀은 엄마가 니한테 해줄 수 있는 건 오로지 맴으로 기도를 해줄 수백에 없구나. 니만은 꼭, 꼭, 꼭 말이따, 행복꽃이 주렁주렁 피는 운명으로 태어나게

해주는 기도 말이다. 니 꼼지락거림 하나도 허투루 흘래 보내지 않고 소중스럽게 돌봐줄께. 간절하고 애절한 기도로 글로 쓴다. 한 줄 두 줄 쓰기가 바쁘게 모두 읽으며 까르륵 까르륵 해맑게 웃는 아기가 눈앞에 아른거리는 듯하다. 세상에 태어나서 처음으로 희망 한 줄기를 얻은 듯 연필을 베고 잠을 청한다. 그렇게 손자를 기다리며 정성을 다 하던 시어머니는 의외로 반응이 시큰둥한 말을 입술 밖으로 꺼내놓는다. *남들 다 놓는 자식이따. 혼자만 놓는 것도 아인데 유세 떨 생각하지 마라.* 잘 벼린 칼로 무싹 자르듯 싹둑 잘라버리는 말이 며느리의 임신에 대한 반응이다. *뱃속에 아 가 있을 때 게으르믄 아 놓기 힘들다.* 처음부터 혹독을 던진다. 시퍼런 날을 세워 던진 말에 마음을 베이자 낯설고 후미진 구석에 처박히는 심정이 된다. 어쩌랴. 남아있는 힘 다 짜내도 시어머니 성에 차지 않음을. 너무 말라 갈비뼈가 툭툭 불거질 만큼 힘을 소진했지만 남편이나 시어머니 누구에게도 환영받지 못하는 자신이 밉다. 가슴엔 안개비 같은 슬픔이 하얗게 내린다. 앞산에는 외로움의 무게를 못 이겨 부러진 청청한 소나무들이 허연 속살을 드러내며 슬픔조차도 잊은 채 생을 꺾고 있다. 앞산에 저 소나무를 시어머니는 보지 못하는 걸까? 남편 역시 남의 뱃속에 아이를 슬어놓고도 이무런 반응도 없다. 냇가에서 놀며 장난으로 던진 돌멩이가 일으킨 물수제비 파문을 바라보듯 무심하게 바라보는 눈빛이 달녀의 커다란 눈속으로 쓸쓸히 건너올 뿐이다. 저 시퍼렇게 날 세운 말

과 무심한 눈빛이 아이에게 직사포가 되어 박힐까봐 얼른 등을 돌린다. 어떠한 경우에도 불굴의 정신으로 아이를 지켜내겠다 다짐을 묶는다. 다시 고된 일상이 잡아끈다. 도깨비가 구멍을 세느라 신발도 못 신고 돌아가도 고된 여정은 또 이어진다. 시어머니는 깨끗이 목욕을 한 다음 정성껏 붉은 설기를 시루에 찌라고 하명을 내린다. 얼마나 잘 쪄지느냐에 따라 그해 풍년인지 흉년인지를 알 수 있다며 부정 타지 않게 조심하라는 당부를 섞어서. *시루에 배바쁘제를 깔고 쌀가루를 안채라. 밀가루를 개서 반죽을 한 담에 밀가루로 시루 가를 싹 바르고 나서 불을 때라. 적당히 짐이 오르믄 불을 빼고 뜸을 들애야 된다. 뜸을 잘 들애야 떡이 지대로 잘 쪄지지 뜸 잘 몬 들이믄 망치니이라.* 시어머니의 말을 귀에 걸고 시키는 말들을 앉히고 테두리를 바른다. 불을 넣어서 김이 푹푹 오르도록 쪄서 말하기 곤란해 들이는 뜸처럼 뜸을 들인다. 또, 무슨 대추나무 가지 찢어지는 소리 같은 벼락이 날아올지 불안불안하기만 하다. 한참 후 시어머니가 부엌으로 들어선다. *머 하나 지대로 할 줄 아는 게 있어이지. 짐이나 지대로 오르기나 했는 동 모르제.* 뱃속에 늘 부정들만 우글거리는지 뱉어내는 말마다 부정꼬리들이 올챙이처럼 오글오글거린다. 오글거리는 부정말꼬리를 부정하느라 뒤로 물러서 조용히 시어머니가 하는 양을 지켜본다. 칼끝으로 밀가루 반죽을 떼 내고 시루를 들여다보는 시어머니 입에서 아무 말도 없는 걸 봐서 잘못 쪄지지는 않았음을 미루어 짐작할 수 있다. 잘하면 칭찬을 하고 못하면 함구를 하면 얼마나 좋을까만 잘하면 아무 말이 없고 잘못하면 불호령이 떨어져도 저항하지 못하는 개가 되어 묵묵히 시루를 들어 통째로 상위에 올리는 걸 보고야 안도의 숨을 조용히 내쉰다. 시어머니는 문종이를 수건 크기만 하게 여러 겹 접는다. 실로 청솔가지를 묶고 부엌 부뚜막 위 못에 걸고 술을 붓고 절을 한다. 절이 끝나고 상을 물린 다음 도화지만 하게 자른 문종이를 식구 숫자대로 돌돌 말아 상에 올려 부뚜막에 놓고 온 식구를 다 불러 모은다. 맨 처음 남편 것을 올린다. *무술생 소지 올리니더. 아무쪼록 올해 악귀 잡귀 다 막아주시고 건강하고 운수 대길하게 해주소. 비나이더 비나이더 조왕신께 비나이더.* 주문(呪文)을 왼 다음 둘둘 말린 문종이를 남편에게 건네준다. 남편의 손바닥에 말린 종이를 세워놓고 불을 붙인다. 문종이는 손바닥 위서 활활 탄다. 탄 재가 위로 길길이 뛰며 올라가면 그해 운수가 좋고 밑으로 다소곳이 내려오면 그해 운수가 안 좋다며 시어머니는 그 소지 한 장으로 그해 운이 길한지 아니면 흉한지를 점치고 있다. 그렇게 식구 수대로 다 하고 나면 올해는 운수가 안 좋으니 큰물에 가지 말고 먼 길 가지 말아야 한다며 명령을 내린다. 그 일이 끝나고 나면 다음은 뒷간신을 받들 차례다. 뒷간에 접시에 정성껏 담은 떡을 가져다놓고 주문을 왼다. *일 년 내내 배탈 없이 잘 먹고 잘 싸게 해주소. 뒷간신한테 간절이 비나이더.* 주문을 다 왼 다음엔 통나무를 반으로 잘라 걸쳐놓은 뒷간 다리에 앉아 절을 한다. 절을 마치고 떡은 그대로 두고 술잔에 술만 여기저기 뿌린다. 그다음 타자는 집 옆에 먹지는 못하지만 물은 늘 고여 있는 샘에 떡 한 접시를 샘머리에 놓고 절을 한 뒤 주문을 윈다. *올 한 해도 가뭄 없이 살 수 있게 도와주소. 용왕신한테 간절히 비나이더.* 주문을 윈 다음엔 우물 앞 큰 돌멩이에서 절을 하고 용왕신에게도 잔에 있던 술을 뿌려 받든다. 마루천장 귀퉁이에도 문종이와 솔가지를 묶어 달아놓고 떡 한 접시와 절을 바친다. 두 손을 싹싹 비비면서 주문을 윈다. 올 *한해 그저 무의무덕 넘어가게 해주소. 칠성님요 제석님요 우리 식구들 올해 펀하게 살게 도와주소.* 낮 동안 여기저기 분주하게 돌아다니면서 신을 모시느라 하루를 다 허비했다. 힘을 다 소비하고 지칠 대로 지치지만 불만 같은 건 상상도 못할 일이다. 밤이 되어 보름달이 뜨자 시어머니는 대접에 물 한 대접을 떠서 상에 받쳐 장독대로 간다. 장독대래야 독 몇 개가 전부다. 거기에 상을 놓고 꿇어앉은 시어머니는 두 손을 싹싹 비벼대며 무어라고 중얼거린 후 마지막에 절을 한다. *정서이 지극하믄 신들이 돌봐주는 법. 전장에 총알이 빗발쳐도 이 장독대는 비캐간다.* 비 맞은 중처럼 누구에게 하는 말인지도 모를 말을 중얼거린 후, 다음은 마당 아래 길옆 삽적거리에도 상에다 물 한 그릇 밥 한 그릇 나물 세 가지를 차려 내놓는다. 그건 거리신인 걸립신(乞粒神)이 먹고 가라고 내놓는 거란다. *니미 빌어먹을!* 모든 *걸 신에게 빌어먹고 사는 것이 아닌가. 살아있는 사램이 보이지도*

않는 신한테 끌래댕기민서 살다니! 달녀는 도무지 아무리 이해를 하려고 해도 이해가 되지 않아 중얼거리지만 시어머니 입에서 나온 말은 하늘처럼 떠받들지 않으면 숨도 제대로 쉴 수가 없다. 도무지 이해가 되지 않는 절을 끝까지 따라다니며 시키는 대로 할 수밖에 다른 방법이 없다. 처음엔 시어머니가 무당처럼 보여 섬뜩한 느낌마저 들었지만 매년 되풀이되는 행사에 자신도 모르게 꼭 그렇게 해야만 한 해가 탈 없이 지나갈 것 같은 생각까지 하는 자신이 우습다. 정월달 처음 돌아오는 쥐 날(上子日)은 밭둑과 논둑에 쥐불을 놓아야 쥐가 없다며 불을 놓고, 달불이라고 해서 보름 전에 놓기도 한다. 소 날인 상축날은 소에게 일을 시키지 않고 채소와 콩을 삶아서 소에게 잘 먹이고 부엌에서 칼질도 하지 말라고 한다. 또 키에다 쌀밥과 나물을 따로 한 그릇씩 쟁반에 담아 소에게 먹여봐서 나물부터 먹으면 그해 농사는 흉년이 들고 찰밥부터 먹으면 그해 농사는 풍년이 든다며 구유 위에 올려놓고 소로 하여금 한 해 농사를 점친다. 소가 혓바닥을 길게 늘여 찰밥을 냉큼 한입에 먹어치우면 시어머니는 올해 풍년이 들겠다며 그 굳은 얼굴에 그때만은 미소가 번진다. 시집와서 시어머니가 이를 보이며 환히 웃는 것을 보는 것은 딱 이때뿐이다. 간혹 틀릴 때도 있지만 용케도 소는 풍년인지 흉년인지를 거의 알아맞힌다. 밤이 되어서도 끝나지 않는 신에 대한 경외의 연속은 지루한 장마같이 축축하게 젖는다. *호랑이 날(上寅日)은 호환이 있을 수도 있으이 밖에 나가지 말*

고 이웃과 왕래도 하지 마라. 여자들은 더더욱 나무집 출입을 금해야 된다. 오늘 같은 날 나무집에 가서 용변을 보믄 그 집의 가족 중에서 호환을 당하이 단디이 근신하고 짐승에 대한 악담이나 나쁜 말도 하지 말그라. 다 알아들었나? 말을 마친 시어머니는 방으로 칩거해 밥 먹는 시간 외에는 문밖도 나오지 않는다. *오늘은 용날(上辰日)이이 칼로 멀 썰지도 말고 가새로 멀 짜르지도 마라. 칼질은 용을 치는 일이고 가새질은 용을 짜르는 일이때. 용을 치거나 짤라내믄 농사철에 비가 마이 와서 흉년진다. 그래고 어다가든 물을 함부로 내뿌래지 마라. 물을 마구잡이로 내뿌래믄 들에서 일할 때 비를 만내는 낭패를 본다. 모도 맹심해라.* 금기 사항이 너무 많아 다 외울 수가 없는데 어찌 저리도 기억력 좋게 외우고 사는지, 도무지 이해할 수가 없다. 정월 열나흗날 저녁엔 콩 열두 알에 열두 달을 표시하여 수수깡 속에 넣어 우물에 넣었다가 그 콩의 불은 정도로 그달의 가뭄과 비옴을 점치는 달—불이와 '작은 보름'이라 하여 오곡밥이나 복쌈 등을 먹는다. 보름날(上元日) 새벽엔 밤 땅콩 호두등 부럼(腫果)을 깨물며 1년 동안 건강하게 해달라고 소원을 빈다. 보름날 이른 새벽에는 귀가 밝아지고 좋은 소식만 듣게 해 달라며 귀밝이술(耳明酒)을 마신다. 또, 오곡밥을 얻어먹는 백가반(百家飯)이란 풍속은 그해 액운이 사라지고 운수가 좋게 하기 위해서란다. 다른 성(姓)을 가진 세 집 이상의 집을 돌며 밥을 얻어먹는다. 정월 보름에는 새해의 첫달을 맞는 달맞이(迎月)를 비롯해 줄

다리기 동채싸움 등을 하며 화평을 기원하고 친목을 도모하지만 모두 서슬푸르게 날뛰며 우리의 문화를 말살시키려는 일본의 감시를 피해야만 했다. 또한 보름 전날 잠을 자면 눈썹이 하얗게 센다고 아이들에게 잠을 자지 못하게 한다. 혹, 자는 아이가 있으면 밀가루를 개서 눈썹에 묻혀 자고 일어나면 눈썹을 하얗게 물들여 놀려주기도 한다. 정월 보름 새벽에는 누구보다 일찍 우물에 가서 물을 길어오라고 한다. 보름 전날 밤에는 천상에 있던 용이 꿈틀꿈틀 용트림을 하면서 지상에 내려와 우물에 알을 낳는다는 것이다. 그래서 누구보다 먼저 용알을 떠와서 용알이 있는 물로 밥을 지어먹으면 그해 운수가 대통하고 농사도 풍년이 든단다. 달녀는 용알을 건지러 누구보다 먼저 가지만 한 번도 용알을 구경하기는커녕 뱀알 하나도 구경 못 했다. 그러나 시어머니 눈에는 용알이 보이는지 달달 볶아댄다. 시어머니는 이렇게 꼭두새벽에 길러온 용알이 들어있는 물로 찰밥을 하고 미역국을 끓여야 직성이 풀린다. *찹쌀에 지장 찰수꾸 깜장콩 붉은팥 다싯 가지 잡곡을 섞어 밥하고 이것저것 묵나물도 무치고 미역국 끓이그라.* 하명을 던지고는 어디론가 가버린다. 함지박에 퍼내놓은 찹쌀 기장 찰수수 검정콩 붉은팥을 보자 이것들이 살던 들판이 생각난다. 찹쌀대 기장대 수수대 콩대 팥대들은 속 다 비워내고 텅 빈 들판에 혼자 바람 따라 흐느끼다 외로워 쓸쓸하다, 깡깡 울다가 어느 아궁이에 불쏘시개로 다 타버렸을 것들. 이들도 한때는 푸른 목숨을 키우며 살았다. 찹쌀

기장 찰수수 검정콩 붉은팥이 어우러져 익는 냄새에는 바람 웃음 햇살 냄새 천둥 빛깔 새 눈물 물 향기 곡식들의 울음 익는 냄새가 들어있다. 그 대궁들이 타들어 가며 내는 냄새도 이 많은 슬픔의 냄새로 울었으리라. 푸르던 것들이 생을 마치고 익어가는 냄새들은 아직 어린 아기가 맡기에는 역겨운지 뱃속에서 계속 토악질을 해댄다. 한 손으로 입을 막는다. 토해도 아무것도 올라오지 않는데도 계속 뱃속에 아기는 못 견뎌 한다. 헛구역질로 나물국을 끓이고 밥을 했지만 개미 새끼 한 마리 부엌 근처도 얼씬하지 않는다. *아가야! 힘들고 춥드래도 쪼매만 더 참그라. 인제 호박 고지 고사리 피마자잎 가지나물 취나물만 무치믄 끝나 알았제.* 어느새 아가와 이야기를 주고받는 사이가 된다. 힘들고 지쳤지만, 뱃속에 아가가 견뎌주고 버텨주는 버팀목이 되어주고 있다. 없는 기운을 길어 올리며 밥을 짓는다. 힘들게 오곡밥 상을 차리고 있는데 시어머니가 오더니 또 독을 한주먹 뿌린다. *밥상에 짠지를 누가 올리라 하도? 보름날 짠지 먹으믄 살쐐기 이는 것도 모르나?* 이해가 안 갔지만, 밥상에 차렸던 짠지를 내린다. 보름에 고춧가루가 들어간 짠지를 먹으면 피부가 마치 쐐기에 쏘인 것처럼 따끔거리고 가렵다는 것이다. 또 보름날 일찍 밖으로 나가 사람을 만나면 내 더위 사가라고 더위를 팔면 그해 여름엔 더위를 먹지 않는다고 시누이들에게 밖에 나가서 처음 만난 사람에게 꼭 더위를 파라고 시킨다. 시어머니는 대추나무와 감나무 그리고 배나무 가지 사이에 돌을 주워 끼운다. 이걸 '나무 장가들이기'라고 하는데 이렇게 하면 그해는 과일이 많이 열린다는 것이다. 또 보름 하루 전부터 개를 굶겨서 보름날 보름달을 보고 개밥을 준다. 개에게 밥을 주지 않는 것은 개가 토하는 것을 예방하는 것이라고 한다. 우리 속담에 '개 보름 쇠듯 한다.'는 말이 있듯이 잘 먹고 즐겁게 지내야 할 명절에 제대로 먹지도 못한다는 것이라는 뜻이다. 또 점심을 먹은 후에 시어머니는 복숭아 나뭇가지를 잘라서 개 목에 걸어준다. *악귀야 잡귀야 썩 물렀그라, 복상 낭구니라.* 주문인지 소원인지 알 수 없는 걸 외면서. 저녁이 되자 쥐불놀이가 시작된다. 강변에서는 깡통에 불을 붙여 *망우리여 망우리여* 외치며 아이들 노는 소리가 온 동네를 덮친다. 거지 차림을 하고 얼굴에 시커멓게 숯으로 검정 칠을 한 아이들이 떼로 몰려다니면서 찌그러진 깡통을 두드리며 마당으로 밀고 들어온다. *작년에 왔든 각설이 죽지도 않고 또 왔네. 얼씨구 씨구 들어간다, 절씨구 씨구 들어간다. 작년에 왔든 각설이가 죽지도 않고 또 왔네. 밥 한술 주소.* 대여섯 명의 아이들이 큰 깡통을 내놓으면 거기에다 나물이랑 찰밥을 채워준다. 집집마다 돌면서 가득 채워지면 동네 어귀에 장작불을 피워놓고 둘러앉아 귀밝이술이과 부럼을 깨물며 그야말로 잔치를 벌인다. 아이들은 그것으로 그치지 않는다. 고기가 물 만난 듯 짠지 우리에 들어가 겨울 양식인 짠지와 무짠지를 꺼낸다. 동치미 감자 배추 뿌리 무 고구마 등 닥치는 대로 꺼낸다. 닭장에 닭을 훔치고 토끼장에 토끼를 훔쳐내

강변에 불을 피워놓고 구워 먹는다. 어느 누구도 잃어버린 토끼나 닭에 대해 말하는 이가 없다. 이는 한 해 사람이 죽을 운수가 오면 짐승이 대신해서 집을 나가는, 한 해 액땜을 미리 한다는 생각으로 오히려 모두 환영을 하는 분위기다. 그뿐 아니다. 집안에 누가 아프면 병원을 가는 것이 아니라, 박 바가지에 밥 한 순갈 나물 몇 가지를 넣고 아픈 사람 머리칼을 칼로 몇 가닥 자른 후 바가지에 담는다. 머리맡에서 칼을 서너 번 던지며 *악귀야 잡귀야 썩 물러가라*며 무당처럼 객구를 풀어낸다. 그런데 신통하게 나을 때도 있으니 무어라 설명을 할 수 없는 일. 온통 신들에게 의지하며 사는 시어머니는 꿈도 용하게 맞힌다. *어젯밤에 호랭이가 동네에 내려온 걸 보이 오늘 또 동네에 초상이 날 것 같다.* 혼잣말처럼 중얼거린 날은 여지없이 멀쩡하던 동네에 날벼락처럼 초상이 난다. 아니면 이웃 동네서 부고장이 와도 꼭 왔으니 시어머니 꿈을 무어라 해석해야 할지 어리둥절할 뿐이다. 하늘을 쳐다보며 내일은 비가 올지 해가 날지까지 점친다. 날것들이 설쳐대는 걸 보니 비가 오겠다면 비가 온다. 개미 떼들이 이사를 서두르는 것 보니 비가 오겠다면 신기하게 비가 온다. 그뿐 아니라 당신의 몸으로도 날씨를 점치곤 한다. 입춘에는 새해의 기원을 나타내는 글귀인 입춘대길, 건양다경(立春大吉 建陽多慶) 입춘방(立春榜)을 써서 대문에다 여덟 팔자로 붙이게 한다. 신들이 우글거리는 동네에 왔으니 신법을 따라야 했다. 재갈 물린 입처럼 묵묵히 시키는 대로 따라 할 뿐이다. 시어머니는 묵주를 고양이 눈알처럼 돌리며 신법을 잘 지켜나간다. 생활 모두를 신의 뜻으로 생각하는 게 몸에 배 있다. 문지방엔 신들이 모여 있는 곳이라 신의 목을 밟는 것이라며 문지방을 밟거나 걸터앉지도 못하게 한다. 눈다래끼가 나면 명태에 고추장을 발라 구워 해 뜰 때쯤 해를 보며 먹으면 눈다래끼가 사그라든다. 처마 끝에서 빗물을 받으면 손등에 사마귀가 난다고 절대 못 받게 한다. 턱을 괴고 앉으면 안 좋은 일이 생기고 다리를 떨면 복 달아난다. 아이의 머리 긁는 것을 보면 집 나갔던 아비가 어디쯤 오는지 알 수 있고. 여자아이가 엉덩이를 자기 어미 품에 들이대며 앉으면 딸을 낳고 남자아이가 엉덩이를 자기 어미 품에 들이대며 앉으면 아들을 낳는다. 남자아이 뒤통수에 띠가 생기면 남동생을 보고 여자아이가 서서 오줌을 누면 남동생을 본다. 남자아이가 여자아이 같은 행동을 하면 여동생을 보고 아이 임신해서 푸른색을 좋아하면 아들을 낳고 붉은색을 좋아하면 딸을 낳고 임신한 배가 둥글고 울퉁불퉁하면 아들이고 임신한 임산부 뒤태가 예쁘면 딸을 낳는다. 임산부가 고기를 좋아하면 아들 낳고 임산부가 채소를 좋아하면 딸을 낳고. 가마가 두 개면 장가 두 번 가고. 엄지손가락이 누에처럼 생기면 재주가 많고. 입 옆에 점이 있으면 먹을 복이 많은 복점이고. 눈 밑에 점이 있으면 눈물점이다. 보이지 않는 곳에 점이 있으면 복점이고. 엄지발가락이 길면 아버지가 오래 살고 두 번째 발가락이 길면 엄마가 오래 살고. 여자가 애끼 손가락이 짧으면 남편

복이 없다. 제비 꼬리가 있으면 부모 복이 없고. 몸에 붉은 점이 있으면 전생에 사람이었다 다시 태어난 거다. 밤에 휘파람을 불면 뱀이 나오는 등 셀 수 없이 많은 이야기가 종교처럼 전해 내려오고 있다. 그뿐 아니라 부엉이 방귀 뀐 나무로 쌀 됫박을 만들어 쓰고 있다. 부엉이 방귀로 만든 됫박으로 쌀을 푸면 부자가 되고 자식들의 혼사에 제일 먼저 주는 혼수 예물이기도 하다. 남에게 부엉이 방귀로 만든 됫박을 주면 복이 새어나간다고 하여 부엉이 방귀로 만든 됫박은 절대 얻을 수 없다고 한다. 부엉이가 방귀를 뀌면 밤아람이 벌어지고. 부엉이가 다른 마을보다 먼저 와서 방귀를 뀌면 오곡이 잘 익어 결실이 좋다고 한다. 또, 혜안을 가진 부엉이는 방귀 냄새 대신 송진 냄새가 난다고 한다. 부엉이 방귀는 귀해서 누가 말도 안 되는 말을 하면 '부엉이 방귀 뀌는 소리 하고 있네'라는 전설 같은 말이 입에서 입으로 전해지고 있다. 부엉이 방귀는 행운과 복을 가져다준다는 뜻인 복방목(福力木)으로 불린다. 부엉이 방귀는 관솔의 혹이다. 참나무 포자가 바람에 날려 소나무에 붙어 융합 형성되어 타원형으로 굵게 자라는데 맑은 공기와 토질, 기온, 기후 조건이 맞아야 만들어진다고 한다. 정신을 못 차릴 정도로 바쁜 시간, 뱃속에 아이는 먹는 걸 거부한다.

달을 먹은 산

12

입덧의 고통

사람 하나가 태어나기 위해서는 천지의 기운이 통째 필요하다. 하늘은 사람의 혼이고 땅은 사람의 육신이다. 나무가 푸른 싹을 잉태할 때가 가장 절정에 달할 때라면 입덧이 심할 때 생명도 가장 절정의 순간일까? 천지의 기운을 다 가진 생명이 뱃속에서 먹을 것을 거부한다. 고통스럽지만 이를 물고 참는다. 가난할 때는 가난을 먹고 슬플 때는 슬픔을 먹고 먹은 것들은 모두 눈물로 쏟아내고 천지에 가난과 슬픔의 기운만 모아서 태어난 것일까? 가난과 슬픔은 왜 다른 곳으로 옮겨서 살 생각을 않고 악착같이 달녀의 품에서만 사는지? 햇빛과 그늘은 늘 붙어 다니는데 어쩌자고 그늘만 지속해서 지는지? 그늘을 걷어내고 햇살을 보고 싶다는 생각조차 못 하고 사는 세월, 나라를 잃어버린다는 일이 이토록 처참한 일임을 먼 후일 후손들이 감히 상상이나 할 수 있을까? 아니 어쩜 겪어보지 못했으므로 상상조차 못 하고 살지도 모른다. 그렇다고 하더라도 우리의 전통과 말과 글과 이름까지 말살시키려고 붉은 아가리를 벌리며 이 나라를 삼키려는 살벌한 시대에 전통을 글과 말을 우리 것을 중심 똑바로 잡고 잘 지켜 후손들에게 전달해야 한다. 그게 이 땅에 조상으로 태어난 숙명이고 소명이다. 참으로 신기한 건 가끔 평안 아지매네 집에 가서 감주를 먹으면 속이 편하고 좋다. 일은 해도 해도 끝이 없고 못 먹으니 몸은 자꾸만 가라앉는다. 그렇다고 평안 아지매네를 가는 것도 빨래하러 갈 때 외엔 좀처럼 갈 수 없다. 시어머니는 모든 일상을 자로 잰 것처럼 들여다보며 갈수록 며느리를 더 힘들게 한다. 도저히 더는 견디기 어려워 몸속에 뜨겁고 격렬한 온도에 버튼이 고장 나기 직전이면 빨래를 이고 마치 총알이 빗발치는 전쟁을 피하는 심정으로 평안 아지매네로 가곤 한다. 평안 아지매는 아예 독에다 달녀를 위해 *감주를 해두고 고도 내가 딥에 없드라도 언데든 와서 감두를 퍼먹으라우. 멀 먹어도 먹어야디 기운을 타릴거 아이가 감두라도 고도 다두와서 먹으라우. 내 몸이래 내가 탱겨야디 누구래 탱기겠니?* 굶는 날이 많아 구름처럼 허적거리는 달녀에게 얼음이 둥둥 뜨는 감주를 떠준다. 얼음이 둥둥 뜨는 감주가 이렇게 따뜻하게 느껴지다니? 밥알이 동동 떠다니는 달콤한 맛은 모든 시름을 잠시 잊을 정도로 정말 맛있다. 감주가 먹고 싶어지면 시어머니 눈을 피해 도둑고양이처럼 살금살금 빨래를 빨러 간다는 핑계를 앞세워 평안 아지매네로 가면 마치 딸이 온 것처럼 반겨준다. *아가야 미안 진짜 미안타. 춥제? 내 손이 이래 터질 것맨치로 시렌데 니라고 안 춥겠나? 그래도 뱃속에 있을 때는 참고 견뎌야 한다. 니가 태어나믄 괜찮을 거이까 알았제?* 찬물에 빨래를 하며 아이에게 말한다. 자신의 고생은 뼛속까지 파고들어도 참을 수 있지만 뱃속에 아기에게는 말할 수 없이 죄스럽고 늘 미안하다. 개울물에 빨래를 씻어와서 빨래를 넌다. 그사이 빨래가 얼었다. 언 빨래를 털다가 거름더미에 걸려 넘어진다. 쇠스랑이 날카롭게 고개를 쳐들고 그녀를 향한다. 깜짝 놀라 옷에 달라붙은 거름을 털어내고 손바닥을 털며 일어선다. 쇠스랑 자루엔 사람의 지문이 빼곡히 들어찼고, 날카롭게 세운 쇠스랑의 세 발은 공중의 옆구리를 푹푹 찌르고 있다. 늘 자루만 보이던 쇠스랑이 이렇게 무섭게 느껴진 건 오늘이 처음이다. 공포스러움을 감추고 거름더미에 꽂혀있는 뾰족한 성품의 쇠스랑이 꼭 시어머니 나벨라의 모습 같다는 생각이 든다. 뾰족함을 거름더미에 숨기고 있다가 언제 또 발톱을 드러낼지 모르는. 쇠스랑은 수북하게 쌓인 썩은 냄새를 퍼내기 위해 날을 세우고 있지만, 시어머니는 무엇을 퍼내기 위해 날을 세우는 것인지 알 수가 없다. 자신은 어디서 차용되어왔을까? 굴뚝에 연기처럼 생각을 구불구불 피운다. 마구간 아래 수챗구멍에 쇠오줌이 누렇게 얼어붙어 있다. 대낮에 겁도 없이 쥐 한 마리가 쥐눈이 콩알처럼 새까만 눈알로 초롱초롱 빤히 쳐다보고 있다. 저 새끼 쥐도 엄마를 기다리는 중인가 보다. 너무 엄마가 그리워서인지 사람이 서 있는지조차 모르는 쥐는 뾰족한 주둥이로 무언가를 오물오물하며 눈알을 굴리고 꼼짝도 하지 않고 있다. 어디선가 찍찍거리며 어미 쥐가 새끼를 부르는 소리가 들리자 새끼 쥐가 달려간다. 달녀도 어디선가 갑자기 저 쥐 엄마처럼 엄마가 불러주면 좋겠다는 생각이 든다. 햇빛 울창한 날들은 다 어디로 가고 먹구름 낀 날들만 연속되는지. 겨울에도 아지가 오줌을 싸서 홍건하게 얼어붙은 마구를 쳐야 한다. 슬픔이 가득한 마구간. 아지의 궁둥이엔 몽고반점 같은 쇠똥이 말라붙어 있다. 다른 때는 아무렇지도 않던 마구간에 짚을 꺼내고 새 짚을 깔아주는 일이 구역질이 나서 할 수가 없다. 한 손으로 입을 막고 마구간을 다 쳐내고 마당가에 자리하고 서 있는 짚가리에 기대앉는다. 한 열흘, 아니 몇 달쯤 아가를 데리고 곤히 잠을 자고 싶다. 아지의 오줌 냄새는 짚가리까지 풀풀 날아 따라와 괴롭힌다. 그렇게 하루를 보내고 잠을 설치고 적막도 잠든 새벽 다시 불을 피우러 나온다. 동이 트려면 새벽이 얇아져야 하는데 부스스한 머릿속 어둠 기둥을 호미로 캐내고 환한 뿌리를 심고 싶다. 낫으로 찍다 안 되면 도끼로 찍고, 도끼로 찍다 안 되면 톱으로 썰면 이 고단하고 힘든 날들을 잘라낼 수 있을까? 생솔가지를 낫으로 툭툭 꺾으며 마음을 찍어내고 있다. 생솔가지에서 어둠이 묻어나며 송진 냄새를 풍긴다. 엄마 젖 냄새다. 엄마는 어디서 잘살고 있을까? 자식의 아픔을 알까? 불쏘시개를 부지깽이로 저으면서 불을 붙이자 아궁이에 눈물이 피어오른다. 타닥타닥 솔가지의 눈물 타는 소리를 들으며 속으로 말한다. 울지 마라, 아파하지 마라, 미처 마르지 못한 너를 낫으로 찍어서 아궁이에 넣어 태우는 내 마음에도 찬 서리가 내린다. 세상은 고통으로 무게를 달아 나뭇결을 고르듯 결을 고르고 길이를 재어 나이테를 만든다. 누군가 잠든 사이에도 누군가는 아프고, 누군가는 죽고 또 누군가는 괴로움에 시달리며 고통을 호소한다. 잠시도 눈 붙이지 못했어도 여지없이 햇살은 아침을 몰고 매정하게 들이닥친다. 밤새 서리 맞은 고춧대처럼 폭삭 주저앉은 마음에도 햇살은 능글능글 웃음을 웃으며 비춘다. 설익어 떫은 땡감에도 농익어 금방 떨어질 홍시에도 똑같이 하루는 오간다. 내가 있는 여기 말고 내가 없는 어떤 곳에도. 혹은 아무도 봐주지 않는 곳이나 모두가 보고 있는 곳에도. 후미진 곳이나 볕 바른 곳에도. 억만장자에게도 거지에게도 햇살은 삭아 내리고 비가 흩뿌리고 찬 바람도 분다. 부질없는 하늘은 부질없음을 느낄 시간도 없이 이었다 끊었다 생명 끈을 틀어쥐고 상투를 잡아 흔든다. 햇빛과 어긋난 바람들은 날개의 깃털 속으로 스며들어 공중을 날아다닌다. 기슴속에 비는 내리고 슬픔꽃 진 자리마다 잠자리 비행 소리 탈탈탈탈 돌고 있는 밤. 시어머니의 말에는 언제나 붉고 붉은 슬픔을 뱉어내는 동백꽃처럼 붉은 꽃물이 가득하다. 경칩(驚蟄)이 오자 겨울잠을 자던 벌레들이 땅속에서 깨어난다. 초목의 싹도 돋아난다. 시어머니는 겨울에 갈라진 벽에 흙을 개어 흙칼로 틈을 메우고 무너진 돌담을 쌓아야 한다며 며칠 전부터 며느리 귀에 못이 박히도록 이른다. 아직 시어머니 눈빛처럼 쌀쌀한 기운이 돌았지만, 그녀는 무너진 돌들을 하나하나 쌓아야만 했다. 쌓으면 와르르 소리를 지르며 무너지고. 또 쌓으면 또 무너지고를 몇 번, 다 쌓고 나니 땀이 홍건해 옷이 물에 빤 듯이 젖어 있다. 쉴 틈도 없이 흙에다 물을 부어 섞은 다음 흙칼로 금 간 곳을 따라 올라가며 메워 나간다. 냉이꽃이 노랗게 쪼그리고 앉아 신기한 듯 바라본다. 아무도 도와주는 사람은 없다. 냉이에게 혹시라도 흙이 떨어질까 조심한다. 냉이가 더욱 환하게 웃으며 몸을 흔든다. 이날은 흙일을 해도 해롭지 않아 탈이 없다는 강한 믿음 때문에 꼭 오늘 다 끝내야 한다는 시어머니 명령을 수행하기 위해 기를 써야만 한다. 저녁때가 되어서야 담쌓고 벽 때우는 일이 끝이 난다. 누워서 쉬고 싶은 마음이 자신을 자꾸 눕혔지만 무겁고 늘어지는 몸으로 간신히 저녁을 짓는다. 식구들에게 밥상을 차려주고 잠시 몸을 눕히기가 무섭게 시어머니는 또 그녀를 향하여 쌍심지를 돋운다. *그게 담쌓은 거라고 온종일 쌓았나? 눈감고 싸도 저것보다는 낫게 쌓겠다. 저따우로 가난한 양반 씨나락 주무르듯 해놓고, 머 큰일 했다고 시에미 밥도 안 몄는데 버르장머리 없이 자빠져 자노. 배운데 없게스리.* 퉁퉁 불은 말을 마구잡이로 돌팔매질해댄다. 벌떡 일어나 좇

기듯 밖으로 나간다. 아무 말 없이 죄인처럼 고개를 숙이고 식구들 밥 먹는 것을 바라본다. 누구 하나 밥을 먹으란 말도 왜 안 먹느냔 말 한마디도 물어보는 사람이 없다. 주책없이. 눈물이 자꾸 흐른다. 뱃속에 아이가 왜 우냐고 옷을 잡아 흔든다. 아니라고. 그냥 괜히 눈물이 나오는 거라고 둘러대고 가시방석에 앉은 것처럼 앉아 있다가 밥상을 들고나온다. 저녁 설거지를 마치고 마당에 나가니 달이 둥그런 웃음을 환하게 웃으며 내려다보고 있다. 마당을 건너 여기까지 곧장 따라오며 바래다준다. 둥근 쪽마루에 앉으니 달은 뾰족한 감나무 가지에 걸터앉아서 웃고 있다. 잠시 먹구름이 달을 가리고 지나가고 있다. *니도 저릏게 먹구름 걷힐 날이 있단다. 조끔만 조끔만 더 힘내고 참아.* 달녀는 스스로에게 위로를 건넨다. 달은 달녀에게 무언의 경전을 읽어준다. 달빛이 읽어주는 경전 구절을 베껴 쓴다. 앞산 부엉이 서러운 울음에 후드득후드득 별 눈물이 나뭇가지에 떨어진다. 밤에 우는 것들은 모두 다 슬프다. 갈 길을 몰라서 마음이 어두워서 우는 것이다. 강대 나무 우듬지 위에서 부엉이 한 마리 길을 찾아 길을 찾아 운다. 그리움을 찾아 운다. *왜 우노, 부엉? 배고프다 부엉! 왜 우노, 부엉? 엄마 보고 싶다 부엉!* 밤잠을 잃고 부엉! 부엉! 아기부엉새 울 때마다 아기부엉새 슬픔이 방울방울 떨어져 내린다. 소통을 단절시키고 날아가는 아기부엉새 깃털에서 조용히 아주 조용조용 가혹한 슬픔이 떨어져 내린다. 상처투성이 화인 하나를 가슴에 새기며 방으로 들어간다. 달은 환하게 웃는 얼굴로 달녀를 또 처마 끝까지 바래다준다. 달녀의 잠 속까지 따라 들어와 웃어주는 달의 품속에 달달한 잠을 눕힌다. 음력 3월 3일 삼짇날 말려 두었던 창포를 우려 머리를 감으면 머리칼에 윤기가 흐른다며 시집간 시누이들까지 다 불러들여 머리를 감긴다. 물 길어 오는 일도 점점 더 힘들어져 물 길어 오기도 벅차건만 아는지 모르는지 모르는 척하는 건지. 종일 물을 길어 가마솥에다 물을 데운다. 시집간 시누이들이나 안 간 시누이들이나 모두 불러 차례로 머릴 감기는 시어머니는 세숫대야에 물을 붓고 헹구고를 반복하며 물을 물 쓰듯 써댄다. 그 여럿이 감을 물을 며느리에게 길어오라고 시키면서 일말의 미안함도 없이 시누이들 머리를 다 감기고는 며느릴 향해 한 마디 던진다. *이런 저런 사연이 물 퍼다 머리 깜아 빗개라.* 아무 말 없이 물을 퍼다 이런 저런 사연이 머리를 감긴다. 배가 당기고 힘은 쭉 빠졌지만 어쩌겠는가. *아가야 너무 힘들지? 엄마가 미안해. 조끔만 참짜.* 머리를 감기다가 어지럼증에 넘어질 듯 현기증이 나서 비틀거린다. 조금 앉아 쉬었다가 다시 감겨야지 하는데 사연이가 스스로 머리를 감겠다며 자신의 머리를 감고 있다. 언제 왔는지 시어머니의 공포스런 말이 또 날아든다. *종일 그까짓 머리 싯도 몬 깜개서 어린 것한테 깜게 하나. 기가 막해서 말이 안 나온다.* 풀쐐기보다 더한 말을 톡톡 쏘아붙이고는 쌩 찬바람처럼 가는 뒷모습에 풀쐐기들이 바글바글 붙어있다. 다시 일어서서 사연이 머리를 마저 헹구고 이런 저런이도 머리를 감긴다. 빨리 해가 저물었으면 하는 마음이 간절해진다. 하루하루가 닳아가는 만큼 몸은 점점 더 무거워지지만, 조금의 틈도 주지 않고 일을 시킨다. 파란 햇살이 소문처럼 번져 가지마다 움 돋는 봄날. 봄밤을 베어 먹고 새끼를 뱃속에 품어서 알을 낳은 어미. 제 새끼를 남의 품에 위탁한 어미 뻐꾸기가 철철철 운다. 굴뚝 옆에 보름달처럼 둥근 뻐꾸기 둥지 하나 틀어주고 싶다. 길가에 민들레가 모여앉아 노랑노랑 노란 웃음을 웃고 있다. 자신의 몸도 먼먼 어느 왕조 때 저렇게 자유로이 날아다니는 노란 냄새 풍기는 길가 민들레였을지도 모른다는 생각이 아지랑이처럼 아롱아롱 거린다. 햇살이 빗살처럼 쏟아진다. 바람이 어디론가 날아가다 길가 민들레 얼굴을 흔들며 지나간다. 이제 집시처럼 민들레 씨는 바람을 따라 떠다니다, 시멘트 틈바구니 돌담 사이 어디든 가서 닿겠지. *민들레야 안녕! 부디 빛 좋고 바램 맑고 고운 맴씨를 가진 동네서 태어나그라.* 버드나무 속 어린 강아지 잇몸이 근질거리는지 봄 빛을 오징어 다리처럼 질근질근 씹으며 버드나무에도 물이 파랗게 오르고 있다. *아가야 봄, 지끔 여게는 봄이다. 파란 싹들이 온 산천에 봄빛을 파종해놓았어. 봄 문을 열고 나오고 있는 연두 싹 좀 봐. 자, 엄마 눈을 통해서 봐. 버드낭구에 너의 옹알이 맨치 고운 버들가이지가 하얗게 자라고 있어. 보이지?* 뱃속 아기와 말을 주고받을 때가 늘 아슬아슬 외줄 타기고 어둡고 곰팡내 가득한 동굴이고 두려운 가시밭길을 걸어가는 겨울처럼 추운 날을 이기는 힘이다. 단 한 번이라도 자르르 윤기 흐르는 날을 달게 먹어 보지 못했다. 손이 닿지 않아 한 번도 보듬어주지 못한 등짝처럼 늘 쓸쓸한 뒤태가 되어 바람에 닳고 있다. 봄은 사방 천지에 파란 물을 들이며 성장 중이다. 마당 가에 큰 배나무 세 그루에도 뾰족뾰족 눈을 내미는가 싶더니 어느새 어둠을 발아시킨 배꽃이 하얗게하얗게 함박 같은 웃음으로 봄을 염색하고 있다. 밤을 밝힌 자리마다 머지않아 젖멍울 같은 열매가 오랑오랑 열려서 자랄 것이다. 뒤뜰에 꼬약나무도 꽃을 피워올려 넝쿨처럼 우거질 것이다. 꽃향기 앉았던 자리마다 사랑사랑 여리게 열릴 열매들. 매일 까치나 까마귀 뱁새나 굴뚝새 소쩍새 수리부엉이 딱따구리 독수리들 수많은 짐승들이 드나들며 노래를 하고 울어대는 소리에 꽃들도 튀밥처럼 확, 일어 폴폴 날아다니며 향기들이 콧속을 드나들며 콧노래를 웅얼웅얼 열매의 영혼들과 얘기 나누는 소리. 어김없이 제비들도 푸른빛을 물고 지지배배 머스매매 날아든다. 해마다 한 채씩 지어놓고 살다 간 헌집은 거들떠보지도 않고 논흙이나 지푸라기 나뭇가지를 물어다 처마 끝에다 새 둥지를 짓는 제비. 언제 결혼식을 한 부부인지 빨랫줄에 사이좋게 앉아 꽁지로 까딱까딱 춤추며 놀더니 또 어느새 사랑을 나누었는지 동글동글 둥지에 알을 낳는다. 고 조그만 알에서 어떻게 그렇게 예쁜 새끼제비가 태어나는지. 금방 새끼들은 별 같은 주둥일 노랗게 벌려대며 재재재재 거리며 날름날름 어미가 물고 온 벌레들을 받아먹고 가끔은 집에서 마룻바닥으로 떨어지기도 한다. 그래도 좀처럼 죽거나 다친 일 없이 제비들은 새끼를 키워서 떠난다. 빈집은 누구에게도 세를 주는 일 없이 그대로 비워두고 훌쩍 떠난다. 의자를 놓고 올라서서 제비가 살던 빈집을 들여다보면 한 마리의 분실도 없이 꿈과 희망을 담아 바람처럼 햇살처럼 새끼들을 몽땅 데리고 이주한 제비. 천장도 세간도 하나 없는 빈집에 고요와 적막이 가득 살고 있다. 달녀는 제비집에 찬 고요한 적막과 허무를 만져본다. 손가락 사이로 모두 빠져나가고 빈 손가락만 남아있는 빈집 옆에 제비는 또 새집을 지어 새끼들을 키우고 있음에 경이로움이 매화처럼 핀다. 갖가지 벌나비들이 제철을 용케도 알고 날아와 놀고 모기 쉬파리 하루살이 날개 있는 것들이 맘껏 날아다니는 이 지상천국을 보면서도 그녀는 천국이란 걸 알지 못한 채 살아가고 있는 것이 답답할 뿐이다. 음력 4월 초파일(初八日) 석가모니의 탄생일에 시어머니는 일주일 전부터 절에 갈 때 부정 타면 안 된다며 모든 행동을 조심하라 타이른다. 부석사 절에서 연등(燃燈)을 달고 제등행렬(提燈行列)도 한다. 점심을 먹은 후 왕생극락(往生極樂)과 국태민안(國泰民安)을 빌며 손을 모으고 탑을 돌며 부처님의 공덕을 찬양하는 탑돌이도 한다. 새벽 어둠을 타고 출발해서 행사를 마치고 집에 도착하면 달빛이 환하게 깔린다. 부처님도 중요하고 연등도 중요하지만, 달녀는 너무 지쳐 파김치가 되어서 만사가 귀찮아 눈도 깜빡하기 싫을 지경이다. 한편, 동네에서도 이날은 줄불놀이와 낙화(落火)놀이를 즐기기도 한다. 집안 등에도 불을 붙여 온 동네가 환하다. 그렇게 초침은 작은 역사를 만들며 그녀의 인생을 끌고 가고 있다. 시어머니는 저런 사연을 학교에 보내지 않는다. 머리를 자르고 학교에 오라는 일본에 대해 적개심을 품고 *왜 나무 머리를 저 맘대로 짜르라고 해! 망할눔들이 저 나라나 맘대로 할 일이제 왜 나무 나라에 감나라 대추나라 지랄이로!* 라며 대구에 어떤 부잣집 양녀로 보낸다. 다행히 부잣집이라 거기서 학교도 보내주고 잘 키운다고는 하지만 가슴이 아프다. 자신은 못 먹어가면서 키운 저런과 사연을 떠나보낼 때마다 그녀는 가슴이 무너져 내리지만 별다른 방법이 없어 지켜만 봐야 한다. 자신이 겪었던 설움을 또 물려주는 것 같아 몸서리가 쳐졌지만, 시어머니나 남편 앞에선 어떤 의견도 내놓지 못하고 속수무책이 되어야 하는 심정은 면도날보다 더 날카로운 칼날이 자신을 도려내듯 쓰라리다. 저런과 사연이 떠나고 나니 공허감이 밀려와 아무것도 할 수 없다. 삶은 그물에 바람을 담는 것과 같은 것이다. 그러나 공허감에 사로잡힐 시간조차도 허락하지 않는 인생이라니. 한여름 땡볕에도 밭에 나가 김을 매고 쇠죽을 끓이고 오로지 자신이 마치 더부살이라도 온 듯 일을 해야만 한다. 한여름 땡볕에서 일하다가 더위를 이기지 못하고 기어이 밭에서 쓰러진다. 누군가 흔드는 바람에 눈을 뜨니 콩밭 고랑에 쓰러져있다. 그 땡볕에 쓰러져 있던 그녀를 데려온 그녀의 남편은 조금의 측은지심도 느끼지 않는 듯했다. 서로가 말없이 부부라는 것이 무엇인지 어쩌다 한 번씩 짐승처럼 달려드는 것을 제외하고는 아무런 의미조차 없이 지내는 터다. 아껴주는 말 한마디도 다정한 눈길 한 번도 건넨 일이 없는 남편. 식모처럼 부려먹기만 하는 시어머니. 그녀는 그것도 운명이려니 생각하고 살 수밖에 없다. 아니 살아낼 수밖에 없다. 행복이란 열매는 어머니 뱃속에서 이미 낙태된 상태다. 늘 살얼음 위를 걷듯 걸어도 늘 얼음 속에 발이 빠질 것 같은 위태로움이 그녀를 따라붙으며 괴롭힌다. 그렇지만 삶의 한 페이지라도 젖지 않은 장이 없을지라도 숙명적으로 안간힘을 발휘해 견뎌내야 한다는 것 외엔 아무 생각조차 할 수 없다. 마음속에 샤머니즘 같은 신앙의 얼을 우상으로 삼으며 불심지를 돋우었다 낮추며 시계 침들을 돌릴 뿐이다. 날개처럼 팔랑거리며 흘러가는 나날들. 수많은 발자국도 그렇게 바위로 흙으로 생물체로 사라지고 태어날 것이다. 아지 한 마리가 집에 온 후로 마음이 울적하거나 억장이 무너지는 날이면 늘 아지와 말을 주고받는다. 빗겨주고 쓰다듬어주고 여물을 주고 꼴을 주고 소도 그녀만 보면 그 크고 긴 속눈썹을 껌뻑이며 그녀에게 무슨 말인가를 건넨다. 밤에 엉덩이에 똥을 묻혀놓으면 아침에 일어나 빗으로 정성껏 엉덩이에 묻은 똥을 떼어주고 꼬리도 잘 빗겨준다. 아지는 기분이 좋아 큰 눈을 더욱 크게 굴린다. 반들반들 깨끗하고 인물이 좋아진 아지. 아침마다 음메! 음메! 하고 어미를 찾듯 달녀를 찾는 아지. 아지에게 말한다. *아지야, 니나 나나 똑같은 신세다. 니는 어딘가에 엄마가 있어*

도 이 고삐에 매달래서 엄마나 아부지나 오빠를 몬 만내지만 나는 묶이지 않았는데도 만낼 수 없어 늘 그리움만 그리민서 산단다. 그래이 니하고 내하고 동병상련이니 서로 의지를 하고 살자. 쓰다듬으며 그녀가 말을 하면 아지도 말을 알아듣고 눈을 꿈벅인다. 자신이 가는 곳 마다엔 나쁜 일이 일어나는가? 그렇게 의지를 하는 아지에게 어느 날 소코뚜레를 뚫는다고 남편은 물푸레나무를 뾰족하게 다듬어 둥글게 말아 멀쩡한 코를 뚫는다. 마취도 않고 생코를 뚫으니 얼마나 아플까? 아파서 날뛰는 아지를 보며 자신이 낫에 손을 베었던 그 아픔이 밀려온다. *내가 옆에 있으민서도 아무 도움을 몬 주는구나. 미안하다. 미안해.* 소코뚜레를 뚫은 그날 밤. 마구간으로 가서 쇠죽 물에다 당겨를 풀어서 쇠죽 통에 담아주며 말한다. *이거라도 머라. 울매나 아프겠노!* 아지는 얼마나 아픈지 콧김만 획획 내뿜으며 죽을 먹지 않는다. 한참을 콧등을 만져주며 앉아 있지만 아지에게 아무런 도움도 주지 못한다. 그새 시어머니 나벨라가 비명 같은 말을 날려 보낸다. *에구 청승도 팔자따. 까짓 소 새끼 당연히 뚫는 콧구멍을 머 지 새끼라도 되는 냥 저래 청승을 떨고 앉아 있노. 청승도 나올 때 타고 나왔구만.* 말을 악필 같은 초서(草書)로 휘갈겨 놓고는 방으로 들어가는 시어머니 뒷모습에서 찬바람이 쌩쌩 밀려온다. *아지야 아프지만, 쪼매만 참꼬 자그라. 우째겠노. 내가 아무 힘이 몬 돼줘서 미안타. 오늘 밤만 잘 견디믄 내일부텀은 지끔 보다가는 쪼매래도 나을 거야.*

우째노. 잘 참고 자그라. 내일 아직에 맛있는 죽 끓애줄게. 잘 자그래이 아지야! 발걸음이 달라붙어 떨어지지 않았지만, 아무것도 먹지 않는 아지를 두고 일어서서 방으로 들어온다. 뱃속에서는 아기가 노는 건지 무엇이 못마땅한지 종잡을 수가 없다. 아무래도 무슨 불만이 있는 것 같다. 발길질을 마구 해대며 엄마 배를 걷어차고 있다. *아가야. 왜 그래 쪼매만 참그래이. 혹시 배가 고픈 건 아이제? 엄마가 먹지 몬해서 미안타.* 방으로 들어와 누웠지만 아지 생각에 잠이 오질 않아서 뜬눈으로 밤을 새운다. 아직 어둠이 다 걷히지 않은 컴컴한 새벽에 나와서 아지를 보러 간다. 아지도 밤새도록 아파서 잠을 못 잤는지 벌써 일어서서 눈만 껌뻑이고 있다. 눈가에 눈물 자국이 주르륵 그어져 있다. 아직도 그렁그렁 눈물이 맺혀있는 아지를 쓰다듬어준다. 아지는 눈을 깜빡이더니 기어이 눈물을 주르륵 흘린다. 손바닥으로 아지의 눈물을 닦아준다. *마이 아프제? 미안타. 진짜로 미안테이. 나는 니 아픔 한 개도 말려줄 수 없는 아무짝에도 씰데없는 사램이데이.* 물에다 당겨를 타서 주었지만 아지는 먹지를 못한다. 가슴이 아리고 쓰리다. 이튿날도 아지는 꼴을 안 먹는다. 남편이 나와 혓바닥을 쭉 당겨보더니 굵은 소금을 한 주먹 가지고 와서 아지의 혀를 당겨 소금을 뿌리고 손바닥으로 힌참을 문질러댄다. 힌참을 문지른 다음 손가락으로 혀를 벅벅 긁어댄다. 재채기를 하면서 눈을 뒤집거나 말거나 남편은 계속 비벼대고 긁더니 놓아준다. 휘잉~ 콧김을 다시 한번 토한 아

지는 멀뚱멀뚱 달녀를 쳐다보며 눈을 멀뚱거리며 무슨 말인가를 간절하게 하더니 기어이 눈물을 주르르 흘린다. 손바닥으로 눈물을 닦아주고 이마를 쓰다듬어주고 소 타래를 풀어 밖으로 데리고 나온다. *울매나 쓰라리고 아프겠노. 아지야 마이마이 아프제? 내가 조재기 가는 샛길에 바랭이와 쑥이 많은 걸 봐 뒀다. 거게 가서 니가 좋아하는 바랭이 먹자.* 눈을 껌벅이는 아지를 데리고 조재기 샛길로 간다. 타래기를 놓아주며 *아지야 맘껏 머어라 알았제. 먹어야 기운을 채릴 수 있어.* 하고 쓰다듬어준다. 말귀를 알아들은 아지는 꼬리로 달려드는 날것들을 휘휘 쫓아가며 풀을 뜯어 먹기 시작한다. 한참을 뜯어먹던 아지는 길옆 채소밭으로 들어가서 채소에 입질을 한다. 얼른 고삐를 잡아당긴다. *아지야 여게는 안 된다. 이쪽에서만 뜯어 머란 말이따. 이 채소가 맛나게 보이나? 그래믄 내가 얻어다 줄께이 여게서는 안 돼 알았제?* 아지는 눈을 멀뚱거리며 고삐를 끄는 대로 순순히 따라온다. 쇠고삐를 잡고 돌 위에 앉는다. 길옆에 뱀딸기가 빨갛게 익어 방글방글 머리를 흔들고 있다. 뱀이 먹고 사나? 뱀하고는 조금도 닮지 않은 딸기를 뱀딸기라고 하는 이유가 궁금하다. 잘 익은 붉고 맛깔스런 뱀딸기를 따서 입에 넣는다. 달콤한 맛이 붉다. *아지야 니도 뱀딸기 한 개 주까?* 뱀딸기를 따서 아지에게 내밀었으나 아지는 당기지 않는지 먹지 않고 바랭이만 먹는다. 배가 벌떡 일어나도록 먹은 소를 데리고 집으로 온다. 기분이 조금 가벼워진다. *아지야, 고맙다. 잘 머어줘서. 인제*

아픈 것 쪼매 가라앉았나 보네. 다행이따 참으로. 소는 말없이 앞장서서 투덕투덕 집으로 걸어간다. 아지가 길을 잘 찾는 것이 신기하고 기특하다. 아지 배는 불렀으나 자신은 배가 고파서 배에서 계속 신호를 보낸다. 아지를 마구간으로 데려다주고 부엌으로 들어가 솥을 여니 먹을 거라고는 아무것도 없다. 물 한 바가지를 벌떡벌떡 마시고 나니 좀 살 것 같다. 아직도 뱃속 아기는 밥을 싫어하지만 배는 여전히 고프다. 얼마를 더 참아야 할지. 찬 음식을 먹는다는 한식일(寒食日)이다. 여기저기서 나무를 심거나 채소 씨앗을 뿌려 새해 농사를 시작하느라고 분주하다. 곡우(穀雨), 볍씨를 담그면서도 부정이 타면 안 된다고 각별하게 조심에 조심을 더하는 시어머니. 볍씨를 담그면서도 저리 부정을 조심하면서 사람 씨를 가진 자신에게 혹독하게 대하는 시어머니나 남편이 도무지 이해가 되질 않는다. 5월 5일 단오(端午)다. 동네에선 모심기에 한창이다. 들에서 일하는 일꾼들 참을 해 나르고 점심 저녁참까지 해 나르느라 부른 배를 손으로 움켜잡고 일을 한다. 수리취떡을 해야 한다며 시어머니는 떡을 하라고 명한 다음 딸들을 모두 불러 삶은 창포물에 목욕을 하고 머리도 감긴다. 애초에 도움을 바란 건 아니지만 힘든 만큼 야속함도 커진다. 시어머니는 조재기서 그네뛰기 대회기 열린다며 딸들을 데리고 가버린다. 저녁참까지 해 나르고 떡을 하느라 잠시도 쉬지 못한 달녀에게 시어머니는 창포(菖蒲)로 창포주를 담그라며 캐온 창포를 내려놓는다. 숨이 막힐 것 같다. 뱃

속에 아기는 한쪽 구석에서 웅크리고 있어 배가 한쪽으로 기운다. *아가야 잘 놀아. 먼 심통이 나서 한쪽 구석에 웅크리고 앉아 있어? 얼릉 나와서 깔깔 웃으민서 노란 말이따 알았제?* 앉는 자세가 너무 불편해 도저히 앉아서 창포를 다듬을 수가 없어 서서 창포를 다듬는다. 시누이들은 참빗으로 머리를 빗으면서 자기 엄마와 무슨 말인가 하며 깔깔거린다. 부러움이 불쑥 속에서 치밀어 오른다. 꿈속에서도 한 번 엄마와 다정하게 지내보지 못함에 대한 부러움이다. 어쩔 수 없는 운명을 탓해서 무얼 한단 말인가. 대신 뱃속에 아기에게 말을 하면서 부러움을 잊으려 애를 쓴다. *아가야 니도 태어나믄 저릏게 행복을 물들여 줄께. 힘들어도 쪼매만 참아.* 배를 쓰다듬으며 창포를 다듬어 씻어 물기를 빼고 소주를 부어 술을 담고 뒷정리를 하고 저녁을 하기 위해 아궁이에 불을 때기 시작한다. 지칠 대로 지친 몸을 어떻게 할 수가 없어 엉거주춤한 자세로 불을 넣는다. 눈물 왕국에서는 또 왈칵왈칵 눈물 둑을 터뜨린다. *아가야. 미안타 엄마 안 울게. 잘 견뎌볼께 니를 위해서.* 앞산 꼭대기에 걸린 달이 환하게 웃어줘도 눈물이 그치질 않는다. 소매 끝과 손등을 적시며 철철 흘러내리는 눈물 줄기를 어쩔 도리가 없다. 한참을 그대로 두니 눈물이 다 흘렀는지 목까지 차오르던 슬픔의 지느러미는 헤엄을 멈춘다. 눈물에 굳은살이나 옹이가 생길까 걱정스러운지 부엉이 한 마리가 *부엉! 부엉!* 울지 말라고 어깨를 다독인다.

달을 먹은 산

13

다섯 개의 송곳이 있다면 이들 중 가장 뾰족한 것이 반드시 먼저 무뎌질 것이며 다섯 개의 칼이 있다면 이들 중 가장 날카로운 것이 반드시 먼저 닳을 것이라는 묵자(墨子)의 말도 모르는지, 봄빛보다 푸르고 여름 물소리보다 깊고 가을하늘보다 높고 겨울 눈보다 차고 애잔하고 슬픈 며느리 울음이 들리지 않는지? 몸속에는 측은지심 한 송이도 살지 않는지. 배가 불러 힘들어하는 며느리에게 위로 한마디 건네는 일 없이 늘 뾰족하고 날카로운 말만 꽂아댄다. 손자를 보고 싶어 그 높은 산에 올라가 어둠을 퍼내면서 신에게 매달려 빌 때를 생각하면 손자를 가지면 무엇이든 다 해주기라도 할 것 같은 정성이더니 손자를 점지해주었는데도 잠시의 쉼표나 느슨함도 허락지 않고 고달프게 괴롭히는 시어머니는 그럼 신을 속였다는 말인가? 그게 아니면 전생에 무슨 악연이었는지 궁금하기까지 하다. 그러나 신이 그런 걸 볼 수 있게 허락할 이유가 없겠지. 또 체념을 한 겹 접어 넣는다. 뱃속에 아기가 자랄수록 밤잠을 잘 수가 없다. 배는 점점 무덤처럼 둥글게 부풀어 올라 반달 두 개를 합해 보름달이 되듯 어쩌면 반달인 엄마 배에서 살다 태어나 죽을 때 무덤인 반달 속으로 들어가 다시 보름달같이 둥글고 완성된 삶이 되는 것이 아닌가 하는 생각이 든다. 밤에 잠을 이루지 못해 냇가로 가니 보름달이 먼저 내려와 냇물에서 몸을 불리며 떠내려가지 않고 달녀를 기다리고 있다. 저 달을 깨끗이 비누로 씻고 헹궈 볕 좋은 찔레 덩굴에 널어놓고 낮에도 함께 놀고 싶다. 달이 목욕한 물소리와 새소리 하얀 찔레 향을 꺾어다 꽃병에 꽂아두면 슬픔을 잊을 수 있을 것 같아 물소리 새소리 찔레 향을 치맛자락에 그득 담아 집으로 온다. 자신의 마음 하나 단속하지 못해 헐렁해진 대문 돌쩌귀 삐거덕거리는 소리가 들린다. 범인은 바람이다. 몰아치는 바람에 단단히 고삐를 매어두지 않으면 성난 송아지처럼 길길이 날뛸지도 모를 마음. 비라도 퍼부어 뛰지 못하게 해야 하나. 그럼 억새처럼 꺽꺽 울다 허공을 베고 잠들겠지. 댓돌 위에 달빛은 가지런히 서서 주인이 나올 때까지 꿈쩍도 하지 않는데 문풍지를 흔들어대며 방안까지 들어가는 저 바람. 세상만사 다 바람 때문에 일그러진다. 앙칼진 말바람은 뼛속 무속까지 들어가 숭숭 구멍을 뚫어댄다. 결국, 모든 것은 바람의 손아귀에서 벗어나지 못하는 것이다. 목숨까지 바람의 손아귀에 있는 것이다. 변덕이 생기면 또 무슨 바람이냐고 바람 탓을 하는 것만 봐도 확실히 바람은 바람이다. 살아 숨 쉬는 모든 생물에 바람이 빠져나가 버리면 목숨도 결국 죽음이다. 이 세상은 바람을 바라지 않는 사람도 바람을 바람으로 사는 사람도 있다. 새로 심은 햇과일이 햇살과 바람과 빗줄기를 빨아먹으며 주렁주렁 잘도 열린 6월 15일 유두일(流頭日)이 왔다. 나쁜 일을 씻어 버리기 위하여 동쪽으로 흐르는 물에 머리를 감고 수단(水團) 따위의 음식을 만들어 신위(神位)나 토주(土主)에 유두 차례를 지낸다. 무슨 놈의 신은 때마다 그렇게 잊지도 않고 자주 찾아오는지 니체가 신은 죽었다는 말이 새빨간 거짓말을 했다는 생각이 든다. 신이 죽은 것을 보았어? 라고 니체에게 따지고 싶다. 죽일 거면 확실하게 죽여 다시는 못 나타나게 해야지 시도 때도 없이 나타나 먹을 걸 요구하고 또 요구한다고 주는 사람은 도대체 무엇이란 말인가? 세상에 믿을 말은 하나도 없다는 생각이 든다. 국수·떡을 해 먹고 이래저래 일거리 만드는 날은 자주도 돌아온다. 음력 7월 7일 칠석(七夕)은 시어머니 생신이다. 미역국을 끓이고, 부꾸미를 부치고 가지·고추·햇나물을 무치고 술·떡 등 음식을 장만한다. 시누이들과 시매부들까지 다 모여 온종일 손님을 치르고 나니 쓰러질 것 같다. 땀은 옷을 다 적시고 숨이 찰 정도로 디위는 기승을 부린다. 남편과 함께 친정에 와서 베기 불러 절절매는 올케를 보고도 물 한 그릇 떠오지 않는 시누이들이 야속하다. 겨울엔 그리도 자신을 따뜻하게 데워주던 불이 지금은 질식시킬 것 같다. 참으로 하루에도 수천 번 변하는 게 인간의 마음이라더니 겨울엔 그토록 그리던 불을 이제는 덥다고 아우성치다니! 인간이란 간사스럽기 짝이 없다는 생각을 하며 불을 땐다. 불 앞에서 음식을 하는 일이 기에 넘치지만 잠시도 쉴 수 없다. 손님들을 청해놓고 일을 하다가 쓰러지더라도 해야만 한다. 시간은 자꾸 달려 동네 사람들은 논 갈고 김매던 연장을 잘 씻고 하루를 쉬면서 세서연(洗鋤宴)이라 하여 열심히 일한 머슴들을 위로하기 위해 술·떡 음식을 장만하고 여자들은 마당에 모여 앉아 옛날이야기를 하면서 길쌈을 한다. 이를 '두레 길쌈'이라고 하며 즐기지만 이런 행사에 참석한다는 건 엄두도 못 낼 일이다. 뱃속에 아기도 클 만큼 커서 힘이 들면 발길로 마구 엄마의 배를 차며 힘들다고 떼를 써댄다. 바로 누워도 옆으로 누워도 편하게 잠을 잘 수 없고 몸은 힘들다. 자궁이 쏟아질 듯 아프지만 참아야만 한다. 참는 자에게 복이 정말 올까? 오겠지? 아니, 올 거야? 복이 정확하게 무엇인지도 모르면서 복이 오길 바라며 생신을 잘 치르고 자고 일어나니 속옷에 피가 묻었다. 가슴이 철렁 내려앉는다. 혹시 아기에게 무슨 일이 있음 안 되는데. 이것저것 잴 것도 없이 평안 아지매네로 간다. 배가 불러 뒤뚱거리며 오는 달녀를 보자 안락함은 안쓰러움을 보인다. *고도 아팀 일띡 어맨 일이니? 무슨 일이레 있는 건 아니디? 야. 아무 일도 없니더. 고롬 됐다우. 난 또 무슨 일이래 있는디 알고 놀랬다우야.* 감주 한 사발을 주신다. 벌컥벌컥 한숨에 다 마시고 안락함을 처다보며 입을 연다. *아지매요. 오늘 아칙에 일나이 속옷에 피가 묻어서 걱정되니더. 피레 묻었다우? 고도 고롬 안 되는데 얼마나 묻어나왔니?* 아지매 눈 동공이 위로 치켜 눈 흰자가 허옇게 드러난다. *쫌 많이요. 많이래, 얼마만큼이니야? 아주 마이는 아이고, 속옷에 묻을 정도요. 고도 어데 손님 티르느라 무리해서 그랬디. 꼼딱 말고 누워서 쉬어야 한다우. 달못하면 큰닐 난다우야. 고도 오늘 부텀은 가만히 누워서 쉬라우. 시어마니한테 싫은 말 듣더라도 아이래 먼더 생각해야디.* 평안 아지매 말을 들으니 한숨부터 나온다. 평안 아지매인들 어찌 자신의 입장을 다 알 수 있겠는가. *야 알았니더. 인제 가봐야겠니더. 고롬 어땠든 도심해야 함을 맹심하라우 알간? 야 고맙니더.* 평안 아지매의 걱정이 뒤를 따라오지만 돌아보지도 않고 뒤뚱뒤뚱 오리걸음을 걸으며 집으로 와 마루에 걸터앉는다. 그사이에 또 시어머니의 말살이 날아온다. *꼴두새빅부텀 어델 싸돌아댕기다 와서 밥할 생각은 안 하고 안들이 마리 끝에 턱 걸치고 앉아. 니 친정에서 그래 갈채드나?* 시어머니 말에 대꾸할 기력도 없고 걱정이 앞서 아무 말도 하지 않고 일어서서 방으로 들어와 눕는다. 눈물도 함께 따라 들어온다. 눈물이 마를 때도 되었건만 눈물 제조 공장은 점점 확장되어 가는지 갈수록 눈물이 많아진다. *아가야, 니만은 지발 건강해야 돼. 엄마가 암만 힘들고 아파도 참을 수 있는 건 니 때문이야. 니한테는 손꾸락 한 개도 다치는 일이 있으믄 안 된다. 절대로 안 된다. 알았*

제, 아가야. 아기를 쓰다듬으며 기도처럼 간절하게 당부를 한다. 피가 또 흐르고 있나 속옷을 들여다본다. 다행히 더 흐르지는 않는다. 갑자기 달거리가 처음 찾아와 놀랐던 생각이 불쑥 고개를 든다. 제발, 이제 피가 나지 않고 무탈하기를 달에게 간절을 모아 기도한다. 시어머니 구박이 실밥 터지듯 터져 나오지만, 아기를 위해서 오늘 하루만은 시어머니 구박을 베고 누워있고 싶다. 도저히 일어날 힘이 없다. 지금까지의 삶이 잘못 꾼 꿈이었고 꿈을 깨면 꽃구름 솜처럼 포근한 곳이면 얼마나 좋을까? 밤새도록 뒤척이며 기와집을 지었다가 초가집을 지었다가 궁전을 지어도 잠은 오지 않는다. 어둠이 풀리기 전에 일어나 냇가로 나간다. 맨몸으로 달려오는 물줄기를 보니 밤새 뒤척이며 쌓였던 피로가 풀리는 것 같다. 땡볕에 밭에 나가 일을 하느라 까맣게 그을린 마음이며 아무것도 못 먹은 배가 불러옴을 보며 모든게 엉클어지는 느낌이 든다. 하루가 멀다고 쓰러지고 일어나며 한여름을 견디느라 탈진 상태다. 그나마 새벽이면 찬물을 마시며 더위를 식히고 거랑에 와서 몸을 쉴 수 있음이 유일한 휴식이다. 그 극성스럽던 여름이 가을에게 자리를 이양하며 물러나려 하고 있다. 온 들판이 모두 누렇게 익어가는 8월 추석이 돌아온다. 동네에선 어제부터 강강술래 놀이를 하느니 무슨 놀이를 한다고 떠들썩하다. 동네가 떠들썩함과 달리 아기가 금방이라도 자궁 밖으로 나올 것 같아 아무 일도 할 수 없지만, 시어머니는 아무 감각도 없다. 추석엔 차례를 지내야 하니 제

물을 준비하라는 지엄한 시어머니 명령을 어기지 않기 위해 무슨 놀이를 하는지 어떤 놀이를 하는지 관심조차 둘 여력이 없다. 솔잎을 따다 송편을 빚어 찌고 제물을 준비한다. 온종일 잠시도 쉴 시간도 없이 제사 지낼 준비를 마치고 밤이 늦어서야 잠자리에 든다. 밤늦게 잠자리에 든 탓인지 더 잠이 안 오고 잠자리가 불편해 누웠다 앉기를 계속하다가 새벽녘에야 깜빡 잠이 들었나 보다. 급한 마음에 벌떡 일어나려 했지만, 도저히 일어날 수 없을 정도로 몸이 무거워 온다. 도저히 일어날 수가 없다. 에라 모르겠다는 심정으로 날이 환하게 새도록 누워있다. 불안불안하던 매질이 또 시작되고 있다. *해가 똥구녕까지 왔구만 머 한다고 안죽 안 일나고 뒤비져 자빠져 자고 있노. 낼이 추석인데 눈이 없나. 남들 추석 준비하는 게 보이지도 않나. 아니믄 귀가 처먹었나. 지사 준비한다는 소리 들리지도 않나.* 다정은 눈을 씻고 봐도 없다. 다정은 아마도 배가 고파 다 삶아 먹었거나 아니면 일본놈들이 다 빼앗아가버린 게 분명하다. 독설만 살아 펴들거리며 끊임없이 쏟아지는 시어머니 말에 손가락으로 귀를 틀어막는다. 갑자기 아기가 아픈지 배가 아프기 시작한다. 조금 있으니 다행히도 멈춘다. 그렇게 아프고 멈추고 하는 사이에도 시간은 앞으로만 계속 나아간다. 삼복더위도 지나고 추석도 지니고 아침저녁 바람이 완전히 온도를 바꾸기 시작해 좀 살 것 같다는 생각을 하던 어느 날 아침 일어나야지 하는데 또 아프기 시작한다. 아프고 멈추기를 반복하며 방바닥을 네발로 기어 다니는데 해가 서쪽에서 떴는지 바다가 뒤집혀 하늘이 되려는지 시어머니가 문을 열고 들어온다. 배가 죽을 만큼 아파 정신을 잃을 지경이다. 정신을 잃었는지 안 잃었는지 아무 기억도 없다. 다만 어디선가 어렴풋이 아기 울음소리가 들린다. 꿈인가 싶어 눈을 떠본다. 꿈은 아닌 것 같다. 옆에 아무것도 없었는데 아기가 누워있다. 아기는 새까만 얼굴에 주름투성인 채로 눈을 감고 자고 있다. 천을 살짝 들춰보니 고추가 달렸다. 또 눈물이 쏟아지기 시작한다. 아기 위로 눈물을 쏟으며 울음 줄기는 흘러내린다. 방안에는 아무도 없다. 한쪽 구석에 피 묻은 헝겊들만 널브러져 있다. 아기를 가만히 안아본다. 묘한 감정이 흘러나온다. 눈을 감고 있는 아기가 신기하고 기특하다. 열 달 내내 아무것도 먹지 못한 뱃속에서 무얼 먹고 자랐는지 대견스럽기까지 하다. 아기 옆에서 모처럼 편안한 잠을 잔다. 아마도 시집와서 이런 잠은 처음인 것 같다. 저녁때가 되자 시누이가 미역국 한 그릇을 가지고 들어온다. 맛있게 한 그릇을 다 먹는다. 이튿날 아침, 시어머니가 들어오더니 핏덩이인 아기를 안고 나가면서 *얼룽 나가서 밥해라. 먼 큰 베슬했다고 누있어 누있길. 나는 아 를 여섯이나 나도 다 밭 매다 밭고랑에서도 놓고, 타작하다 타작마당에서도 낳다.* 시어머니 말이 꿈결처럼 흐릿하게 들려온다. 묵직한 배를 손으로 싸안으며 부엌으로 나와서 밥을 하려고 하니 현기증이 일어 앞이 캄캄하다. 한참을 쪼그리고 앉아 있다가 정신이 들어 밥을 하려고 보니 다행히 물은 길어

놓은 것이 있다. 겨우겨우 기다시피 아침밥을 해서 식구들을 주고
아무것도 못 먹은 채로 피투성이 빨래를 이고 거랑으로 가다 평안
아지매네를 들린다. 아지매 눈이 휘둥그레진다. *야래야래, 이게 어
띠 된 거이가, 아레 낳았니?* 쉬지도 않고 물어오고 있다. *야. 고도
달 했다우야. 건강하게 낳았디? 야. 언데 낳안? 어제요. 아니 어데
낳았는데 빨래라니. 야래야래 나둥에 어칼라고 그래니. 안 된다우
야. 아 놓고레 탄물에 손 담금 나둥에 몸에서 탄바람이 술술 나와
서 고도 몸이 건강티 못하다우. 고래, 머 난? 아들요. 에구 고도
큰닐했구먼, 큰닐했어. 고도 손 귀한 딥에 시딥와서 텃 아들이래
낳아두었으니 큰닐이고 말고 고롬 큰일이디야. 시어마이래 돟아하
겠구나야. 탐으로 고생 많았다우야. 이데 고도 몸도리 달 하라우
알간?* 아무 말도 하지 않고 마루에 앉아 아지매 말만 듣는다. 자꾸
만 눈물이 나오려고 해서 아무 말도 할 수 없다. 안락한 아지매는
부엌으로 가서 감주를 따듯하게 데워서 나온다. *고도 이데부터 탄
음식은 입에 대면 안 된다우 알간? 덥더라도 고도 따뜻한 음식으
로 먹으라우. 글구 고투가루 들어간 음식도 먹음 안 된다우야. 고
투가루 들어간 음식이레 먹으면 아레 몸에 해로우니끼 달 기억하
라우. 고도 어마니레 먹는 거에 따라 아이도 먹으니 명심하고 음
식을 골라 먹으라우, 알간?* 꼭 친정엄마가 있었으면 해 줄법한 이
야기를 평안 아지매가 해주고 있다. 아지매는 방에 들어가 잠깐 눈
붙이고 가라며 베개를 내려놓는다. 염치를 불고하고 베개를 베고

방에 눕는다. 잠이 몽롱하게 찾아와서 얼마나 잤는지 일어나 보니 집안에는 아무도 없다. 어서 빨래를 빨아서 집에 가 아기를 보고 싶다. 아기가 몹시 보고 싶다. 밖에 나오니 빨래 옹가지가 없다. 아무리 찾아도 없어 부엌으로 가 찾고 있는데 평안 아지매가 빨래를 이고 온다. 빨래를 말끔하게 빨아서 이고 오는 아지매를 보자 달녀는 고맙다는 말 대신 눈물이 또 그놈의 눈물이 흐른다. *야래 울긴 와 우니. 다 이거 가디고 가서 널어놓고 돔 쉬라우. 더녁은 눈 딱 감고 쉬라우 알간?* 아무 말도 할 수 없다. 흐르는 눈물을 그대로 달고 빨래 옹가지를 받아 이고 집으로 온다. 빨래를 빨랫줄에 다 널고 방으로 들어가 보았으나 아기는 아직 안방에 오질 않아 빈 방이다. 아기를 데리러가지도 못하고. 환장이란 말이 이럴 때 아귀가 맞는 말이란 걸 실감한다. 아기가 배가 고파서 울어주었으면 좋겠다고 생각하며 밖에서 서성거린다. 아기는 어미의 마음을 모르는지, 왜 울지도 않는지. 어미의 애간장을 태우고 있다. 몇 시간이 지나서야 울음소리가 들려온다. 그 몇 시간이 이렇게 몇 년처럼 느껴지기는 처음이다. 시어머니는 우는 아기를 안아다 안방에 뉘어 놓고 이렇다 저렇다 말도 없이 쌩하고 나가버린다. 아기를 안아서 젖을 물린다. 고 조그만 입으로 젖꼭지를 오물오물 빠는 모습은 꼭 천사다. 조금 빨아먹더니 안 먹고 다시 잠을 잔다. 야속하다. *아가야, 쪼매라도 더 먹제? 배도 안 고파?* 지어미 말을 듣는지 마는지 눈도 안 마주치고 잠만 자고 있다. 아기를 땅바닥에 눕히지 않고 안고 앉아 있다. 세상에 어떤 모진 고생도 참고 살다 보면 이런 행복도 있구나 싶어 눈은 또 눈물을 아기 얼굴에 뚝뚝 떨어뜨리고 있다. 아기가 움찔한다. 얼른 손등으로 눈물을 훔친다. *미안해 아가야. 근데 엄마가 이래 행복해도 되나 좋아서 그래. 얼른 찌찌 마이 먹고 커서 엄마하고 한 분 불러봐.* 이 시간이 무조건 행복하다. 이런 행복을 준 신이 고맙다는 생각을 하는데 행복에 돌 던지는 소리가 퐁당퐁당 들린다. *아 를 어릴 때부텀 무르팍에 앉해 버릇하믄 계속 안아달라고 조른다. 일 안 하고 아 만 안고 있을래? 첨부텀 버르장머리를 잘 들애이지.* 그사이를 못 참고 행복을 깨는 시어머니가 너무 야속하다. 그 행복을 내려놓고 밖으로 나온다. 하지만, 배도 고프지도 않고 아무것도 하기 싫다. 오로지 아기만 보고 싶어 일을 하다가 들어가 살며시 보고 나오고 또 보고 나오는 며느리에게 시어머니는 또 호통을 뿌려댄다. *아 는, 지 혼자 났나. 진종일 아 만 들다보고 있을래? 할 일이 태산인데 일할 생각은 안하고 아 만 주리쩌고 앉아 있을 작정이라 말이다. 내가 속 터져서, 저른 걸 메느리라고 에이 내 참!* 카랑카랑 목소리는 온 집안을 날아다닌다. 매일 죄인처럼 아기도 제대로 못 보는데 한 무리 새떼가 날아가듯 시간은 잘도 날아가 더위도 가고 춥지도 않고 덥지도 않은 좋은 계절이지만 삶이란 참으로 고달프고 이파 이게 꿈이여서 깨고 나면 따뜻한 햇볕과 맑은 웃음이 샘솟는 곳이었으면 좋겠다는 생각이 든다.

젖돌이의 고통

아기 젖 한 번 마음 놓고 먹이지 못하고, 시어머니의 관여를 받으며 왜? 그 많은 살림살이를 혼자 도맡아 해야 하는지. 왜? 잠시도 쉴 틈이 없어야 하는지. 보이지 않는 어떤 못된 신들이 자신에게 너무나 가혹한 형벌을 내린다고 생각한다. 시어머니는 늘 물에 불어터진 국숫발처럼 퉁퉁 불은 말과 심장에 꽂혀 피가 철철 흐르는 푸른 비수 같은 말만 쏟아낸다. 아기가 태어난 기쁨도 잠시. 아기가 젖 먹는 시간 외에는 아무리 보고 싶어도 볼 수 없다. 가을걷이가 한창인 바쁜 철이라 들에 나간다. 젖이 퉁퉁 불어 아파서 속울음을 울어야 한다. 아침에 젖을 짜서 그릇에 담아놓고 가면 저녁 어둠이 와서야 집으로 갈 수 있다. 젖돌이가 심해 너무 아플 땐 모든 걸 팽개치고 아기에게 젖을 먹이고 싶은 마음이 굴뚝같지만, 현실은 그렇게 할 수가 없어 가능하면 아침에 많이 짜 두고 일하러 가야 한다. 젖이 아플 때까지 짜 두고 오지만, 그래도 몇 시간만 지나면 젖은 금방 아기가 보고 싶어 퉁퉁 불는다. 그럴 때면 아기가 눈물을 흘리면서 우는 것만 같아 온 마음은 아기에게 가 있다. 젖은 줄줄 눈물 흐르듯 흘러내리며 옷을 다 적신다. 너무 아프면 젖을 짜내기도 한다. 그렇지만, 짜는 걸로 아픔을 멈추게 할 수는 없다. 아기 우는 소리가 환청으로 날아와 괴롭힌다. 저녁에 집에 가면 아기가 얼마나 울었는지 마구 흐느낀다. 살수록 가슴 미어지는 일이 하나씩 추가되는 듯한 느낌이다. 불행 중 다행인 것은 아기가 무럭무럭 자라준다는 거다. 그렇지만 가슴이 너무 아프다. 아기에게 약속한 것을 지키지 못하는 마음에 살이 아려온다. 불행씨는 다 막아 주리라 그렇게 다짐을 했는데 태어나자마자 배를 주리게 하는 어미의 심정을 아기에게 알아달라고 하는 건 무리다. 엄마 젖에서 나오는 따뜻한 모유를 못 먹이고, 아침에 대접에 짜 두었다가 다 식어 기름 둥둥 뜨는 젖을 아기에게 먹인다는 게 참을 수 없는 고통이다. 어느 날이다. 같이 나락을 베던 이웃집 금대 어른이 허리를 펴면서 한마디 하신다. *내가 언나 어마이 몫까지 빌 테이, 그래 젖이 불어 아프믄 집에 가서 언나 젖 쪼매 메기고 오소.* 하고 맑은 공기 같은 말을 건넨다. 너무 고맙기도 하고 뛸 듯이 기뻐서 참말로 그래도 되느냐고 되묻는다. *그래소, 거 아 어마이가 젖이 아프믄 일이 되니껴. 아 난지도 울매 되지도 않는데. 나무 말할 거는 못 되지만, 너무 심하이더. 얼릉 내래 가서 젖 메기고 오소. 내가 그만큼 더 비믄 되니더.* 살구꽃같이 이쁜 말을 피워서 건네준다. *고맙니더. 후딱 뛰가서 메기고 옴시더.* 아픈 젖을 손으로 움켜잡고 허둥지둥 집으로 뛰어온다. 시어머니는 안 보이고 방에서 아기가 혼자 자지러지게 울고 있다. 헐레벌떡 뛰어 신발 한 짝은 봉당에 한 짝은 마룻바닥에 벗은 채로 방문을 연다. 아기를 안고 얼른 젖을 물린다. 아기가 젖을 물기도 전에 젖은 줄줄 흘러내린다. 아기는 젖을 꿀떡꿀떡 잘도 먹는다. 급히 먹느라 사레가 들려 기침을 해댄다. 배가 고팠을 것을 생각하니 가슴이 아리다. 한쪽을 반쯤 먹은 아기는 더 이상 안 먹는다. 더 먹었으면 좋겠는데 잠이 몰려와 아기를 잠 속으로 끌고 가버린다. 손바닥은 아기의 머리를 곱게 쓰다듬고, 입술은 볼에다 살짝 입을 맞춘다. 배냇짓을 하며 씨익 웃으며 자는 모습. 어느 우주에서도 볼 수 없는 천사다. 아기랑 이렇게 마냥 있으면 얼마나 행복할까? 안고 있으면서도 불안하다. 그 불안은 바로 현실로 달려온다. 아기를 눕히고 막 나오려는데 시어머니 목소리가 쩌렁쩌렁 방문을 열어젖힌다. *한 나절도 안 돼서 일하다 말고 들오믄 냉거지 사램은 우째라고 오길 와. 누가 아 안나 본 사램이 있나? 저릏게 눈치코치도 없어 머에 써먹노.* 탱자나무 울타리 가시 같은 말을 던지고는 거리마당으로 종종 걸어간다. 시어머니는 말에도 좋은 길과 가시밭길이 있다는 걸 모를까? 어쩌면 내뱉는 말마다 가시넝쿨만 던진다. 어디서부터 단추가 잘못 끼워졌는지 알 수가 없다. 시집와서 말대꾸 한번 한 적도 없었고, 시키는 일을 안 한 적도 없고 잠시 놀아 본 적도 없는 자신에게 쌀쌀하고 사나운 가시말을 내뱉는 시어머니를 아무리 생각해도 이해할 수가 없다. 목에 피가 흘러도 가시를 삼키며 참아내고 있다. 달이 왜 뜨고 지는지? 꽃이 왜 피고 지는지를 모르듯, 왜? 살아야 하는지도 모른다. 그냥 하루하루 숨을 쉬니까 살아지는 것이다. 이런 저런 사연이 불쌍해 함께 견디고, 아지와 함께 마음을 나누고, 평안 아지매한테 속을 터놓을 수 있어 견디며 견디며 살다 이제는 아기에게 엄마 없는 설움을 주지 않기 위해 어금니를 물고 산다. 세상에 엄마 없는 아기는 상상할 수 없다. 참고참고 또 이를 꽉 물고 참는다. 아기를 낳고 나니 자신보다 아기가 더 불쌍한 마음에 견딜 수 없는 설움이 알알이 맺힌다. 친정엄마라도 있다면! 아기를 데리고 친정에서 한 달이라도 있다가 오면 얼마나 좋을까? 생각했지만 그것도 꿈같은 일이다. 어쨌든 시간은 자꾸 앞으로 바퀴를 굴려 음력 9월이다. 시어머니가 행사를 놓칠 리 없다. *낼은 뒷산에가 산국을 따와야 된다. 따다가 말라서 결게 차도 우래먹고 술도 담가났다 권 서방 최 서방 다 불러 미게야 된다. 9월 9일 중양절(重陽節)에 찹쌀가리로 국화전 부채서 술안주 맹글어 국화주 한 잔씩 미게야제.* 남의 식구라도 사위들은 끔찍하게도 챙긴다. 시키는 대로 뒷산에 올라가 산국을 따온다. 벌들이 앵앵거리며 국화꽃에 엉덩이를 씰룩거리며 침을 발기시킨다. 혹시 이 벌이 아기를 쏘지는 않을까? 가끔씩 벌들이 마루까지 앵앵거리며 올라오는 걸 보았다. 갑자기 마음이 급해진다. 벌을 쫓아내며 종다래끼에 반밖에 안 채워진 국화를 가지고 급히 발길을 집으로 옮겨온다. 아기에게 벌이 덤벼들어 마구 쏘고 있다는 생각에 걸음이 넘어지고 일어나며 속도를 질주한다. 마당에 급히 들어오는 며느리를 곱잖게 보던 시이머니기 그냥 넘어갈 리 없다. *요까짓 걸 누 코에 붙일라고 따왔노? 게라 빠지게. 천지삐까리에 깔린 게 국환데.* 종다래끼에서 쏟아놓기 바쁘게 시어머니 말은 벌처럼 달려들어 쏘아붙인다. 묵묵히 방으로 들어가 줄줄 새는 젖을 아기에게 먹인다. 젖 넘어가는 소리가 얼마나 맛있고 기특하고 향기롭게 들리는지 시어머니 말 정도는 젖에 섞여 넘어가 버린다. 젖을 다 먹이고 한쪽 젖을 짠다. 아기를 눕히고 다시 뒷산으로 간다. 불안함이 먹구름 걷히듯 걷히고 편안한 마음으로 국화를 한 종다래끼 따온다. 국화를 싸리발에 널자 국화 향이 콧속으로 앵앵 날아 들어온다. 향과 빛깔이 너무 고와서 꽃 한 송이를 아가에게 들고 들어간다. *아가야, 이 꽃은 산국화따. 냄새가 노란 게 너무 좋제. 니도 한 분 맡아 보그라.* 국화 한 송이를 아가 코밑에 대고 냄새를 맡게 해 준다. 아기가 쌩긋 웃는다. 세상이 노랗게 핀다. 그렇게 또 열매달 9월이 국화 향처럼 사라진다. 가을 내내 젖을 짜내면서 가을걷이는 그럭저럭 끝나고 이제 겨울에 군불 지필 나무를 해 날라야 한다. 나무가 있는지 없는지 도무지 관심이 없는 남편과 시어머니. 이제는 원망조차 하기에도 물을 넘었다. 시어머니만 보면 가슴이 쿵 내려앉는다. 또 무슨 불호령이 떨어질지. 고양이 앞에 쥐처럼 주눅이 든다. *낼은 갈떡 돌리는 날이따. 낭구 하로 가지 말고 떡 해서 동네에 돌랠 생각하그라. 시루떡 찔 준비 해라. 한 해 농사 풍년들게 해주싰으이 10월 무오일(戊午日)에 토주신(土主神)께 지사 지내야 내년 농사도 잘되고 집안에 건강과 복도 주이 목물 말끔히 하고 부정 타지 않게 준비하그라.* 말은 언제나 대답을 기다리지 않는다. 시어머니는 말이 활을 떠난 화살처럼 활을 떠나면 그만이라 생각을 하는 것 같지만 말이란 부메랑처럼 자신에게 돌아온다는 것을 알았으면 좋겠다. 하긴 개발도상국도 아닌 나라에서 태어나 나라조차 바람 앞에 촛불 같은 운명이니 개발도상국에서 나온 용어를 모르는 게 당연하기는 하지만 그래도 서운한 감정이 드는건 어쩔 수없다. 언제나 명령조인 고딕체 말만 남기고 휭 가버리는 시어머니 말 너머에 무슨 희망 같은 게 있을 거란 생각은 않지만 돌이켜보면 한 번도 시어머니 말에 희망이 걸리거나 따뜻함이 묻은 적 없다. 희망이나 따뜻함은 배가 고파 다 삶아 먹었는지 아니면 일본놈들한테 모두 빼앗겨 버렸는지 늘 심장 박동이 빨라지고 두근거리는 말만 한다. 진흙을 주무르듯 그냥 주무르는 대로 만들어지는 형상이 좋은지? 무슨 꼿꼿한 오기 넝쿨이 자라고 있는지? 늘 팽팽하게 매달려 있는 고드름 같은 말. 슬픔마저도 경련을 일으켜 눈에 실핏줄이 터질 지경이다. 푸른 생각들로 간신히 키워놓은 마음 넝쿨을 싹둑 잘라버리는 저 칼날처럼 번뜩이는 말. 진저리치도록 서늘함에 늘 기가 질린다. 그렇지만 어쩌랴. 운명이고 숙명인 것을. 아무리 많은 군사를 동원해도 시어머니의 차가운 마음을 정복하지 못할 것이란 걸 깨닫는 데도 이렇게 오랜 시간이 걸렸는데 어떤 말화살이 날아와도 그저 그러려니 할 수 있을 때가 오기나 할 것인지? 달녀는 시어머니 생각을 하면 이득해진다. 군사를 동원해서도 안 된다면 아까시꽃 향기를 꺾어다 주거나 수수꽃다리 향기를 꺾어다 시어머니 맘속에 심어 놓으면 마음보가 향기롭게 변할까? 시어머니의 심술은 연어알처럼 다산을 하는지 갈수록 번식력이 강해져 무엇으로도 감당하기 어렵다. 어쩌면 체질을 변화시켜 적응하거나 대응할 지혜 나무를 심어 기르는 것이 더 빠를 것 같다. 누에가 스스로 고치를 만들어 자신을 가두듯이 달녀도 자신을 스스로 시집이란 곳에 가뒀다는 생각을 하지만, 시집이란 곳이 이렇게 무시무시한 시한 폭탄이 묻힌 곳인 줄 누가 상상을 하겠는가? 탈출 엄두도 못 내고 견디고 있는 사이에도 시간은 자라 하늘이 열린 10월이 떨어지고 아무 말 없이 산에서 잘 자라고 있는 나무를 베야 할 11월이 머리를 내민다. 11자처럼 나란히 서 있는 나무를 베어서 11월인 것 같다. 온 동네가 다 나무를 해서 군불을 지피고 밥을 해 먹어 가까운 곳에는 나무가 없다. 될 수 있으면 가까운 곳에서 나무를 해 나르고 낮에 아기에게 젖을 먹이려고 하지만 뜻대로 되지 않는다. 먼 산에 가야만 나무를 할 수 있다. 매일 아침 최대한 젖을 많이 짜내고 나무를 하러 간다. 그래야 젖이 덜 불어 통증이 덜하기 때문이다. 그렇게 힘에 겹도록 나무를 지게에 지고 와서 거리 마당에 쟁여 놓는다. 무거워서 많이 지지 못하는 바람에 한 달 이상을 해야 내년까지 땔 수 있는 양을 한다. 나뭇가리가 거의 찰 무렵 기억력이 천재에 달하는 시어머니 차디찬 말이 찬바람에 언 두꺼운 얼음장 깨지듯 쩡쩡 갈라진다.

달을 먹은 산

14

세상에 아무리 세찬 소나기도 오다가 그치고 아무리 뜨거운 땡볕도 사람이 쉬어갈 그늘은 만들어 주고 세상을 다 얼리는 겨울도 기(氣)가 쇠하면 사라지는 것이 세상 이치거늘 나벨라의 뱃속에는 철통같은 화가 얼마나 들어있는지 나오는 말마다 푸르거나 붉은 증오가 묻어 나온다. *10월 스무날은 월똥준비 하는 날이따. 그전에 갈비까징 다 끌어다 갈비 가리를 만들어 놔야 한다. '손돌이'날 전에 월똥을 끝내이지 손돌이 날까징 일 미루지 마라. 게을바슨 것들이 손돌이 날까징 월똥준비를 하제. 양반가에서는 그전에 다 끝낸다.* 시어머니가 내뱉은 양반가란 말에 소 웃음 같은 웃음이 나온다. 이렇게 증오로 무심으로 꽁꽁 뭉친 가문이 양반? 무슨 얼어 죽을 양반? 돌에서 피가 흐른다는 말이 더 맞지, 성(性)만 양반이고 쌍놈들이 하는 짓을 하는 사람들에게 어떤 돌쌍놈이 양반이라고 했을까? 양반이란 말도 안 되는 이름이란 생각이 들지만 모두 생각일 뿐 한마디 대꾸도 못 하고 아기를 보면서 그 생각도 지우개로 싹 지워버릴 수밖에 없다. 아기도 같은 성씨니까. 아기만은 정말 양반의 행동이 어떤 것인가를 제대로 교육 시켜야겠다는 생각으로 시어머니 분노 섞인 말을 씻어낸다. 다행스럽게도 아기는 잘 자고 잘 먹고 잘 크고 있다. 힘든 일도 조금씩 아기를 보며 위로를 얻는다. 겨울엔 여전히 싸리를 베어다 판다. 싸리를 해다 파는 일은 이 동네선 풍속처럼 무성하다. 동네 사람들 틈에 끼어 싸리를 하러 다니기 시작한다. 동네 사람들이 모두 혀를 찬다. 이제 먹고살 만한데 왜 금방 출산한 산모에게 저리 독하게 하는지 알 수가 없다며 수군거린다. 달녀를 동네서는 귀머거리 벙어리인 줄 아는 모양이다. 온종일 싸리를 해도 몇 마디 말이 전부이니 그럴 수밖에. 그래도 함께 싸릴 베다 보니 이젠 조금씩 익숙해지기도 했지만, 달녀는 혹, 시집에 말이라도 날까 무서워 가능하면 말을 삼간다. 싸리를 베면서 희망을 벤다. 이 싸리를 베어서 우리 아기 맛있는 것도 사줘야지. 공부도 시키고 좋은 옷도 사주고. 생각만 해도 흐뭇하고 힘이 난다. 그러나 위대한 착각이란 걸 아는 데 그리 오래 걸리지 않았다. 겨우내 해 나른 싸리도 꽤 많지만 미안스럽게도 싸리를 판 돈은 한 푼도 그녀에게 돌아오지 않는다. 돌아오기는커녕 얼마를 받았는지조차 알 수 없다. 그걸 물어볼 수도 없다. 그러나 아직 아기에게 무엇을 딱히 사줘야 할 것은 없었으므로 묻지도 않는다. 진종일 뼈가 으스러지는 고통을 참으면서 싸리를 해서 집에 온다. 그래도 아기를 보는 낙으로 산다. 배가 고파 종일 울었을 아기를 생각하면 또 가슴이 아프다. 어느 날은 아기가 하현달처럼 핼쑥해보이기도 한다. 눈이 무릎 위까지 푹푹 빠져도 싸리 하는 걸 멈추란 말을 하기 전까지는 집에 있을 수가 없다. 해가 짧아서 싸리를 얼마 안 해서 해가 지곤 한다. 싸리 단이 작은 날은 시어머니의 독화살 촉보다 더 뾰족한 말살이 날아든다. 말살에 맞지 않으려면 부지런히 일정한 양을 맞춰야만 한다. 어제만큼 베느라 지쳐서 집에 오니 시어머니는 싸리 단을 내려놓기가 무섭게 마당으로 달려 나와서 또 힘줄 도드라지는 소릴 던진다. *미틈달에 동지가 있는 거 아나? 알 택이 없제. 모레는 동지다. 그래이 낼은 더 일찍 일나서 팥 삶아 체에 걸러라. 찹쌀도 빻아서 새알심(鳥卵心)도 만들어 넣고 팥죽 끓애야되이 새빅부텀 서두르그라.* 치맛자락을 펄럭이며 가는 시어머니 뒷모습을 멍하니 서서 바라본다. 언제 한 번 꼭두새벽에 안 일어난 적이 있던가. 새삼스럽게 왜 저리밖에 말을 못 하실까? 아지가 눈을 깜박거리며 쳐다본다. 그 큰 눈으로 쳐다보는 아지의 눈이 너무 맑고 정겹다. *그래. 아지야 힘낼게. 힘내라는 말이제. 고맙다.* 아지에게 고맙다는 말을 건네다 그 예쁜 눈이 깜빡이며 대답을 한다. 아지를 두고 저녁을 지으러 부엌으로 향한다. 그런데 젖이 또 아파온다. 젖이 너무 아파 아기에게 젖을 좀 먹이기 위해 안방에 문을 열고 들어간다. 아기는 시어머니 방에 가고 없다. 손으로 젖을 짜내고 나서 불을 때서 저녁을 한다. 한시라도 바삐 해야 젖이 덜 아프고 아기에게 따뜻한 젖을 먹일 수 있다는 일념으로 기에 넘치도록 서둘러 저녁상을 차린다. 자신은 먹을 틈도 없이 아기를 안고 젖을 먹인다. 얼마나 울었는지 아기가 흐느끼고 있다. 아무도 아기 울음 따윈 관심을 안 두는 이 매정한 핏줄을 이은 아기에게 미안하다. 그렇지만 밤이 아기를 안고 마음껏 젖을 먹일 수 있게 해줘서 고맙다. 겨울밤이 길다지만 너무 짧다는 생각에 밤이 끝나지 않길 간절하게 바라지만 지옥 같은 새벽은 또 어김없이 다가온다. 새벽에 일어나 천사처럼 곱게 쌔근쌔근 잠을 자고 있는 아기에게 입맞춤을 해주고 밖으로 나와 팥죽을 끓인다. 새알을 만들고 팥을 걸러서 팥죽을 끓인다. 다행히도 점심때 아기에게 젖을 먹일 수 있어서 일이 힘든 줄도 모른다. 팥죽을 끓이다가 젖이 불어 아기에게 젖을 먹이니 아기는 꿀떡꿀떡 잘도 먹는다. 이리도 잘 먹는 아기를 생으로 젖을 굶긴 것을 생각하니 가슴이 아파온다. *아가야, 마이 먹어. 오늘만이래도 엄마가 집에 있으이까. 할매 몰래 젖 마이 주께, 알았제?* 아기가 알아듣고 웃는 것 같다. 순간 행복이 살며시 꽃대궁처럼 얼굴을 내민다. 오랜만에 웃음이 살금 다가온다. 아기는 구름그네를 타는지 아주 평화로운 표정이다. 하루 내내 아기에게 젖을 먹인 날이 오늘이 처음인 것 같다. 온 우주가 아이의 표정에 다 들어있다. 일이 몸을 힘들고 지치게 했지만 그런 것쯤은 아무렇지도 않게 모두 묻힌다. 시침이 움직이는 것이 보이지 않는데도 저녁은 또 달려왔다. 저녁에 아기를 안고 잘 수 있다는 생각에 너무 행복하다. 방안이 행복으로 꽉 차서 발 디딜 틈이 없다. *아가야, 니도 기쁘제?* 아기를 꼬옥 안고 젖도 아프지 않고 처음으로 잘 잔 것 같다. 봄바람같이 보드라운 숨결이 얼굴에 살랑살랑 스치는 아기를 포근하게 안고. 아기가 밤에도 젖을 먹어 젖도 안 아프다. 그렇게 행복의 시간은 악마가 도둑질이라도 하듯 빨리 가버리고 눈을 뜨니 동짓날이다. 시어머니는 시집간 시누이들을 모두 불러서 팥죽을 먹여야 한다며 새벽부터 난리를 친다. 조금이라도 도와주면 좋으련만 손은 까딱도 안 하고 말로만 바쁘다. 드디어 아침 먹은 설거지도 하기 전에 시누이와 시누이 남편들도 모두 들이닥친다. 어린 조카가 있는데도 어느 누가 한 번 안아주는 일도 없는 매정한 거짓 양반가 사람들이 몹시 서운하다. 시어머니는 팥죽 한 그릇을 퍼서 동네 앞 당산나무로 가지고 간다. 악귀나 사귀(邪鬼)가 동네에 침입하지 못하게 하기 위해서라고. 또 대문 위와 담벼락에도 팥죽을 뿌린다. 방·마루·장독대·뒷간 등에도 한 그릇씩 퍼다 놓는다. 팥죽은 빛이 검붉어서 이 빛을 귀신들이 싫어하기 때문에 팥죽을 뿌리면 못된 귀신이 침입하지 못한다며 집안에 뿌려 액막이를 한다고 사방팔방 팥죽을 퍼다 귀신 막기에 바쁘다. 귀신이 귀신인데 지리면 못된 귀신이 먼지 침입해서 먹을 것 같은데 말도 안 되는 말을 하면서 하는 모습이 우스꽝스럽기까지 하다. 그렇지만 못된 귀신을 막느라 팥죽을 끓이는 덕분에 아기에게 이틀 동안이나 제때 따뜻한 젖을 먹일 수 있음에 아무리 힘들고 우습던 팥죽 끓이는 일이 힘들다는 생각을 잊게 한다. 어쩌면 울지도 않고 먹여놓으면 자고 또 자는지 순둥이 같은 아기에게 눈을 맞추며 눈 속에 말을 한다. *아가야, 엄마가 보고 싶으믄 울음으로 엄마를 불러. 알았제? 그릏지만 오늘만이야. 낼부텀은 엄마가 싸리 하로 산에 가야돼서 울믄 안 돼. 배고파도 참고 잘 놀고 있어야 돼. 알았제? 착하지 우리 아기.* 얼굴 가득 해맑은 웃음을 발라놓고 한 방울 한 방울 방울방울 행복을 빨다가 든 꽃잠. 쌔근거리며 피어나는 숨소리는 엄마라는 그늘 한 장 덮고 마냥 평화스럽다. 둥근 원으로 퍼지는 고요한 파문이 조용조용 행복 넝쿨에 파릇파릇 잎을 피워내고 있다. 비바람 눈보라와 천둥·번개들이 심신을 너덜너덜하도록 상처를 입히고 찢던 지난날들이 우루루 천사 같은 아기의 얼굴을 밟고 지나간다. 그렇다. 지금 아기와의 행복은 그 찢어져 너덜거리는 상처의 조각들이 모여서 이루어 낸 결과물이다. 그 힘든 파편 조각들을 저 어린 손으로 다 치워버린 것이다. 신의 경지에 도달한 아기가 아닌가. 전생에서 얼마나 많은 발효의 시간을 거쳤을까? 솔향으로 구워낸 달빛을 항아리에 담아 억겁의 시간을 발효시켰을 목숨 한 톨. 장작이 붉은 잉걸을 만들어 화롯불에 담을 때까지 그 속에 소나무는 살아있는 것이다. 찬란한 아름다움은 모두 변방에서 깊어지며 꽃을 피우는 법. 달빛이 문틈으로 살금살금 들어온다. 쌔근쌔근 꽃잠을 자는 아기의 이마에 사뿐히 입 맞추는 저 앙큼. 뽀송뽀송한 꿈털이 하얗게 번진다. 검은 냄새 풀풀 풍기던 어둠이 환한 향기로 바뀌는 순간이다. 어디서 그리 오랜 세월 꼬깃꼬깃 접혀서 표류하던 행복이 이제야 주인을 찾아왔는지. 아기는 이 행복을 놓칠세라 목련 꽃송이만 한 두 주먹으로 행복을 꼭 움켜잡고 있다. 행복향이 날개를 펴고 맘껏 날아다니고 있다. 일 년 열두 달엔 너무 많은 행사가 빼곡하게 들어있다. 잠시도 숨 돌릴 시간 없는 열두 달. 그다음 한 달을 더 만들어 붙이고 싶다. 일 년을 열세 달로 만들어 걸고 싶다. 그 한 달만은 행사도 없고. 아무 일도 않고. 오로지 아기의 숨소리와 옹알이를 엄마 젖에 손을 얹어놓고 마음껏 젖을 먹을 수 있도록 해주고 싶다. 아기의 눈을 맞춰주고 안아주고 어미의 따끈따끈한 숨소리와 심장박동 소리를 먹이며 고운 나비잠을 안고 함께 지낼 수 있는. 세상에서 가장 온전하고 행복한 한 달 13월을 만들고 싶다. 이 틀간의 행복은 다 바닥나고 또다시 급경사의 길들이 끈질기게 따라붙는다. 왜 신은 인간의 의도를 무시하고 자신들 마음대로 운명을 정하는지? 새들도 둥지를 틀어 알을 품고 새끼를 기른다. 노란 부리 지지배배 거리며 먹이를 받아먹는다. 때가 되면 맘껏 난다. 그들의 이름은 자유다. 왜 이성이 있다는 인간은 자유를 압류당해야 하는지? 짐승에게도 있는 자유가 왜 인간에게는 없는지. 고개를 잘래잘래 저어보지만, 도무지 이해가 되질 않는다. 신은 자유가 담긴 가마니를 어디다 숨겨 놓았을까? 아가야 너는 알지? 말해봐.

밤잠을 깎으면서라도 아기와 보내는 시간을 늘려 보려 했지만 잠은 금방 자신을 끌고 가버린다. 또 한 해가 우수수 떨어지며 어디론가 외출을 준비하고 있는 매듭달인 12월이다. 1년을 매듭짓는 달. 말일은 선달그믐이라 하며 그믐날 밤을 '제석' 또는 '제야(除夜)'라고 한다. 말일에는 남에게 진 빚을 모두 갚아야 한다. 받을 빚이나 외상이 있는 사람을 찾아다니며 빚을 받는다. 말일까지 받지 못하면 정월 보름까지는 빚 독촉을 안 하는 것이 상례로 굳어져 있다. 빌려다 쓴 빚들은 모두 자진해서 갚는다. 사람들 사이에 전해지는 이 풍속은 법보다 더한 관례가 되었다. 법이 많은 곳일수록 살기가 나쁜 곳이다. 그렇다고 누구도 법에서는 도망칠 수 없다. 법이 살고는 있지만, 이 산골 소백산 줄기에는 법보다 더 법 같은 풍속들이 습관처럼 내려온다. 좀처럼 다투거나 얼굴 붉히는 일이 드물다. 법이 붉은색이라면 풍속은 푸른색이다. 푸른 숲이 고갈되면 인간이 살 수 없듯, 이 푸른 풍속이 사라지면 인간은 붉은 벌거숭이 산 같은 신세가 될지도 모른다. 그렇지만 모든 사람이 풍습에 동참한다. 부득이한 사정을 제외하고는 모두 이 방망이 없는 법들을 잘 지킨다. 서로가 자신이 양심 법관이 되어서. 새벽부터 시어머니의 말 세례는 또 시작이다. *얼룽 일나서 마리도 쓸고 닦고, 마당도 쓸고, 마구간 걸금도 쳐내고 새로 갈아줘야 되는데, 안죽도 아 나 주래찌고 잠이나 퍼 자고 있으니 원… 복이 들올래다가도 도로 나가겠따.* 밖에서 카랑카랑 들려오는 앙칼스런 목소리만 들어도 심장이 벌떡인 지 오래다. 새벽잠을 걷어 젖히며 살며시 일어나는데 어느새 아기도 따라 일어나 운다. 아기에게 젖을 물린다. 젖 먹이는 시간은 심장이 다 얼어붙을 것 같다. 또다시 시어머니의 천둥 번개가 칠까 두려움이 물안개처럼 깔린다. 죄인 아닌 죄인처럼 벌벌 떨린다. 왜 시어머니의 말에 벌벌 떨어야만 하는지. *아가야, 쪼매만 먹어. 엄마가 설거지 다 하고 아직 멀 시간에 젖 줄게. 엄마가 밥을 몬먹더라도 니 젖 줄게. 미안해, 그만 먹자. 그 대신 빨리 일하고 니 젖 줄게. 울지 말고 쪼끔만 더 자고 있어.* 아기가 오물거리며 빨고 있는 젖꼭지를 뺀다. 맥박이 멈추는 것 같다. 아기를 눕히고 밖으로 나온다. 울지 않는 아기가 고맙다. 모두 자는 꼭두새벽. 하늘엔 아직도 달이 환하게 웃고 있다. 빗자루는 마루를 쓸고 마당을 쓸고. 걸레는 마루를 닦는다. 마루를 닦자마자 추운 날씨는 마룻바닥에 번들번들 얼음을 만든다. 마구간으로 간다. 아지는 새벽부터 일어나 있다. 그녀를 보더니 그 크고 예쁜 눈을 껌뻑인다. 그러고 보니 아기가 태어나고 나서는 아지랑 얘기하는 시간이 줄어든 것 같아 미안하다. *아지야, 섭섭했지? 미안해. 내가 아기보고 집안일 하다 보이 지쳐서 니한테 격조했구나. 그릏지만 인제 내 몸이 쪼매씩 좋아지믄 니랑 보내는 시간을 늘가볼게. 자 저쪽으로 비키서라. 젖은 요 꺼내고 새 요 깔아줄께.* 쇠스랑을 가져와서 아지가 깔고 자던 요를 다 걷어낸다. 뽀송뽀송한 짚요를 깔아준다. 아지도 기분이 좋은지 눈을 껌뻑이며 다시 눕는다. 아침상을 차려놓고 아기와의 약속을 위해 방으로 들어가 젖을 물린다. *아가야, 마이 먹어둬. 엄마는 싸리 하로 산에 가야 해. 오늘은 복골로 간다. 어두워야 오이까 배고파도 참고. 엄마가 보고 싶어도 참고. 잘 놀고 있어. 엄마 얼릉 싸리 마이 베 지고 와서 맛있는 찌찌 줄게 알았제. 빨리 저녁이 왔으믄 좋겠지 그치?* 아기는 젖을 맛있게도 먹는다. 풋잠이 든 아기를 눕혀놓고 나오니 누가 다 먹었는지 밥그릇은 깨끗이 비어 있다. 솥에 붙은 누룽지를 긁어먹는다. 누룽지는 조금이었지만 뜨거운 물을 한 사발 마셔서 속은 뜨끈하다. 밥 먹은 설거지를 마친 다음 지게를 지고 또 싸리를 하러 산으로 간다. 그렇게 발걸음은 산으로 집으로 그녀를 끌고 다닌다. 바람이 나뭇가지에 얹혀있던 눈가루를 우수수 뿌려댄다. 새들도 먹이를 찾느라 이 나무 저 나무 옮겨 앉는다. 나뭇가지에 눈들을 털어내고 있다. 눈이 쌓인 이 추운 겨울. 새들은 어디서 먹이를 구할까? 하늘은 어딘가에 새들의 식량을 저장해 두었을 것이다. 그렇게 생각하니 안도의 한숨이 나온다. 다시 산을 오르다 발을 헛디뎌 미끄러진다. 지겟작대기를 짚고 겨우 일어난다. 옷에 붙은 눈을 툭툭 털고 다시 산을 오른다. 몇 겹의 업이 더 벗겨져야 이 상처의 딱지를 떼어내고 새살이 돋을까? 산 배알로 올라가다 또 발을 헛디뎌 밑으로 굴러떨어진다. 몇 바퀴를 굴렀는지 나무뿌리에 걸려 간신히 일어난다. 나무 그루터기가 손바닥을 파고들어 피가 나고 있었다. 아픈 건지 아린 것인지 정신이 하나도 없다. 한참을 멍하니 앉아 있다가 겨우 정신을 차리고 보니 손에 흐르는 피는 그때까지 멈추지 않고 흐르고 있다. 옷깃을 대고 한쪽 손으로 눌러 피를 지혈시키려 했으나 좀처럼 지혈이 되지 않는다. 눈을 깔고 앉아서 지혈하느라 치맛자락을 찢어서 손을 묶고 일어서니 엉덩이가 다 젖었다. 엉덩이가 시리고 춥고 온몸이 얼어들고 있는 것 같다. 몸속에도 차가운 피가 흐르는 느낌이다. 다행히 왼손을 다쳤다. 오른손으로 낫을 잡고 싸리를 베려고 했으나 싸리를 잡을 수가 없다. 자신의 아픔 보다가 시어머니의 화내는 모습이 먼저 떠오른다. 그렇지만 도저히 싸리를 벨 수 없어 빈 지게를 지고 집으로 향한다. 자신의 다친 아픔보다 시어머니의 반응이 두렵다. 세상에서 이보다 더 슬픈 일이 또 있을까? 눈물이 얼지도 않고 흘러내린다. 아니 겁과 두려움이 흘러내린다. 집으로 가지 못하고 자신도 모르게 발은 평안 아지매네로 간다. 머리로 이고 다니던 싸리 단을 지게로 져 나르니 훨씬 편해졌다. 남자들이 지는 지게지만 그게 훨씬 편해 싸리도 지게로 져 나르기로 작정했다. 빈 지게를 지고 평안 아지매네 집으로 간다. *일떡 어떤 일이가? 싸리 베러가는 길이구먼 그래. 여기 담깐 앉아 쉬다 가라우. 아딕 산에 눈이래 녹디 않아서. 오늘은 싸리 베러 가는 사람이 없디않던? 오늘 같은 날이래 돔 쉬디. 이 눈 속에 어떠디고 그레 씨리 하러 가니, 고도.* 평안 아지매 안락함은 혀를 끌끌 찬다. *아이씨더. 갔다가 오는 길이씨더. 뭘 엇더래?* 그제야 달녀를 자세히 훑어보던 평안 아지매 안락함의 눈이 달녀의 손에 멈춘다. *야래! 야래! 또 다텼구나 야. 더걸 어떠면 둏네. 고도 고도 얼마나 다틴?* 아지매는 가까이 와서 달녀의 손을 만져본다. *쪼매 다쳤니더. 고도 고롬 다행이라우야. 내래 놀랬다우. 고도 이데 혼다 몸이 아니니 아이를 위해서리 도심하라우 야. 아기래 많이 컸디? 덛은 달 먹네? 야 아지매 여게 쪼끔만 쉬었다 갈라고 왔니더. 고래고래 돔 누워서 쉬라우 야. 아이래 있뜸 더 힘들디?* 따뜻한 아랫목에 몸을 눕힌다. 상처가 얼마나 깊은지 욱신거리고 아팠지만 참는 수밖에 다른 방법이 없음을 안다. 이를 물고 참는다. 한숨을 아픔을 섞어 맛있게 자고 일어나니 점심때가 되었는지 평안 아지매가 밥상을 들여온다. *다, 돔 먹으라우 야. 아 어마이래 달 먹어야 덛이 달 나오디. 다, 한 그릇 먹어보라우 야.* 만두를 넣고 떡국을 끓였다. 그 위에다 계란 지단을 붙여 흰자와 노른자를 곱게 채 썰고 꿩고기를 다져서 올리고 김 가루와 참깨를 뿌려 아주 먹음직해 보인다. 말없이 한 그릇을 비운다. 뱃속이 차니 아픔이 좀 가시는 것 같다. 젖돌이가 시작되는지 젖이 아프다. 아기는 얼마나 배가 고플까? 갑자기 아기가 보고 싶어졌다. 벌떡 일어난다. *아지매요 잘 먹었니더. 인제 가서 언나 젖 메기야 될시더. 가니더.* 하고 밥 먹은 자리에 염치를 눕혀놓고 일어서는 달녀를 보며 말한다. *그래. 다 먹었음 어서 가라우. 가서리네 아이래 덛 먹여야디. 어서 가라우.* 따뜻한 말을 안고 집으로 급히 온다. 집에 오자 기다렸다는 듯 시어머니의 말이 따발총처럼 마구 총알을 쏟아

붓는다. *지끔 시가이 및 신데 어데가 머하고 자빠져 있다가 빈 지게를 지고 터덜터덜 오노. 딴 집 메느리들은 한 해 결게 싸리를 해서 얼마를 버는데. 남들 반도 몬 하민서. 어디가 자빠졌다가 빈 지게를 지고 털렁거리민서 오노.* 늘 그렇듯이 일방적으로 그냥 말을 뒤집어 씌워버리곤 자기 발길을 신경질적으로 옮겨가는 시어머니 나벨라. 이제 만성이 될 때도 되었지만 갈수록 가슴이 덜컥덜컥 더 내려앉아 시어머니만 보면 무섭다. 지게를 벗어놓고 아기에게 젖을 먹이러 안방에 들어간다. 그러나 아기는 방에 없다. 시어머니 방에 가서 젖을 먹여야 하는데 갈 수는 없고 마음이 미칠 것 같다. 탱탱 불은 젖은 또 아프기 시작한다. 퉁퉁 불은 젖을 대접을 놓고 짜내기 시작한다. 너무 아파서 간신히 조금씩 짜내고 나도 젖이 아프기는 마찬가지다. 온몸까지 떨리고 추워 온다. 방으로 들어가 누우니 자신도 모르게 또 흐르는 눈물 줄기. 몸은 점점 더 아파 안 아픈 곳 없이 두들겨 맞은 듯이 아프고 춥고 떨린다. 며느리가 아프거나 말거나 시어머니에겐 남의 일이다. 오늘은 잠자는 날이 아니라며 방·뜰·부엌·변소와 뒤뜰까지 불을 밝히고 '수세(守歲)'한다며 시어머니는 온 집안을 오가며 야단법석을 떤다. 달녀는 의식이 흐려질 정도로 온몸을 떨고 있다. 달녀의 몸을 몇 시간 째 펄펄 끓이고 있는 열. 불씨도 없이 나무 한 줌 때지 않고 온몸을 펄펄 끓이는 정체 모를 소름 끼치는 검은 그림자에 짓눌려 그녀는 덜덜 떨고 있다. 밤새도록 혼자 앓는 달녀가 딱했든지 열은 스스로 식으며 물러난다. 달녀의 잠을 잠그며 몰아치던 균들의 영혼이 신발을 끌며 떠난다. 그때야 옆에서 아기 우는 소리가 들린다. 저 어린 것을 생으로 젖배를 곪기는 것을 생각하니 뼛속까지 아프다. 어떻게든 젖을 먹여보려고 젖을 물려 보지만 젖이 너무 아파 젖을 물릴 수가 없다. 어제저녁부터 곪었는지 울지도 않던 순둥이가 자지러지게 울고 있다. 어금니를 깨물며 아기에게 젖을 물린다. 엄마가 아파서 어금니를 깨물며 주는 젖인지 알 리 없는 아기는 오물오물 맛있게 젖을 빤다. 아기가 젖을 빨아 먹고 나니 젖은 좀 덜 아픈 것 같다. 대낮 초승달처럼 하얗게 말라붙은 달의 딸 달녀. 그렇게 열을 펄펄 끓이며 앓고 시어머니의 말 화살을 받아내며 고단한 나날을 보내는 사이. 그 사이에도 다행 다행으로 아기는 무럭무럭 자라주었다. 엄마와 눈을 맞추며 무어라 옹알이도 하고 방긋방긋 웃으며 상처투성이 삶을 토닥여 준다. 달녀가 낳은 달의 아기. 지붕으로 마당으로 마루로 밤마다 달빛이 토닥거린 덕분에 아기는 토실토실, 얼굴은 보름달같이 하얗게 살이 오르고 손가락은 밤벌레처럼 뽀얗게 꼬물거리고 목과 손목과 발목, 목이란 목은 모두 짤록짤록해 합죽한 웃음마저 통통해 보인다. 시간은 한 번 앓아눕는 법이 없다. 휴일도 지치는 법도 없이 매일매일 어디론가 같은 보폭으로 걸어가고 있다. 물오름 달이다. 봄은 연녹색 향으로 들판을 흔드는가 싶더니 금새 울긋불긋한 꽃불로 산등성이까지 모두 태우고 뿌리들은 자신의 하얀 순교를 숨기고 물을 길어 올린다. 물을 먹은 것들은 다 푸르게 자란다. 바람이 마구 흔들어 골고루 물을 먹어 잎새달이 우렁우렁 자란다. 인간이나 식물이나 모두 갓 태어날 때는 천사처럼 곱고 신비롭고 아름답다. 벌나비 파충류나 꽃들 따스한 햇볕조차도 갓 태어날 때는 신비스럽다 못해 경외감이 드는 건 왜인지 알 수가 없다. 시냇물조차 푸른 목소리로 무성해 싱그러움을 더해준다. 여름은 견우직녀 달과 타오름 달이다. 여름은 마음껏 푸른 향으로 사방천지를 뒤덮는다. 공중을 떠다니던 새 발자국 소나기 매미울음 뭉게구름조차 덩실덩실 들판을 키우고 있다. 가을은 열매달. 가을 가을 뾰족했던 맘들을 모두 둥글게 둥글리며 들판에 풋내나던 과일도 태풍도 초침 소리도 풀벌레 울음 별빛 달빛도 외딴 목숨 몇 장도 모두 풍요롭게 한다. 겨울은 눈꽃과 얼어터진 찬바람과 가냘픈 손발들 빈 절간 같은 슬픔이 하얀 굿판을 벌인다. 하루살이나 천년 살이나 모두 한 번 살아보는 것. 산으로 들로 신작로로 무수한 발자국을 찍으며 한 계절을 지우고 또 다른 계절을 당기는 소리 왁자하다. 계절은 열심히 시시때때로 변하고 시간은 무심무심 변함없이 뒤 한번 돌아보지 않고 앞으로 앞으로 사람을 끌고 간다. 사람은 태어나면서부터 시간 고삐에 끌려간다. 봄은 푸른 경적을 울리며 겨울 발자국을 지워낸다. 시대적으로 모든 걸 상실해 끼니조차 이이가기 이려운, 그리니 이 소백신 골짝 사람들은 나라를 찾아야겠다는 생각은 극히 일부의 사람이고 나머지는 그저 자신의 가족이 먹고살아야 하는 일에 허둥대며 하루

하루 목숨을 지워나가고 있다. 어쩌면 이런 이기적인 생각 때문에 남의 나라 사람들에게 통치를 받는지도 모른다. 모두가 하나가 되어 빼앗긴 조국을 찾아야 한다는 결단을 짚가리처럼 쌓았다면 일본도 무서워 벌벌 떨며 물러갔을지도 모른다. 그러나 대부분 사람이 먹고사는 일에만 급급하고 심지어 나라를 걱정하는 사람조차 드물어 애국은 자신과는 무관한 다른 사람 일이라 생각하고 습관처럼 살아가고 있다. 오직 먹고 살 생각만 하는 사람들에게는 먹고 살길이 터지듯 나라를 찾아 후손들에게 물려줘야 한다는 각오를 모두가 한다면 찾을 길이 더 빨리 올지도 모를 일이다. 그러나 나라 걱정은 이웃 나라 먼 나라 이야기고 먹고 살 걱정만 하는 사람들의 길인 산나물이 큰 산을 찾아온다. 겨우내 어딘가로 이주해 살다가 봄이 되면 어둠을 뚫고 찾아오는 저 푸른 생명. 큰 산에는 봄의 몸뚱이를 뜯으러 가는 사람이 줄을 잇는다. 연화봉 국망봉 고치령 등 큰 산에 가서 큰 산 몸뚱이를 뜯어 먹으며 생계를 유지하는 산골 사람들. 봄의 몸뚱이들은 뜯기기 위해 태어난 푸른 목숨 줄을 기꺼이 산촌 사람들에게 내준다. 아낌없이. 그러나 봄의 몸뚱이들도 목숨이 꺾일 때 푸른 피가 흐르는 걸 사람들은 알지 못한다. 온 산이 푸른 피로 물든 것도 알지 못한다. 푸른 목숨들을 뜯는 건 궁륭을 뜯어먹는 일이란 것도 알지 못한다. 궁륭 또한, 햇빛과 달빛 별빛 비바람 천둥까지 먹고 자란 것이란 것도 알지 못한다. 그저 자신들의 먹이로만 생각할 뿐이었다. 지구의 먹이사슬은 그렇게 먹히고 먹고를 반복하며 피고 지고 지고 피며 돌고 돌아 간다. 그 험하고 가파른 수십 리 산길을 멀다 않고 사람들은 모여 든다. 이 동네 저 동네 저 먼 동네 사람까지. 산이 무료로 주는 혜택을 꼭두새벽부터 무리 지어 다니며 하루하루 희망을 캐 나르며 산다. 큰 산 몸뚱이에서 돋은 것들의 값은 야산 몸뚱이에서 돋은 것들의 값보다 가격이 몇 배 비싸지만 없어서 못 팔 정도다. 향이 짙고 야들야들 연한 맛은 야산에서 돋은 것과는 비교가 안 되기 때문이다. 그뿐 아니라 어쩌다 운수가 좋은 사람이 산삼이라도 한 두 뿌리 캐면 그야말로 횡재를 하는 날이다. 남자들은 뱀을 잡으러 다니는 사람이 많다. 이른바 땅꾼이라고 한다. 이들의 수입은 어떤 수입보다 높은 편이다. 독사·살무사·까치독사 닥치는 대로 잡는다. 전에는 가끔 뱀독이 퍼져 죽는 사람도 있었지만 이제는 요령이 생겨 물리는 사람조차 드물다. 차라리 뱀꾼이 아닌 사람이 더 많이 물린다. 뱀 집게는 뱀의 아가리와 흡사 닮았다. 뱀을 잡아먹으려고 아가리를 쩍 벌릴 때면 뱀이 개구리를 잡아먹으려고 두 갈래 독이 든 혓바닥을 날름거리다가 아가리를 쩍 벌리고 한입에 통째로 삼키는 것과 똑같다. 백사를 잡는 사람은 팔자를 고친다고 할 정도지만 아무리 가치를 부추겨도 백사를 잡았다는 사람은 아직 보지 못했다. 뱀을 잡아다 힝아리에 가둬 놓는다. 뱀들은 힘이 세서 뚜껑을 큰 돌로 눌러 놓지 않으면 다 도망가 버린다. 뱀 장수들이 사러 오기도 하고 더러는 값을 더 받기 위해서 읍내 장으로 가져다 팔기도 한다. 봄만 되면 큰 산들은 사람들에게 밟혀 신음하지만 이듬해가 되면 또 여지없이 산의 상처는 다 아물고 새순이 우후죽순 돋아나 많은 사람이 드나들며 송구도 꺾어먹고 찔레도 꺾어먹을 수 있도록 혜택을 주고 여름이면 앵두 보리수 산뽕오디 산복숭아 산딸기 가을엔 다래 머루 송이 각종 버섯으로 온갖 먹거리를 무료 제공해주는 소백산은 이 지방 사람들의 젖줄이다. 아마도 산에서 그렇게 많은 먹거리를 제공해주지 않았다면 어쩌면 굶어 죽는 일이 더 많았을지도 모른다. 달녀 자신만 해도 산이 주는 먹거리가 아니었다면 이 세상 사람이 아닐지도 모른다는 생각을 한다. 자연이야말로 아무런 대가도 바라지 않고 먹거리를 준비해주는 어미의 품이다. 자연이 준비해준 것 중에 봄이면 큰 산나물이 큰 몫을 차지한다. 봄이 되면 나물을 뜯으러 동네 사람들이 모여서 가곤 한다. 큰 산엔 호랑이나 늑대 같은 맹수들이 살고 있어 사람들이 목숨을 잃었다는 이야기가 심심찮게 들린다. 모두 어울려서 다니지 않으면 위험해 달녀도 동네 사람들 틈에 끼여 산나물을 뜯으러 다닌다. 무엇이 나물이고 무엇이 풀인지 몰랐으나 동네 사람들은 친절하게도 나물의 종류를 가르쳐 준다. 독풀을 먹으면 죽기도 한다면서. 일할 때 외엔 동네 출입이 없어 소문엔 늘 캄캄했던 달녀는 동네 사람들 말에 귀를 열고 들으면서 나물을 뜯기 위해 젖가슴을 끈으로 싸매고 따라나선다.

2권으로 계속